*La muerte también es
—también exacto—
el reflejo del difunto en los que quedan,
o la tapa espejada de las tumbas.*

Laura Casielles

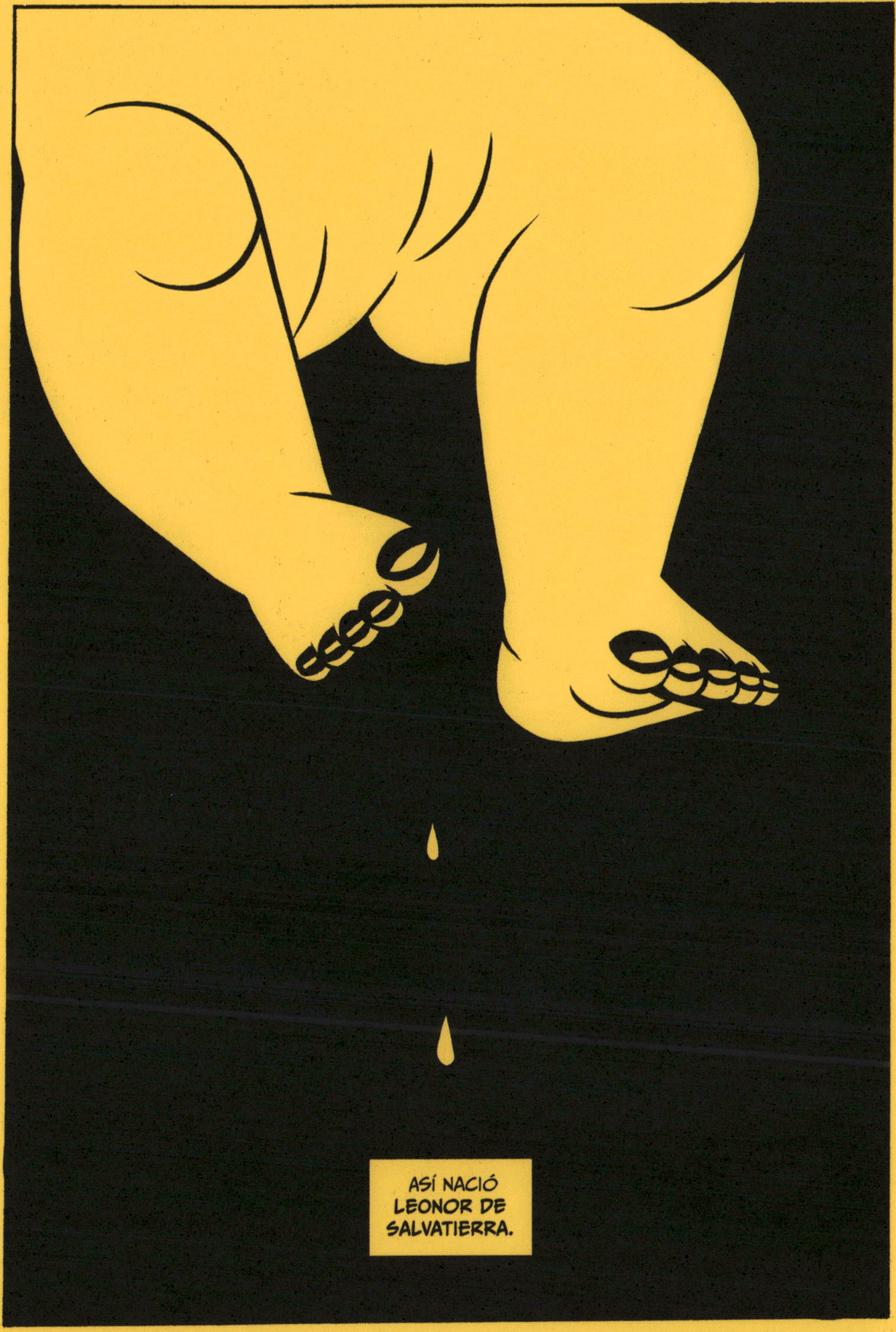
ASÍ NACIÓ LEONOR DE SALVATIERRA.

TAL Y COMO MANDA LA TRADICIÓN CHARRA...
SU SEGUNDA MADRE LLEVÓ A LA CRIATURA A LA DEHESA...

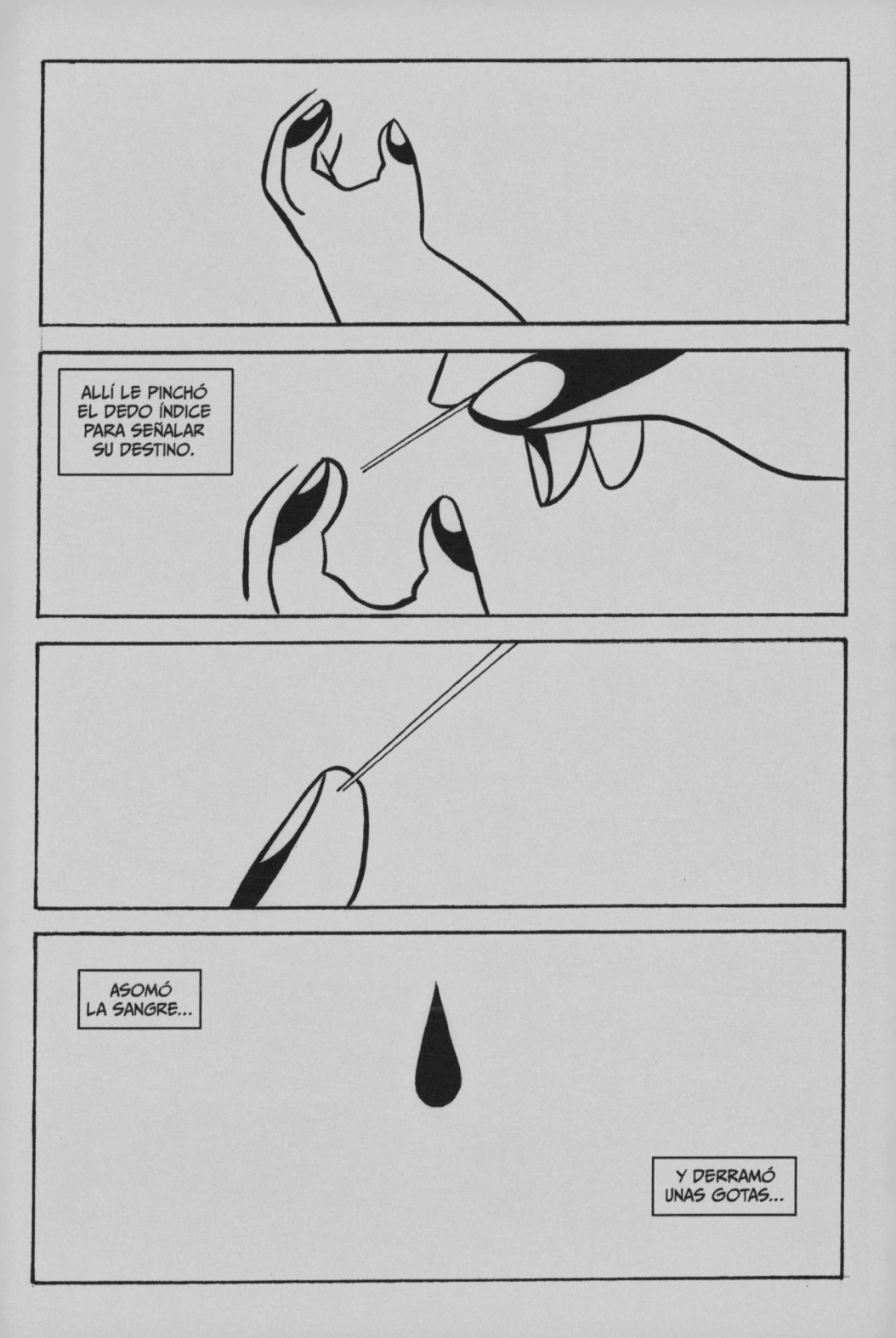

ALLÍ LE PINCHÓ EL DEDO ÍNDICE PARA SEÑALAR SU DESTINO.

ASOMÓ LA SANGRE...

Y DERRAMÓ UNAS GOTAS...

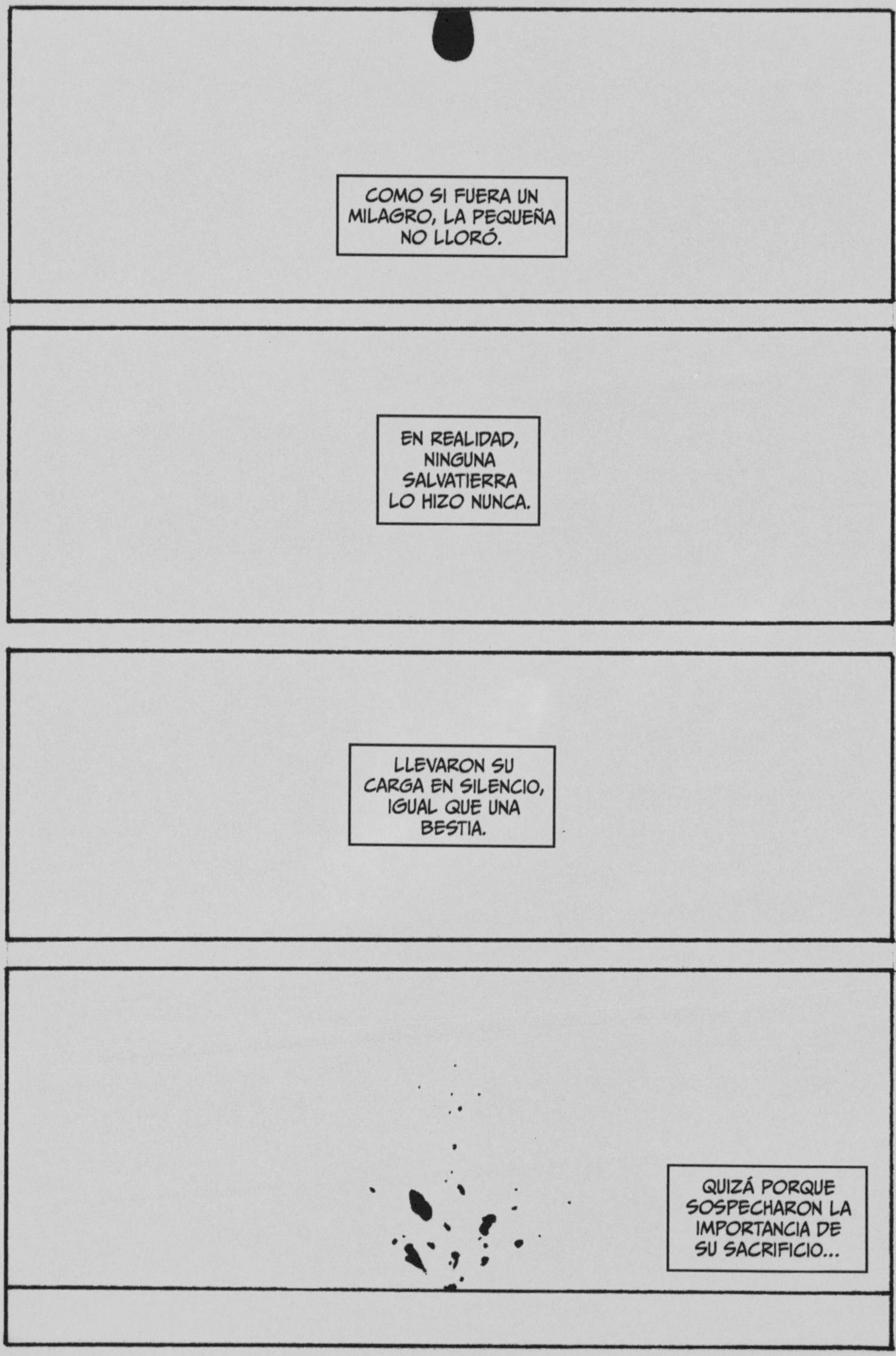
COMO SI FUERA UN MILAGRO, LA PEQUEÑA NO LLORÓ.
EN REALIDAD, NINGUNA SALVATIERRA LO HIZO NUNCA.
LLEVARON SU CARGA EN SILENCIO, IGUAL QUE UNA BESTIA.
QUIZÁ PORQUE SOSPECHARON LA IMPORTANCIA DE SU SACRIFICIO...

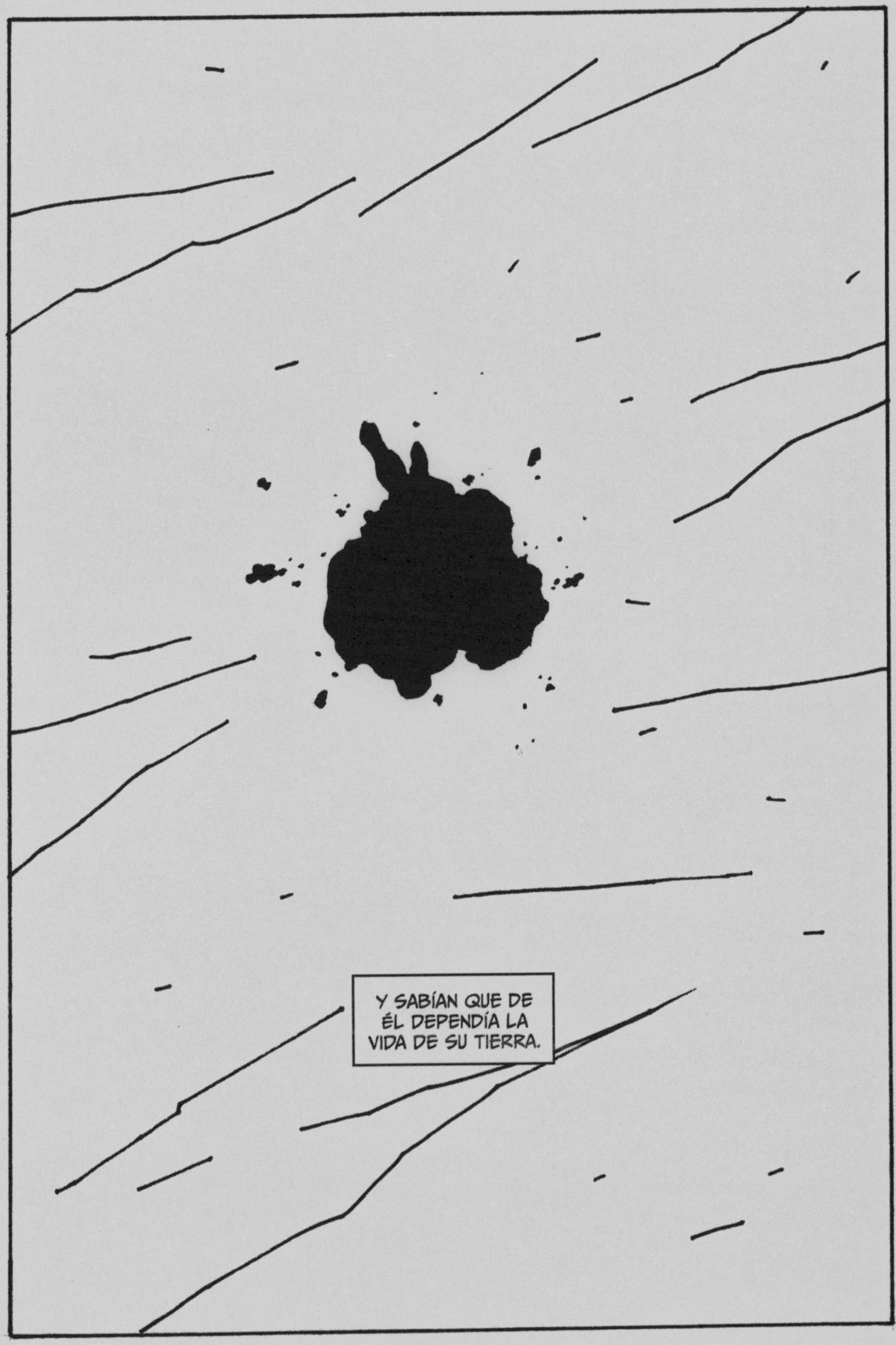
Y SABÍAN QUE DE
ÉL DEPENDÍA LA
VIDA DE SU TIERRA.

LA TIERRA YERMA

CARLA BERROCAL

RESERVOIR BOOKS

TAP TAP

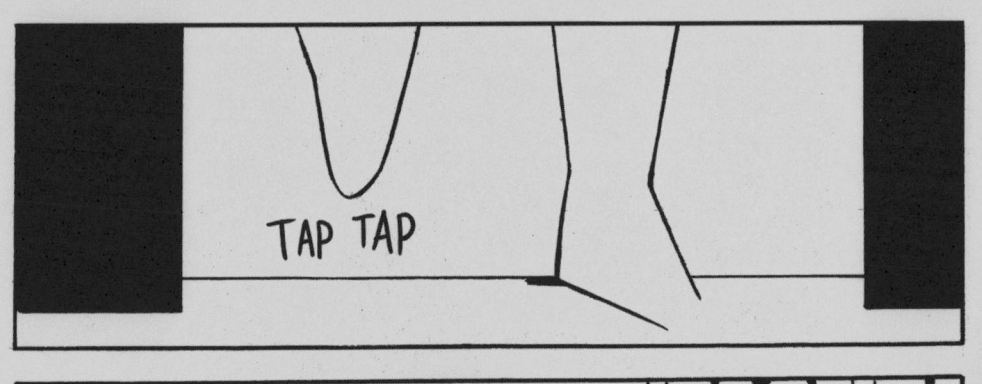

CLING

UN AGUARDIENTE.

GLUB GLUB

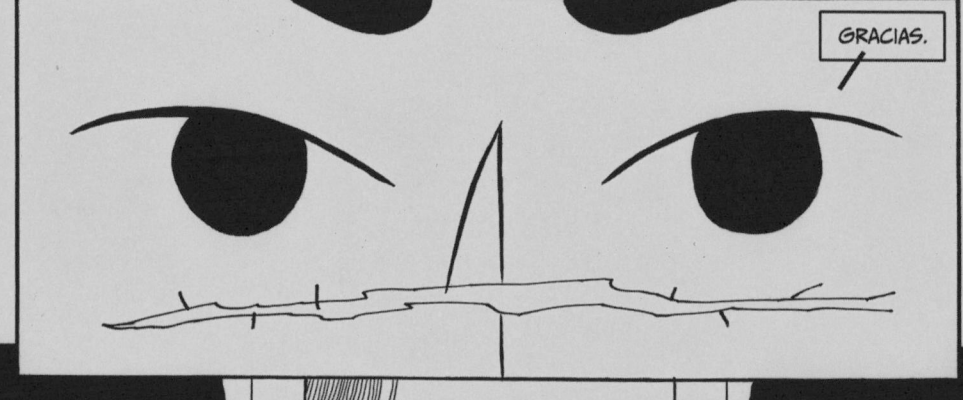

GRACIAS.

DESDE QUE MURIÓ ISABEL TIENE LA MIRADA TRISTE.

DICEN QUE PROMETIÓ NO VOLVER A AMAR.

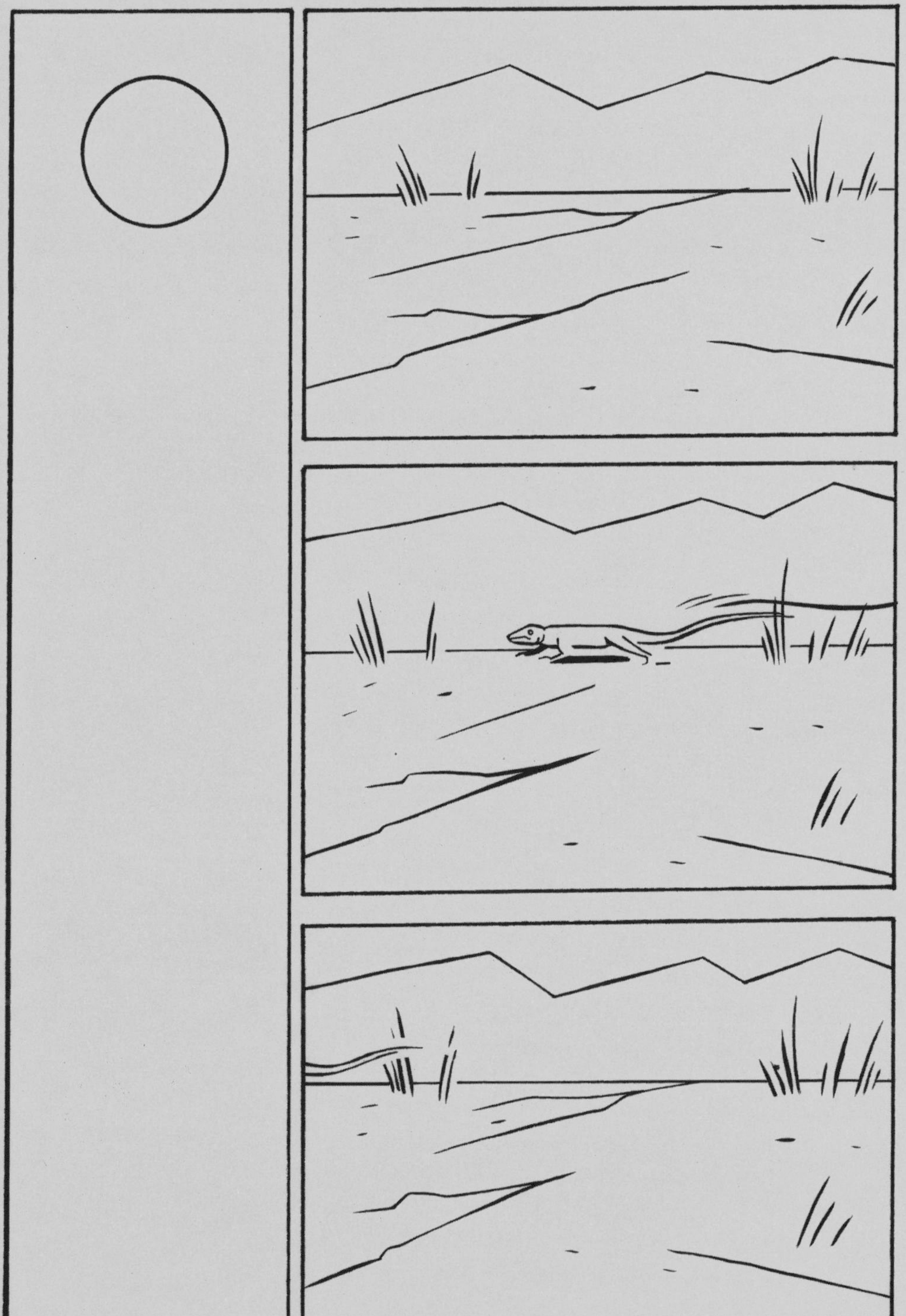

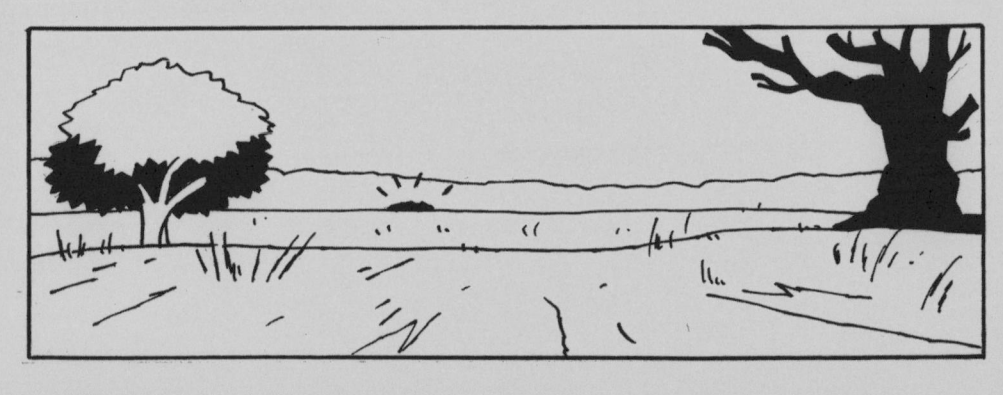

...MUUUUU... MUUMUUUUU... MUUU... MU...MUUUU...
MUUUUU... MUUUUU... MU MUUUUU...
MUUU... MUU...

MUUU...
MUUU...

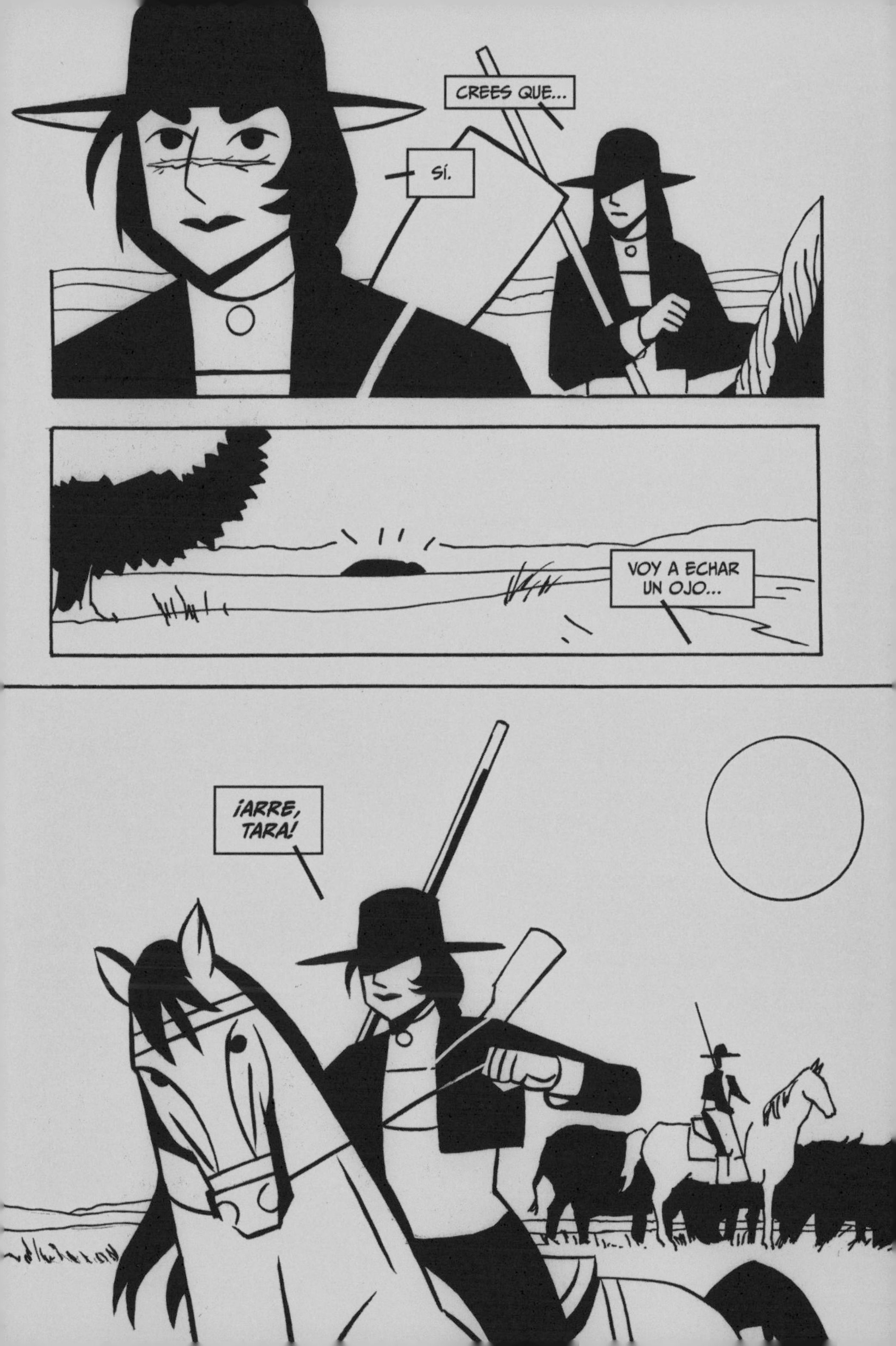
CREES QUE...
SÍ.
VOY A ECHAR UN OJO...
¡ARRE, TARA!

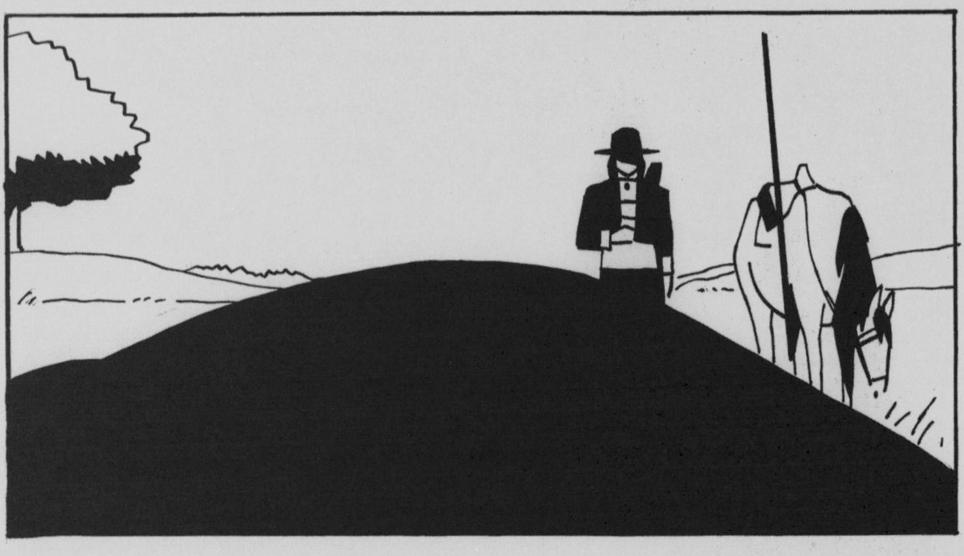

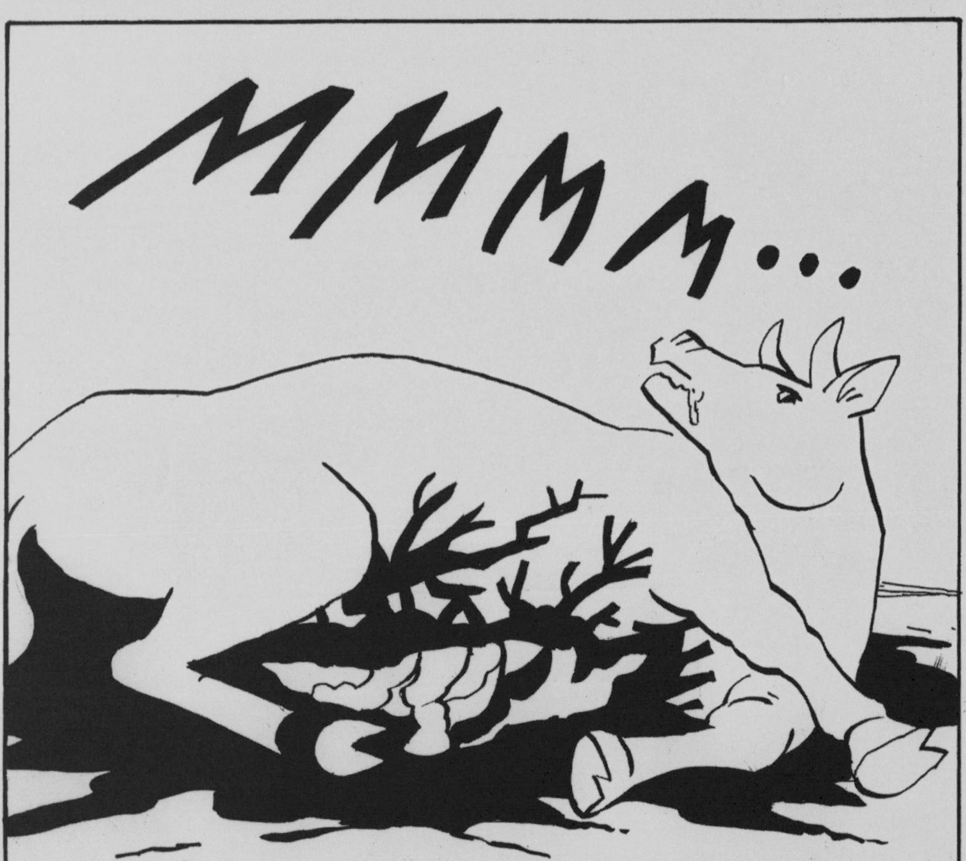
MMMM...

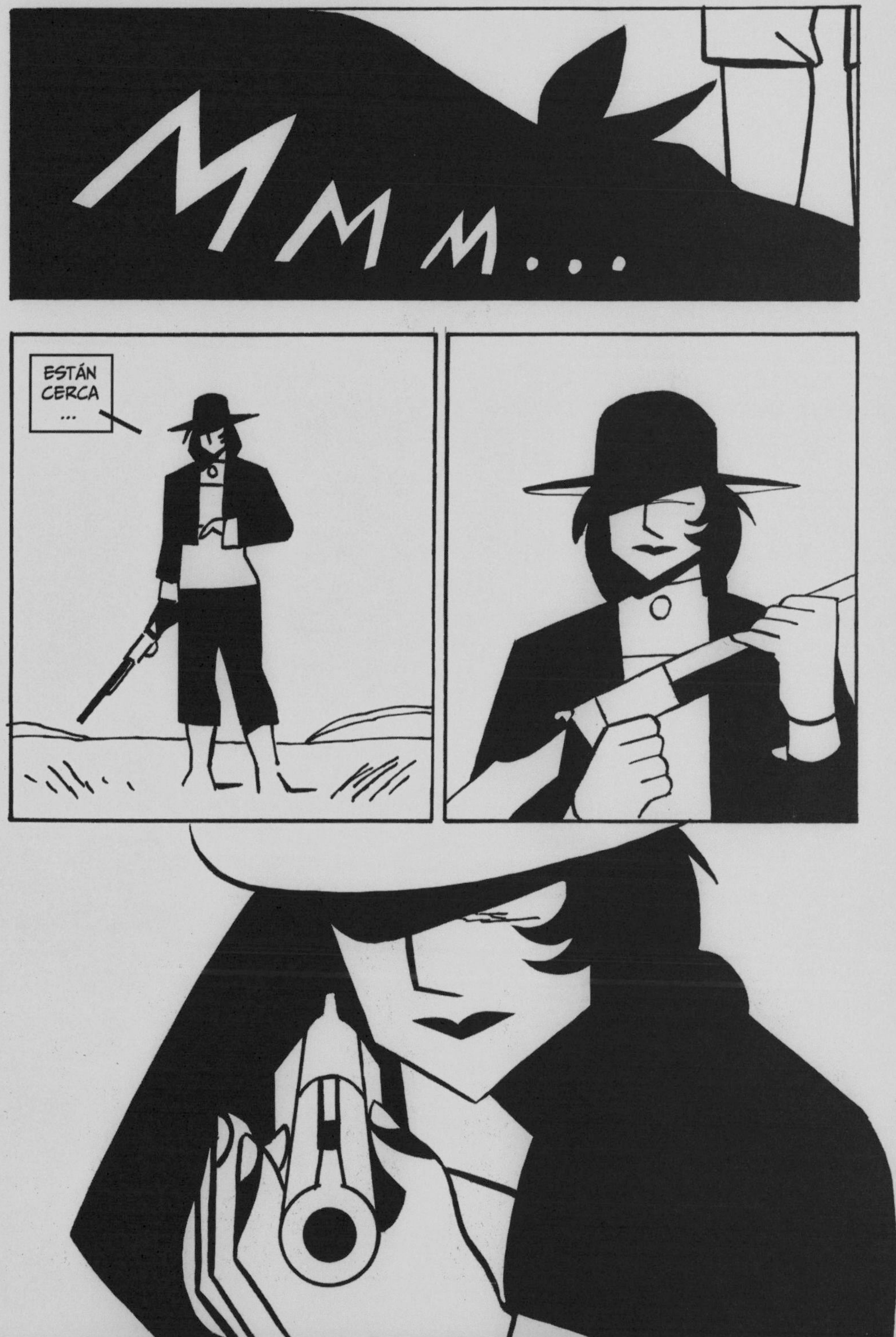
MMM...
ESTÁN CERCA ...

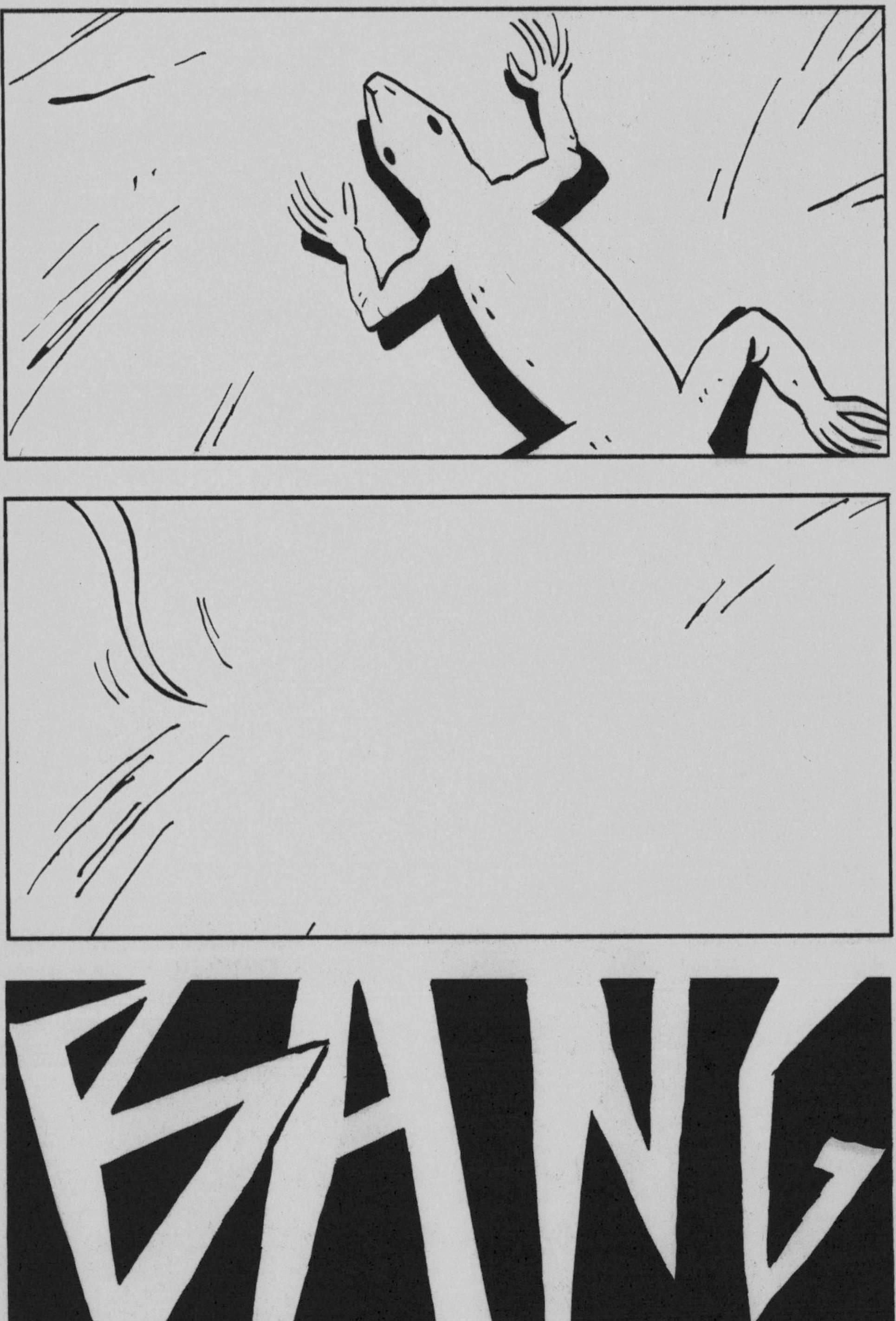
BANG

EPISODIO 1:
EL AGUA

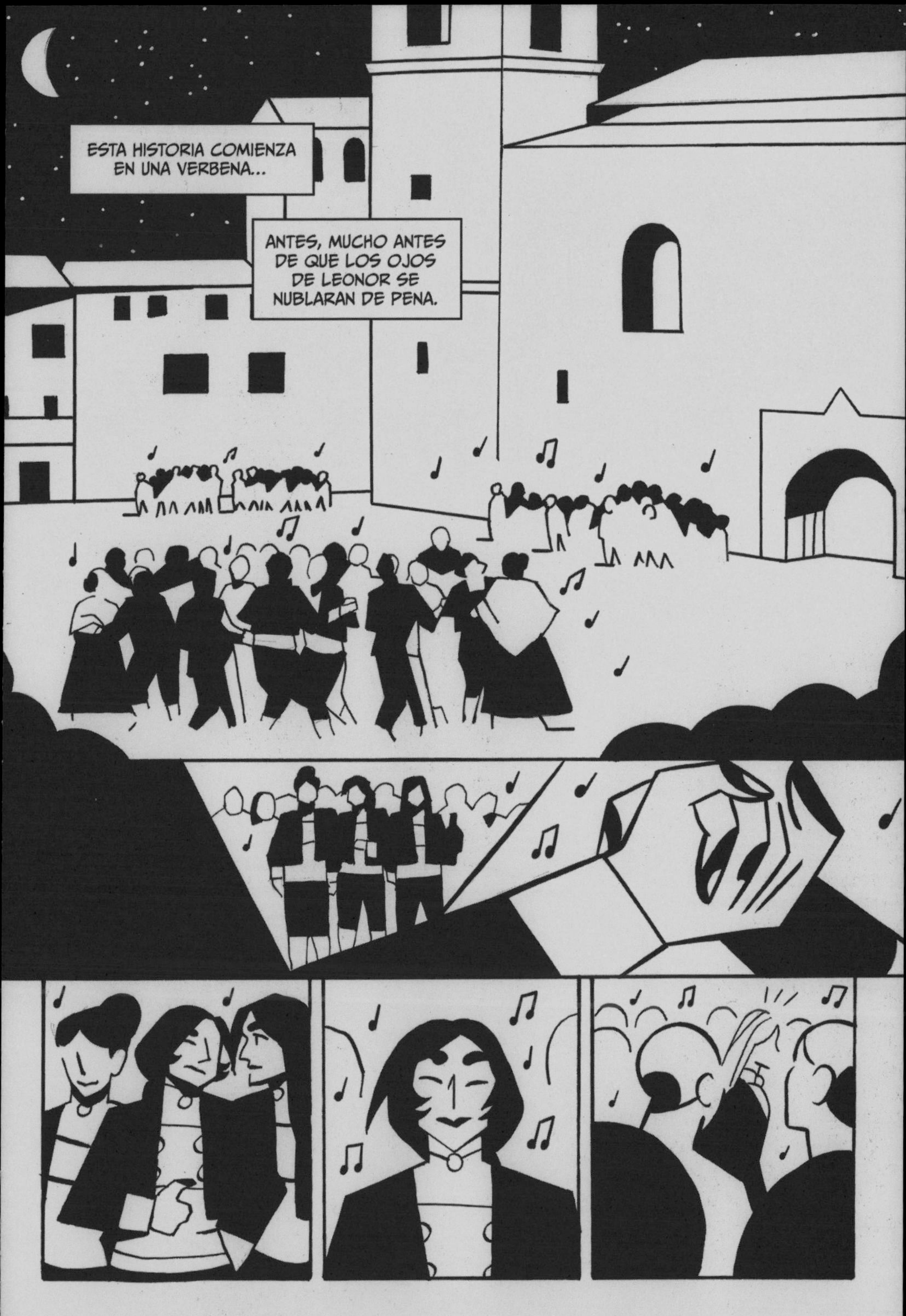
ESTA HISTORIA COMIENZA EN UNA VERBENA...
ANTES, MUCHO ANTES DE QUE LOS OJOS DE LEONOR SE NUBLARAN DE PENA.

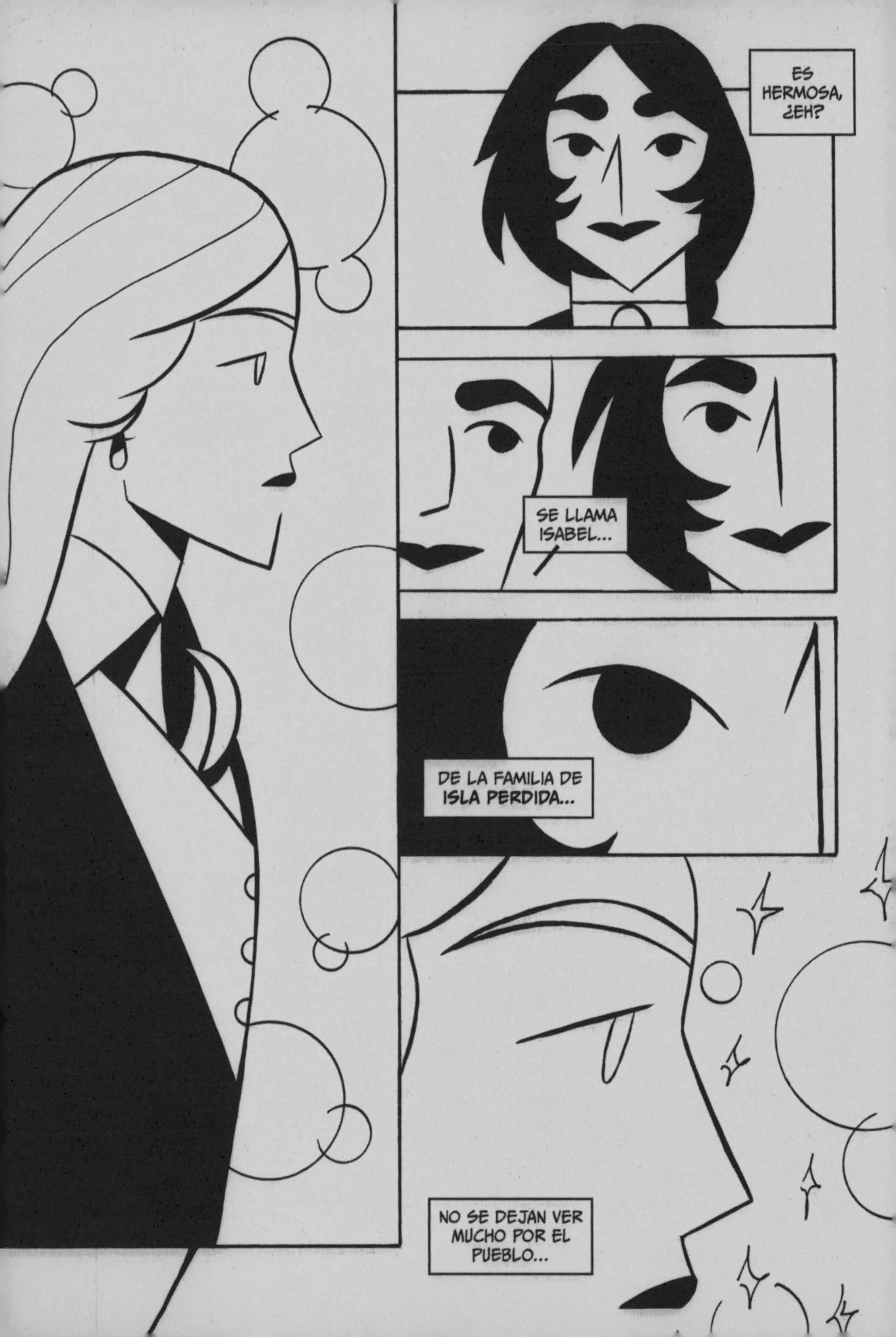
ES HERMOSA, ¿EH?
SE LLAMA ISABEL...
DE LA FAMILIA DE ISLA PERDIDA...
NO SE DEJAN VER MUCHO POR EL PUEBLO...

SÍ ES GUAPA, SÍ, PERO ES HIJA DE ISIDORA...
ES UNA MUJER RECIA, MEJOR NO ACERCARSE MUCHO...
ISABEL...

¿CÓMO SIGUE...?
HIP
HIP
HIP
HIP
HIP
AY, CHANA, CHANA...
¡JA, JA, JA!
COMO TE GUSTAN LAS AVELLANAS...
PA' TI LAS POCHAS... ¡JA, JA!
CHANA CHANA...

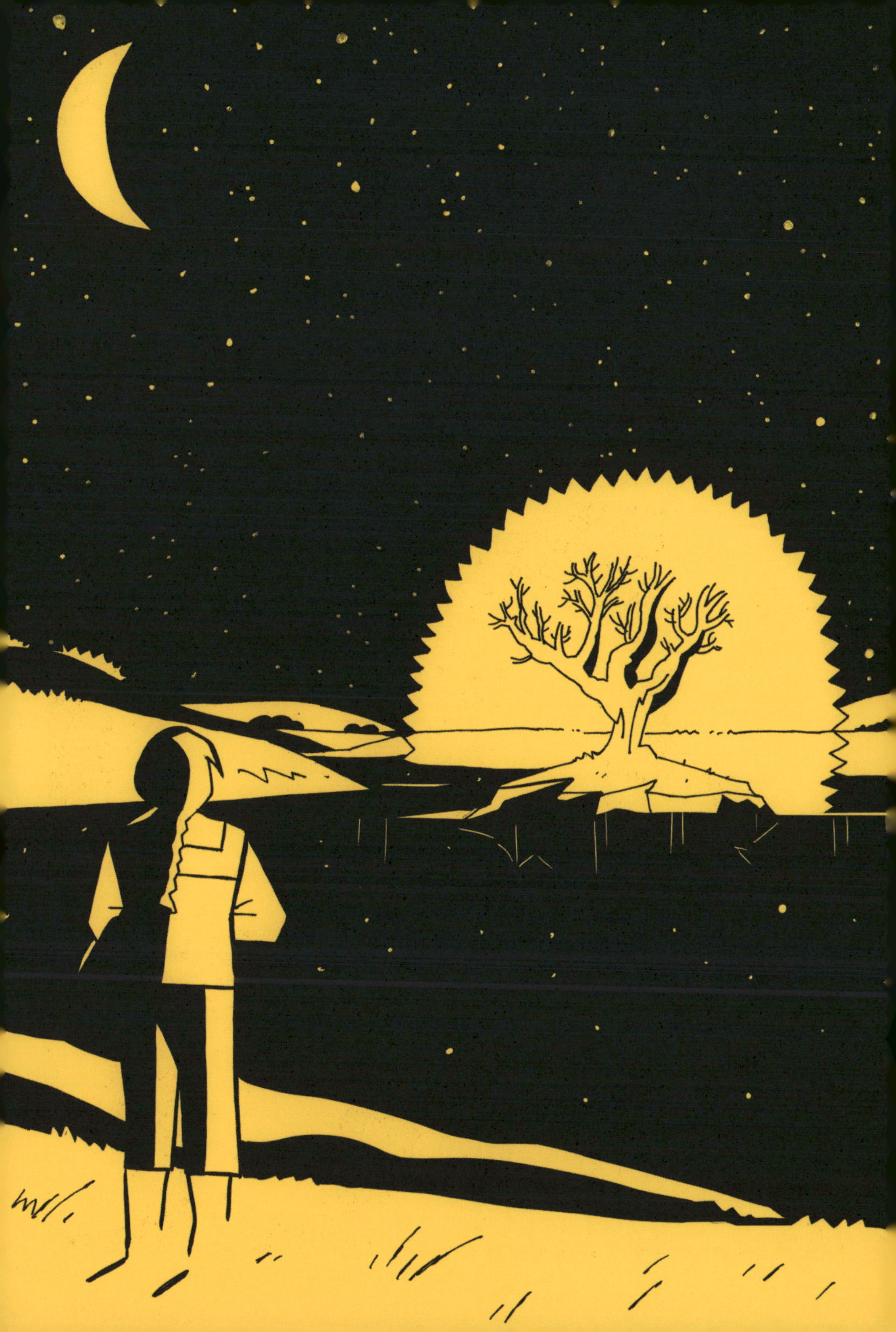

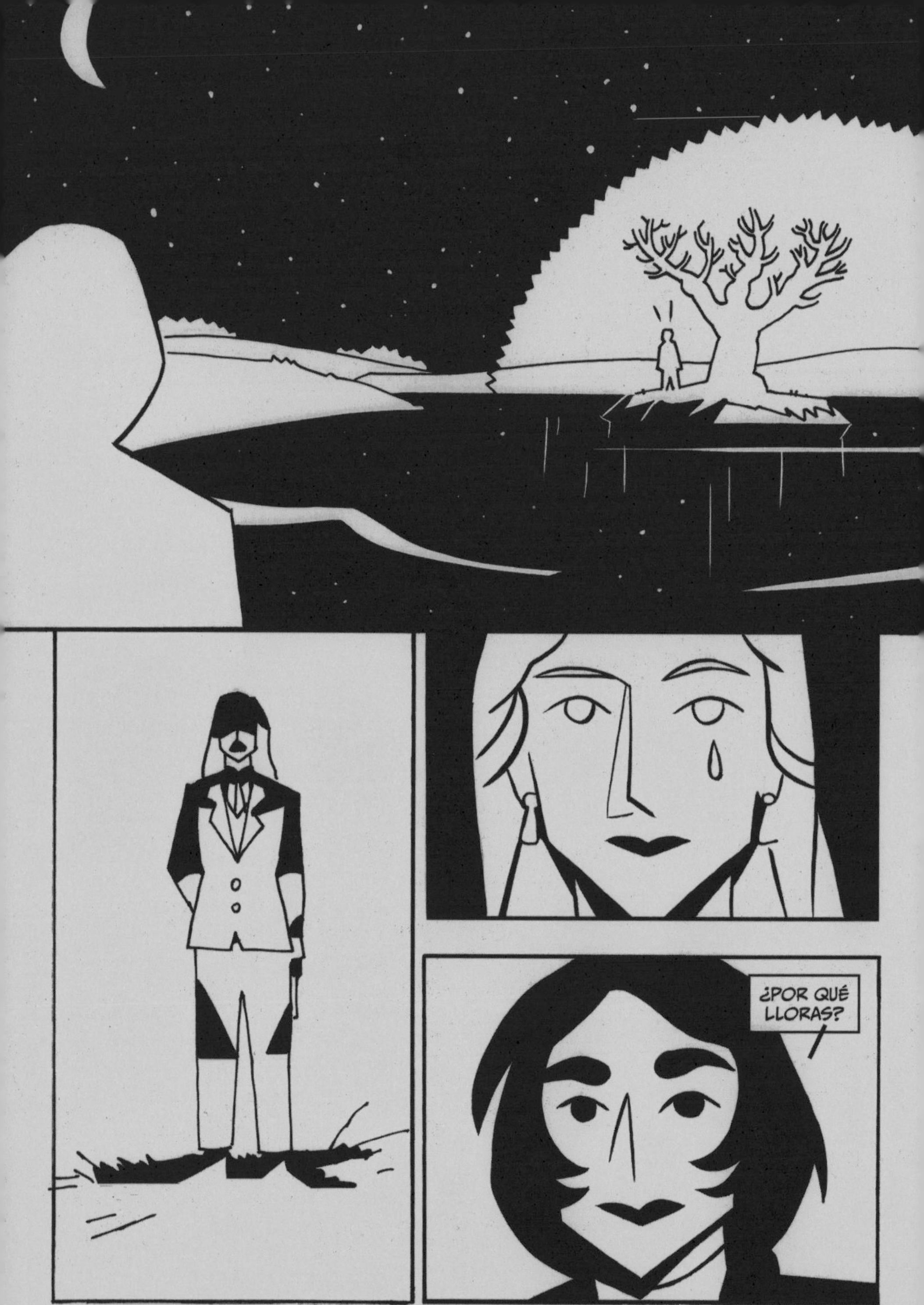
¿POR QUÉ LLORAS?

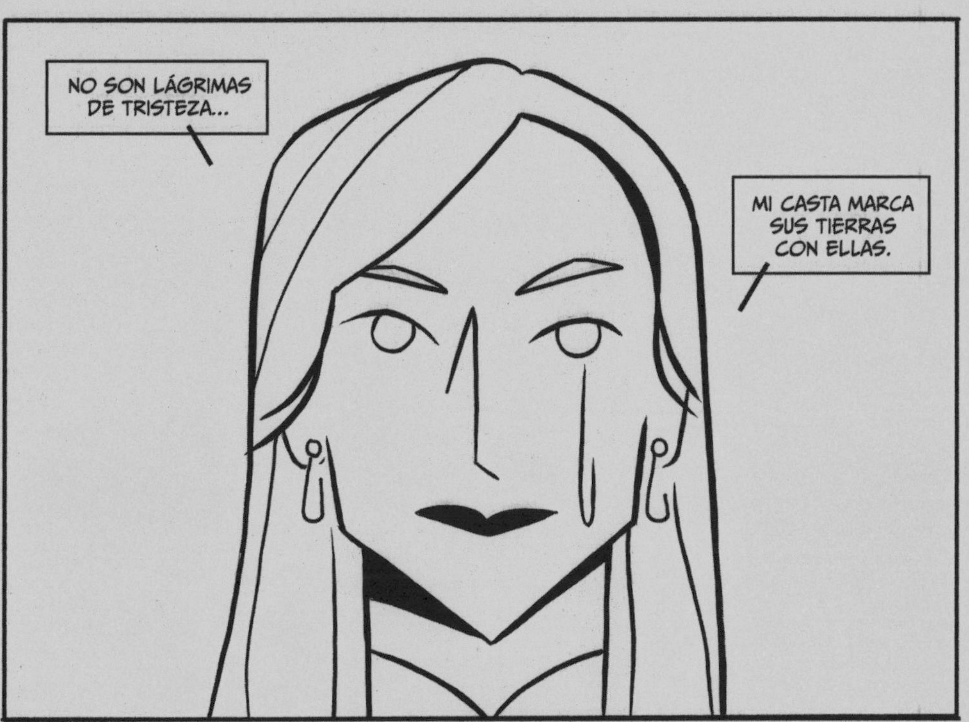
NO SON LÁGRIMAS DE TRISTEZA...
MI CASTA MARCA SUS TIERRAS CON ELLAS.
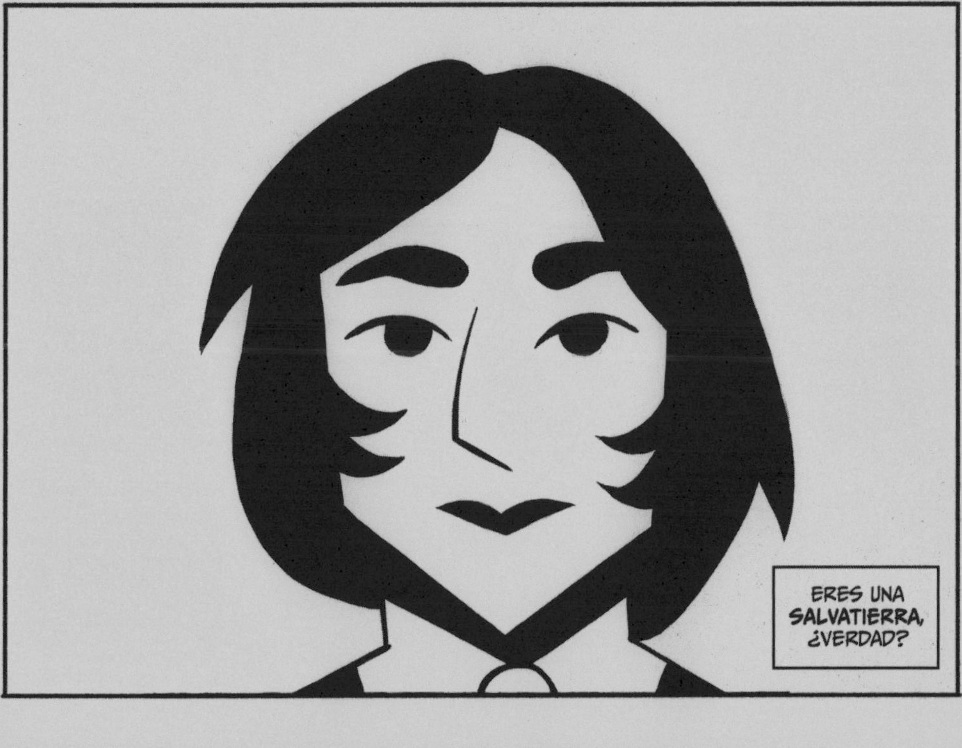
ERES UNA SALVATIERRA, ¿VERDAD?

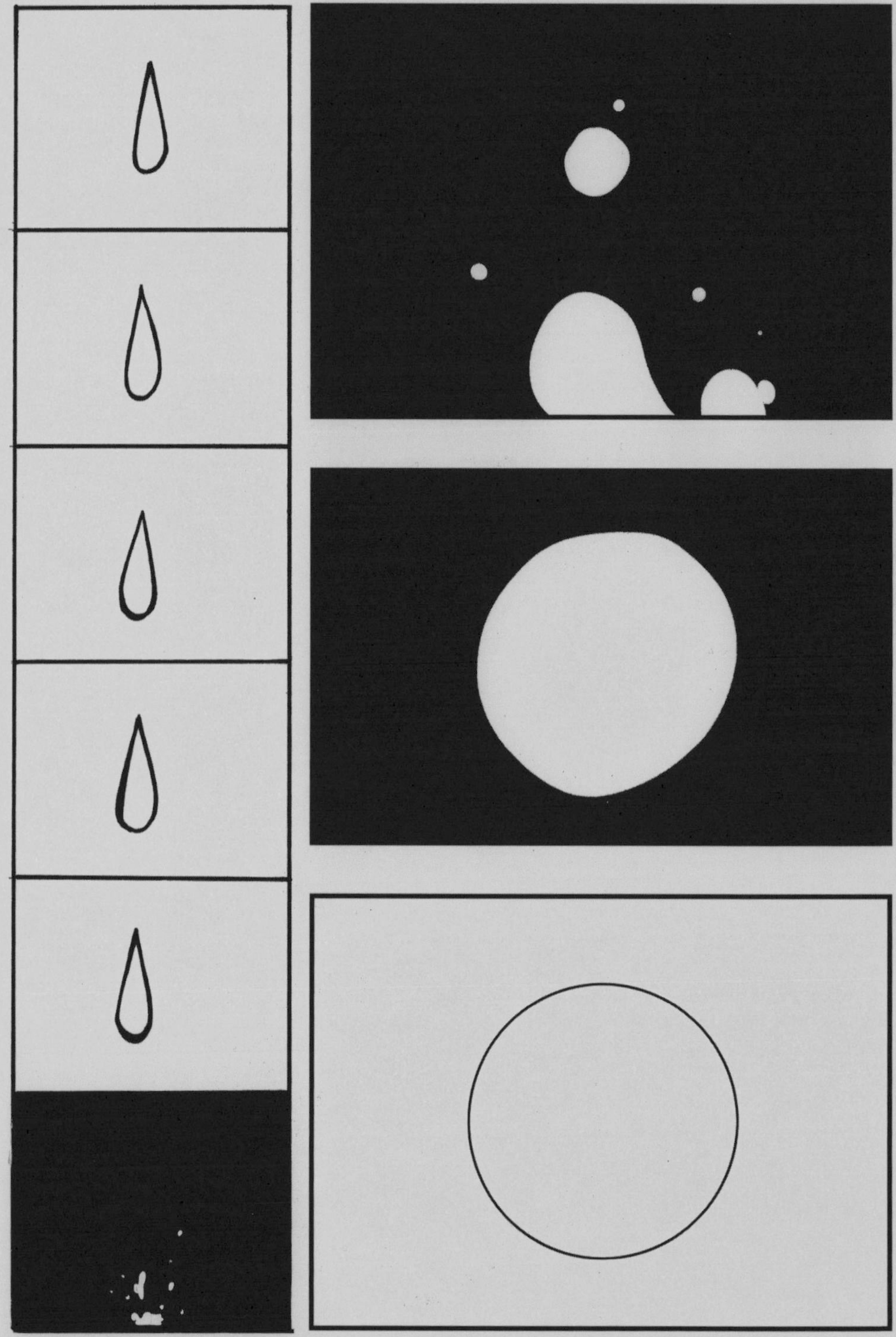

MM...MUUU..
MMUU...
MMUU...
ALGUIEN VIENE...
MUUU...
MMM...
PARECE MADRE ...
MMM...
MMMU...
TOCO TÓ
TOCO TÓ
LEONOR, HA VENIDO LA MONTARAZ DE ISLA PERDIDA.
ME DICEN QUE ANOCHE CRUZASTE SUS TIERRAS SIN PERMISO...
TU OFENSA REQUIERE REPARACIÓN.
A PARTIR DE MAÑANA TRABAJARÁS EN SUS TIERRAS.
DI MI PALABRA, ASÍ QUE CUMPLE CON ELLA.
ASÍ SERÁ.

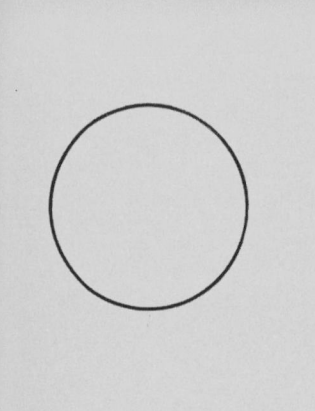

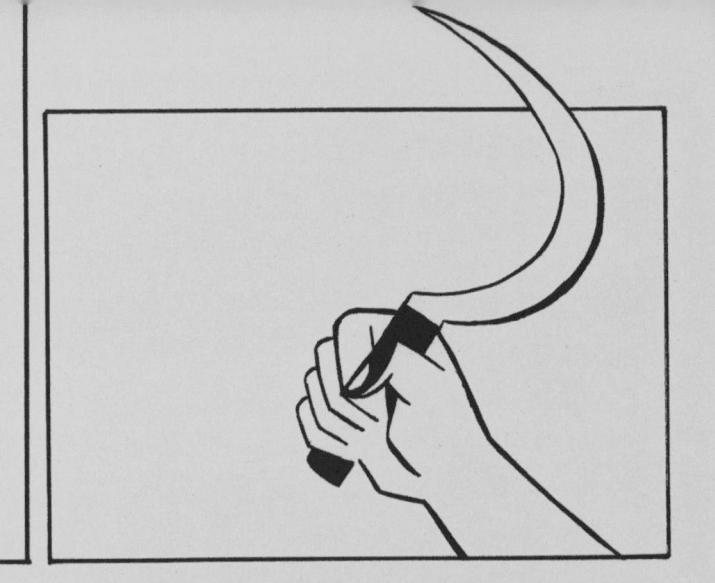

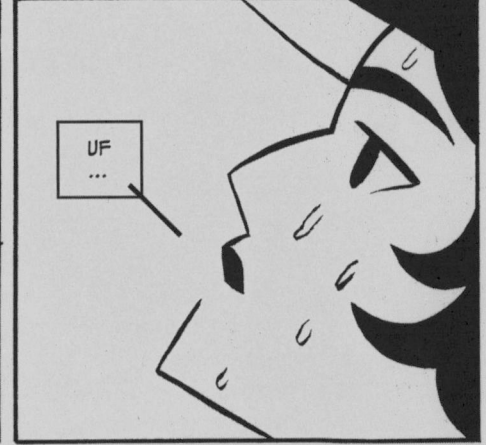

UF...

¡SALVATIERRA!

CONFIESO QUE ME GUSTA QUE PAGUES CON SUDOR TU OSADÍA.

TU MADRE ES UNA MUJER SABIA...
TÚ, EN CAMBIO, NO SÉ SI ERES NECIA O ESTÁS LOCA...
LO QUE SÍ SÉ ES QUE TENDRÁS SED.
TOMA, BEBE.
GRACIAS...
GLUB
GLUB
GLUB

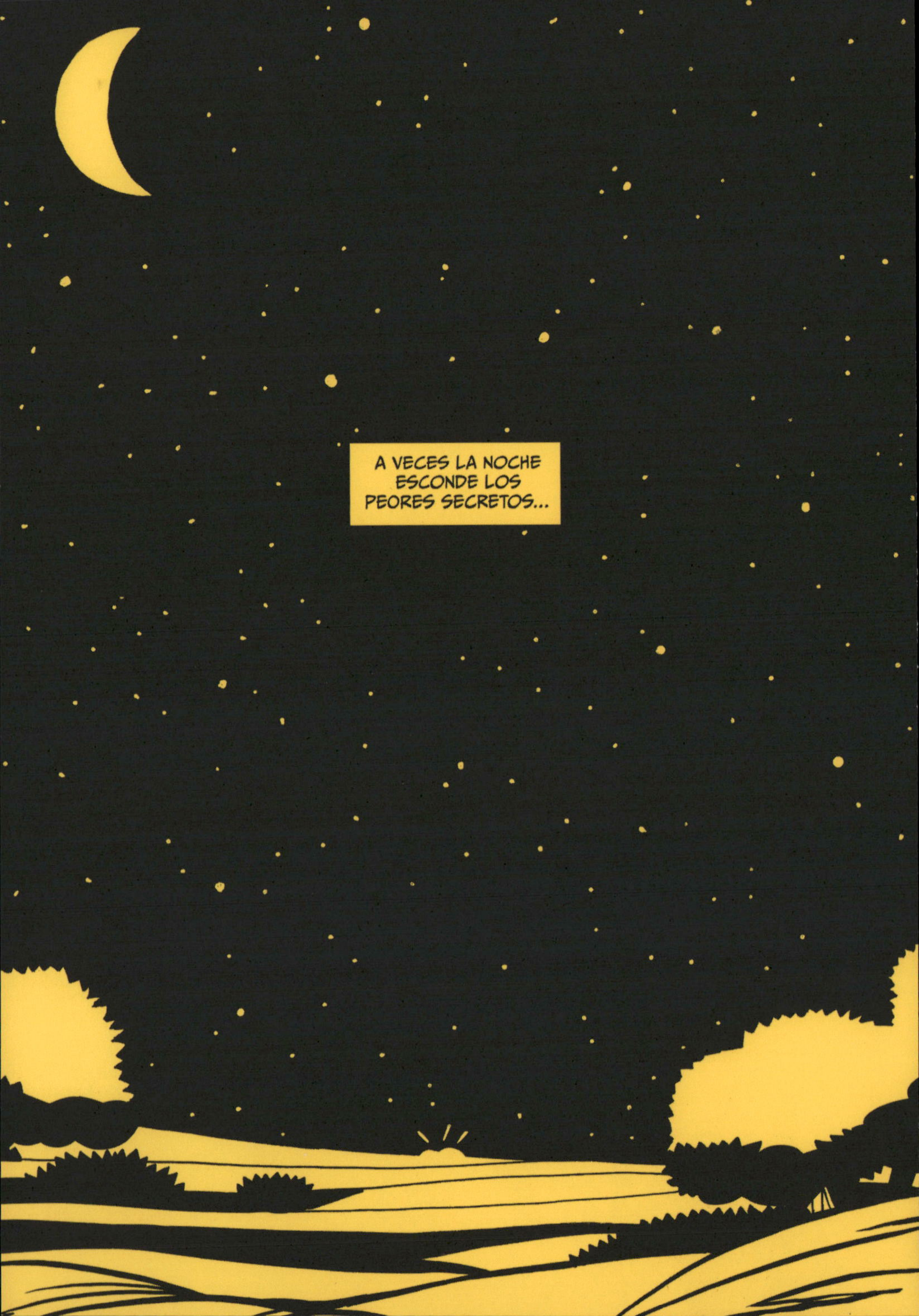
A VECES LA NOCHE ESCONDE LOS PEORES SECRETOS...

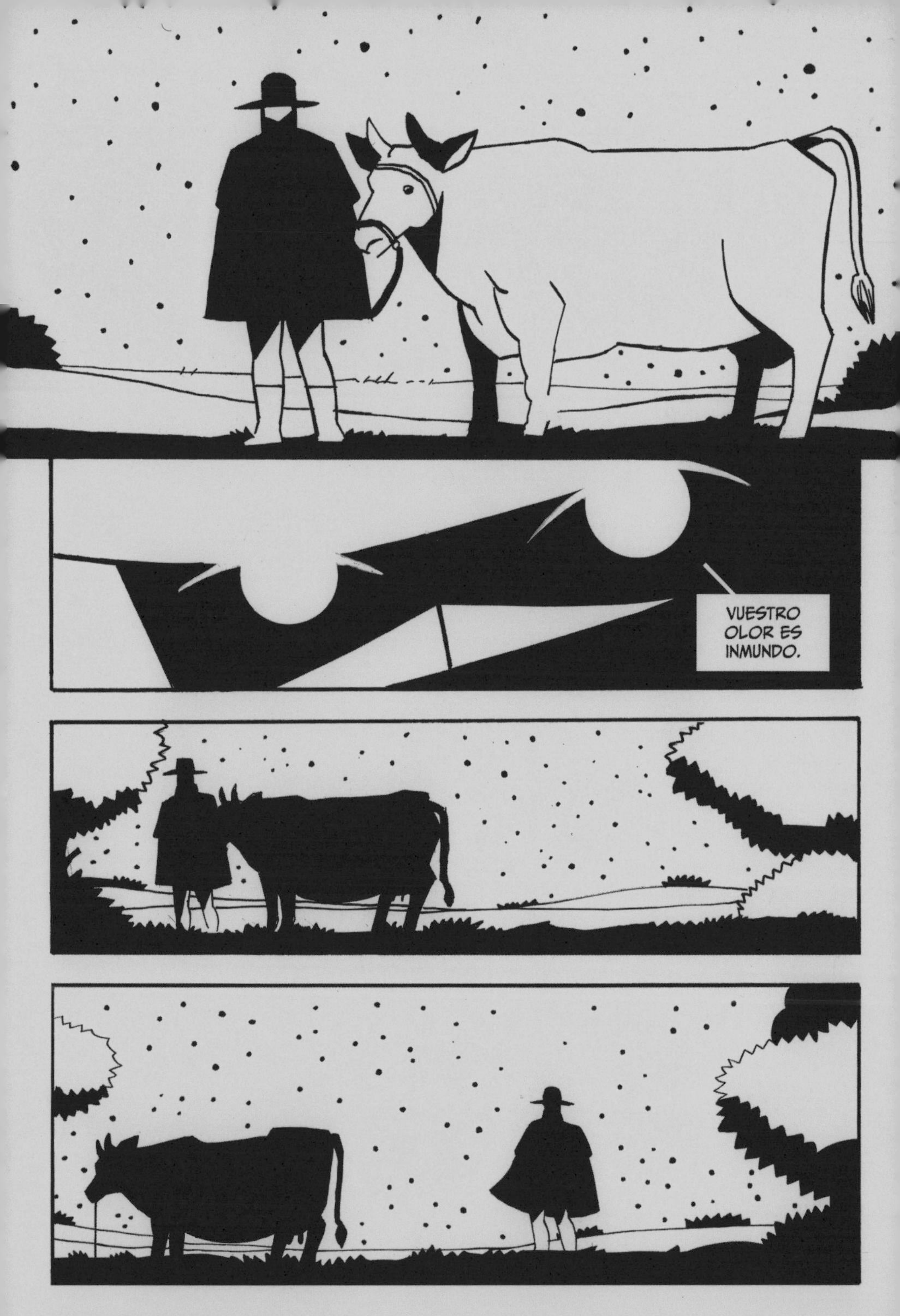
VUESTRO OLOR ES INMUNDO.

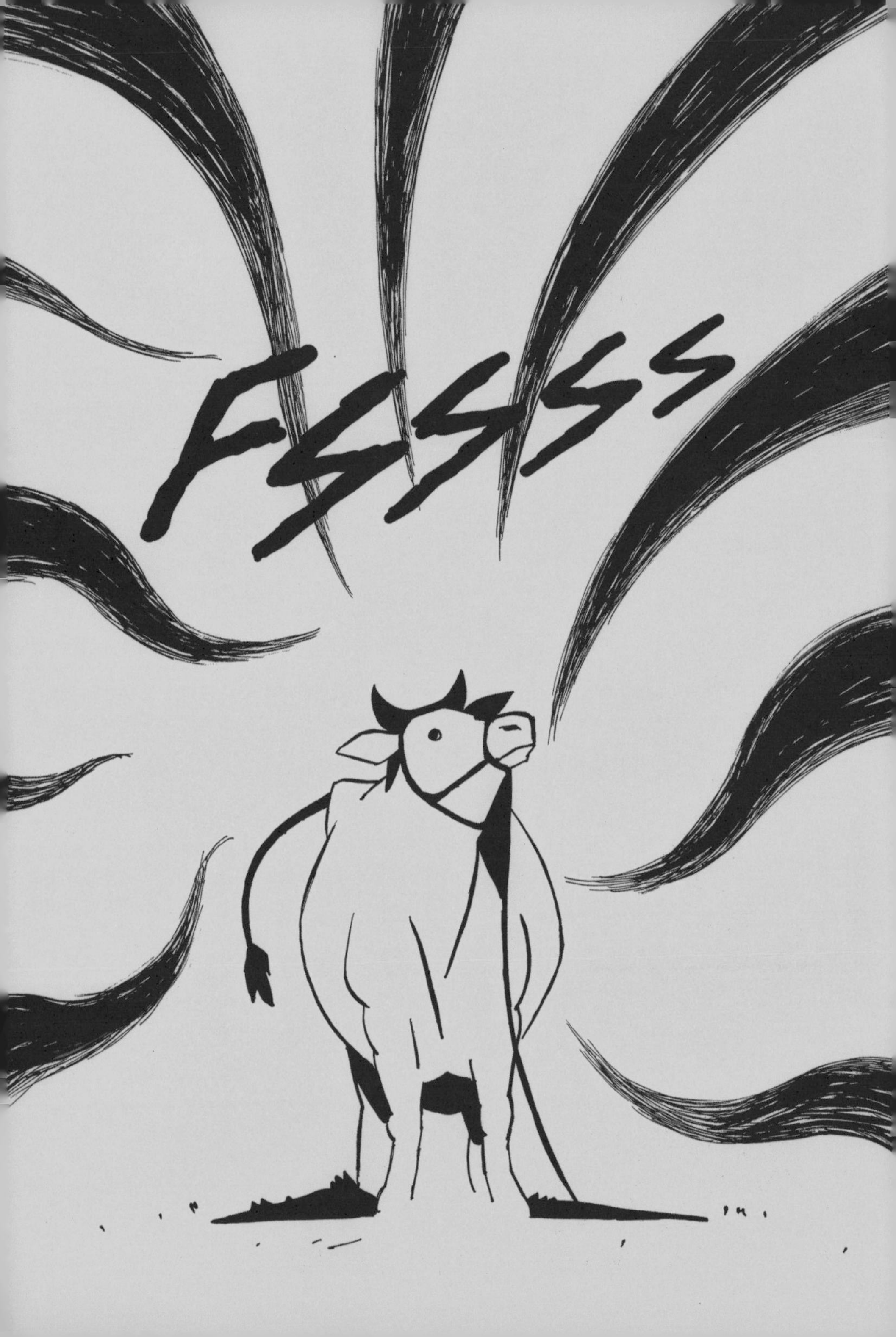
FSSSS

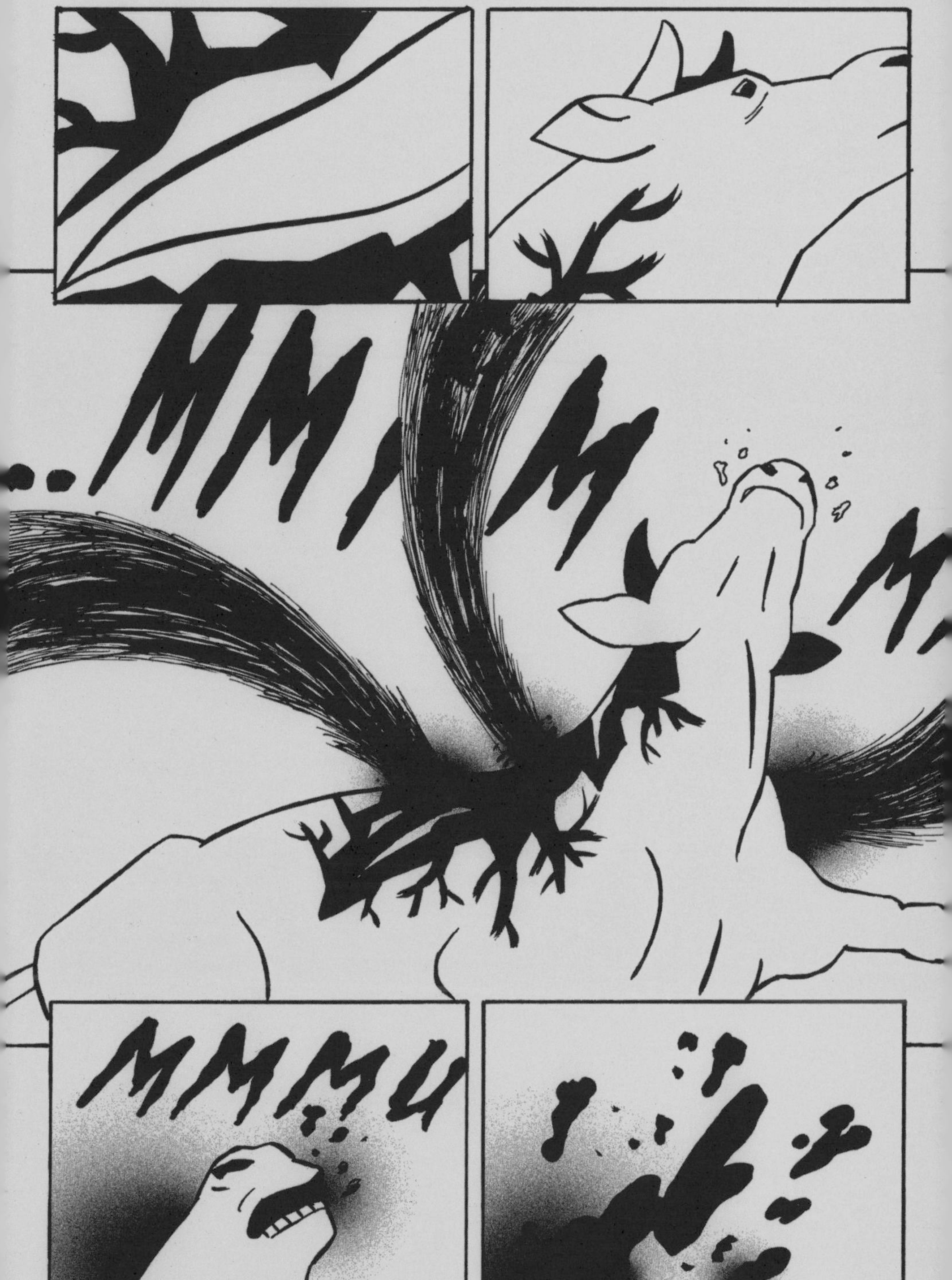
..MMMMMM
MMMU

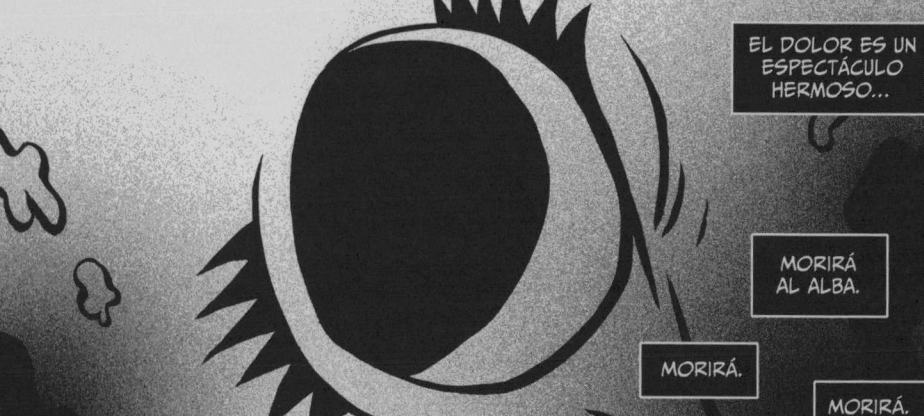

MMM

¿QUÉ HACÉIS?

¿NO LA MATÁIS?

NO.

NO.

MMM

NO.

EL DOLOR ES UN ESPECTÁCULO HERMOSO...

MORIRÁ AL ALBA.

MORIRÁ.

MORIRÁ.

AL ALBA.

¿LO TIENES?
SÍ.
CON ESTO SERÁ SUFICIENTE...
AYÚDAME A BAJAR DE AQUÍ...
GRACIAS.
EL SOL ESTÁ ALTO...
NOS HEMOS GANADO UN DESCANSO...

¿TE PUEDO HACER UNA PREGUNTA?

ADELANTE.

¿QUÉ ES?

"LA PERLA DE LAS PERDIDAS".

LA LLAMAMOS ASÍ POR EL COLOR BLANCO DE SU HIERBA.

ILUMINA LA NOCHE DE NUESTRAS TIERRAS.

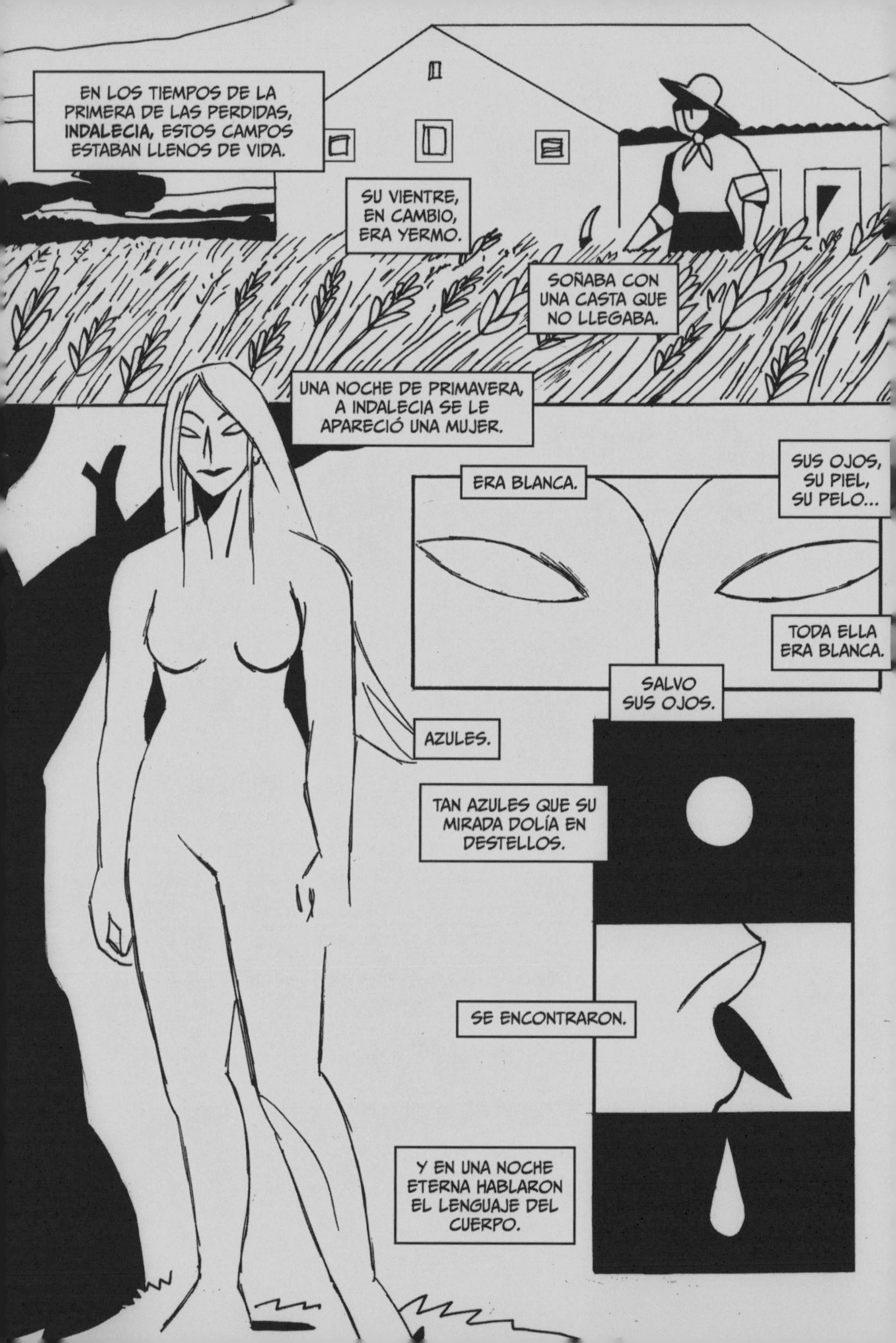
EN LOS TIEMPOS DE LA PRIMERA DE LAS PERDIDAS, INDALECIA, ESTOS CAMPOS ESTABAN LLENOS DE VIDA.
SU VIENTRE, EN CAMBIO, ERA YERMO.
SOÑABA CON UNA CASTA QUE NO LLEGABA.
UNA NOCHE DE PRIMAVERA, A INDALECIA SE LE APARECIÓ UNA MUJER.
ERA BLANCA.
SUS OJOS, SU PIEL, SU PELO...
TODA ELLA ERA BLANCA.
SALVO SUS OJOS.
AZULES.
TAN AZULES QUE SU MIRADA DOLÍA EN DESTELLOS.
SE ENCONTRARON.
Y EN UNA NOCHE ETERNA HABLARON EL LENGUAJE DEL CUERPO.

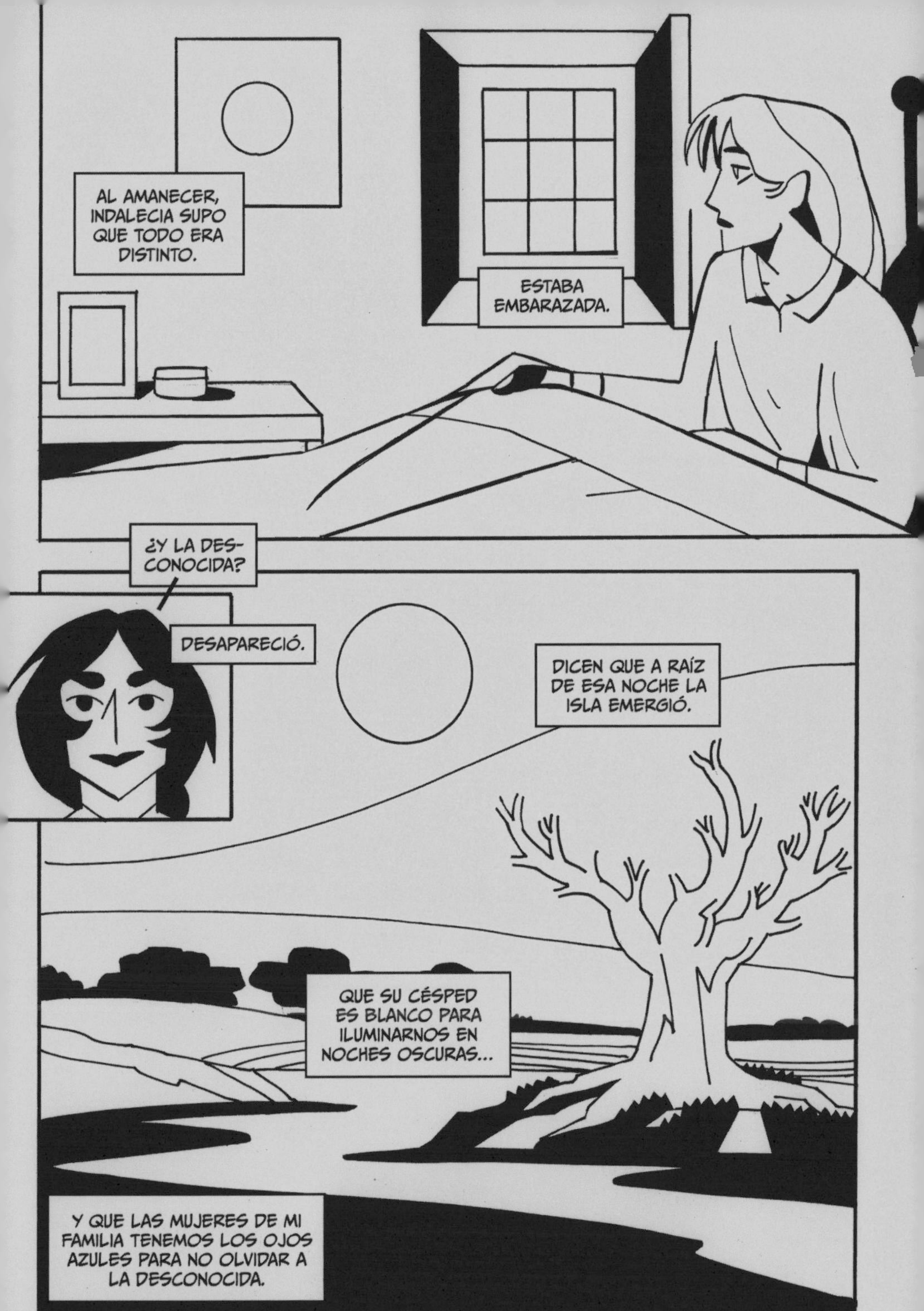
AL AMANECER, INDALECIA SUPO QUE TODO ERA DISTINTO.
ESTABA EMBARAZADA.
¿Y LA DES-CONOCIDA?
DESAPARECIÓ.
DICEN QUE A RAÍZ DE ESA NOCHE LA ISLA EMERGIÓ.
QUE SU CÉSPED ES BLANCO PARA ILUMINARNOS EN NOCHES OSCURAS...
Y QUE LAS MUJERES DE MI FAMILIA TENEMOS LOS OJOS AZULES PARA NO OLVIDAR A LA DESCONOCIDA.

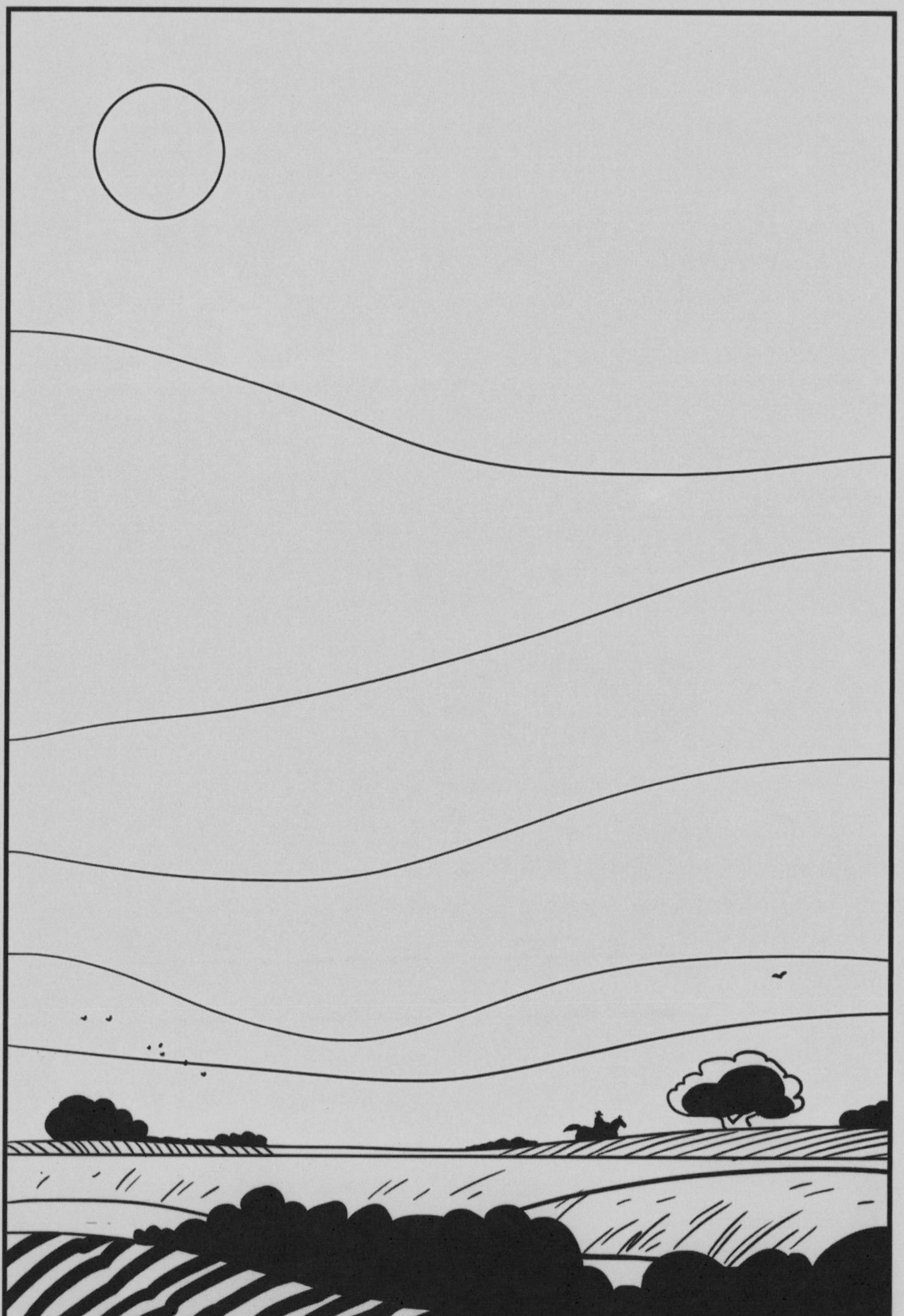

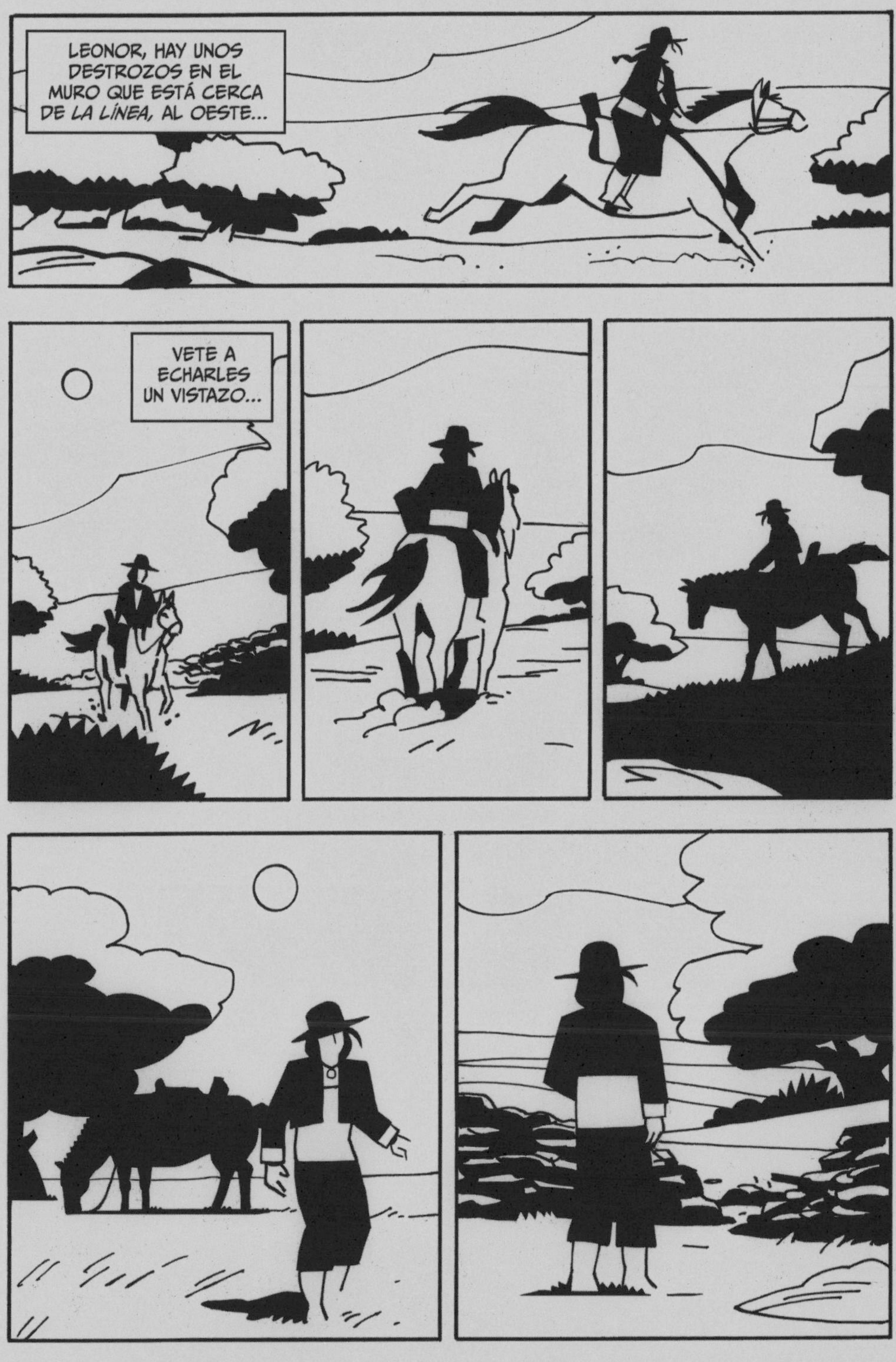
LEONOR, HAY UNOS DESTROZOS EN EL MURO QUE ESTÁ CERCA DE *LA LÍNEA*, AL OESTE...
VETE A ECHARLES UN VISTAZO...

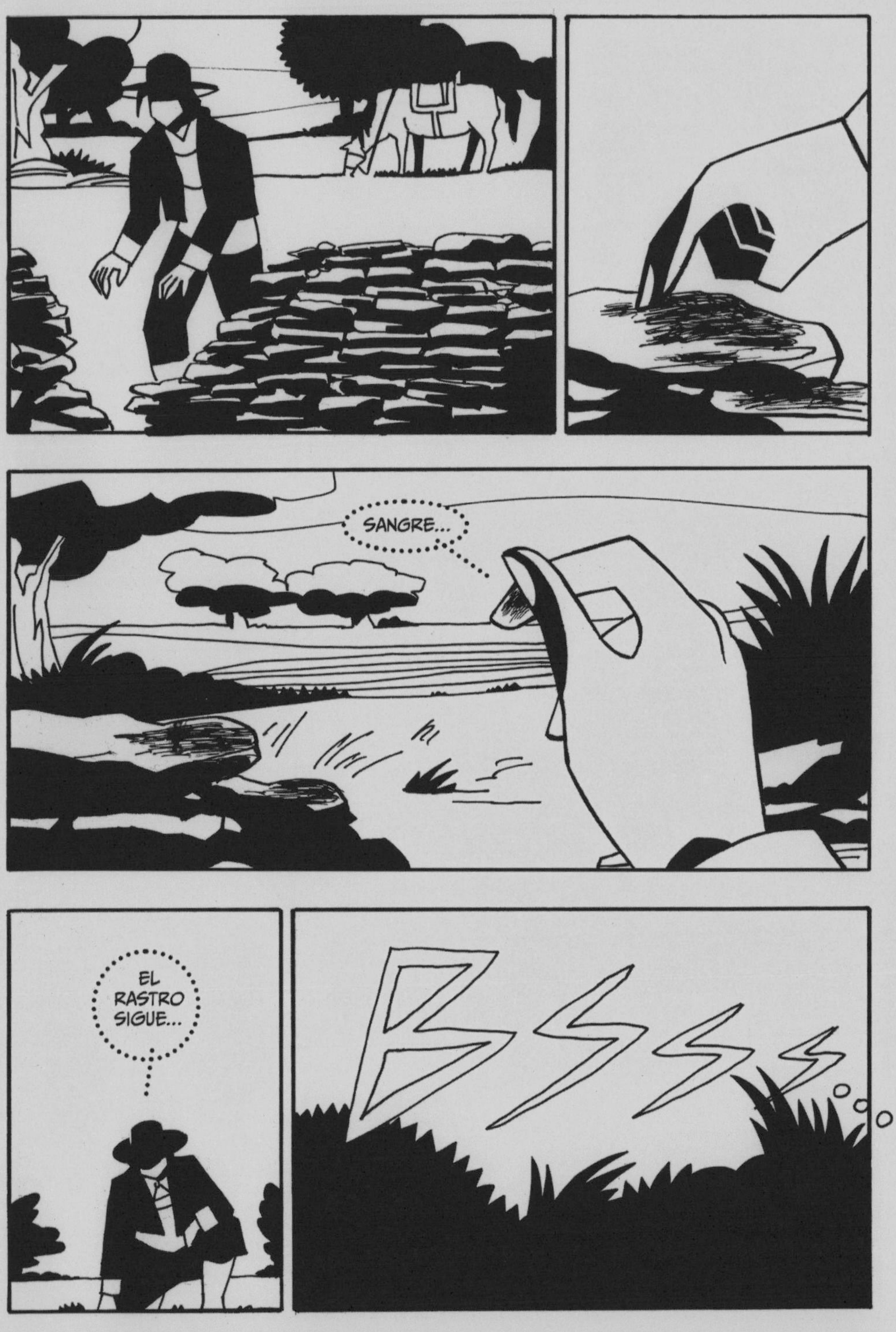
SANGRE...
EL RASTRO SIGUE...
BSSS

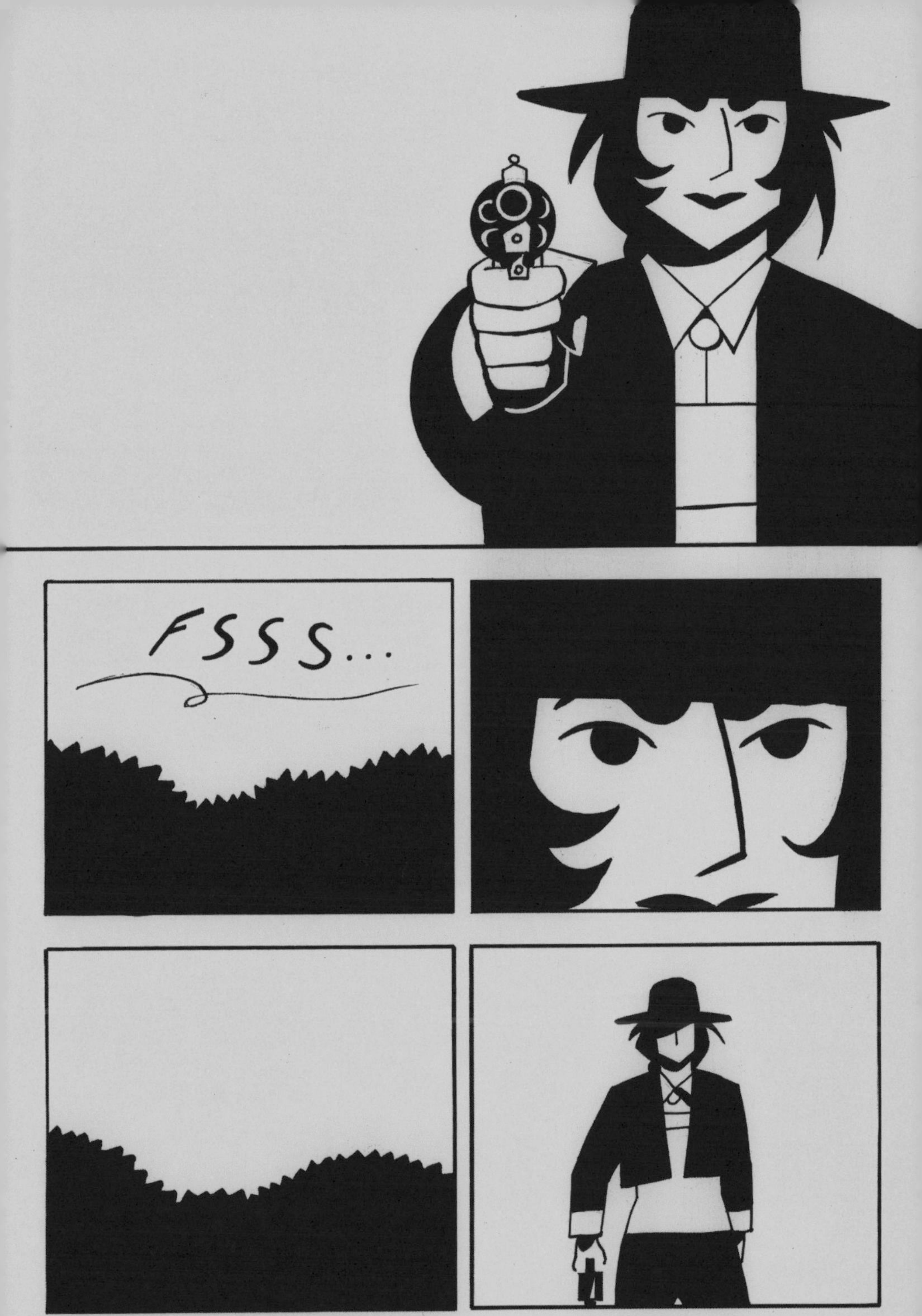
FSSS...

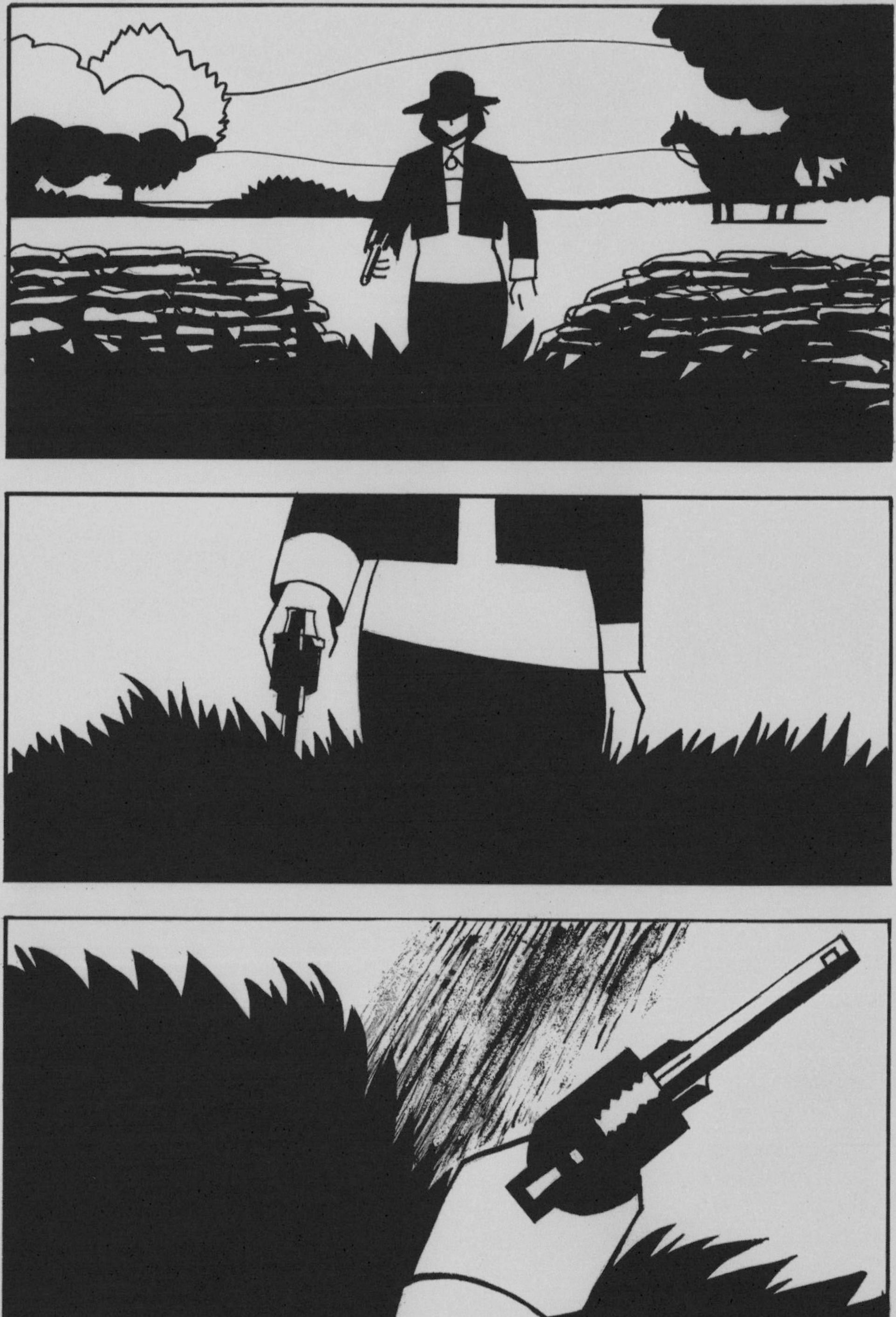

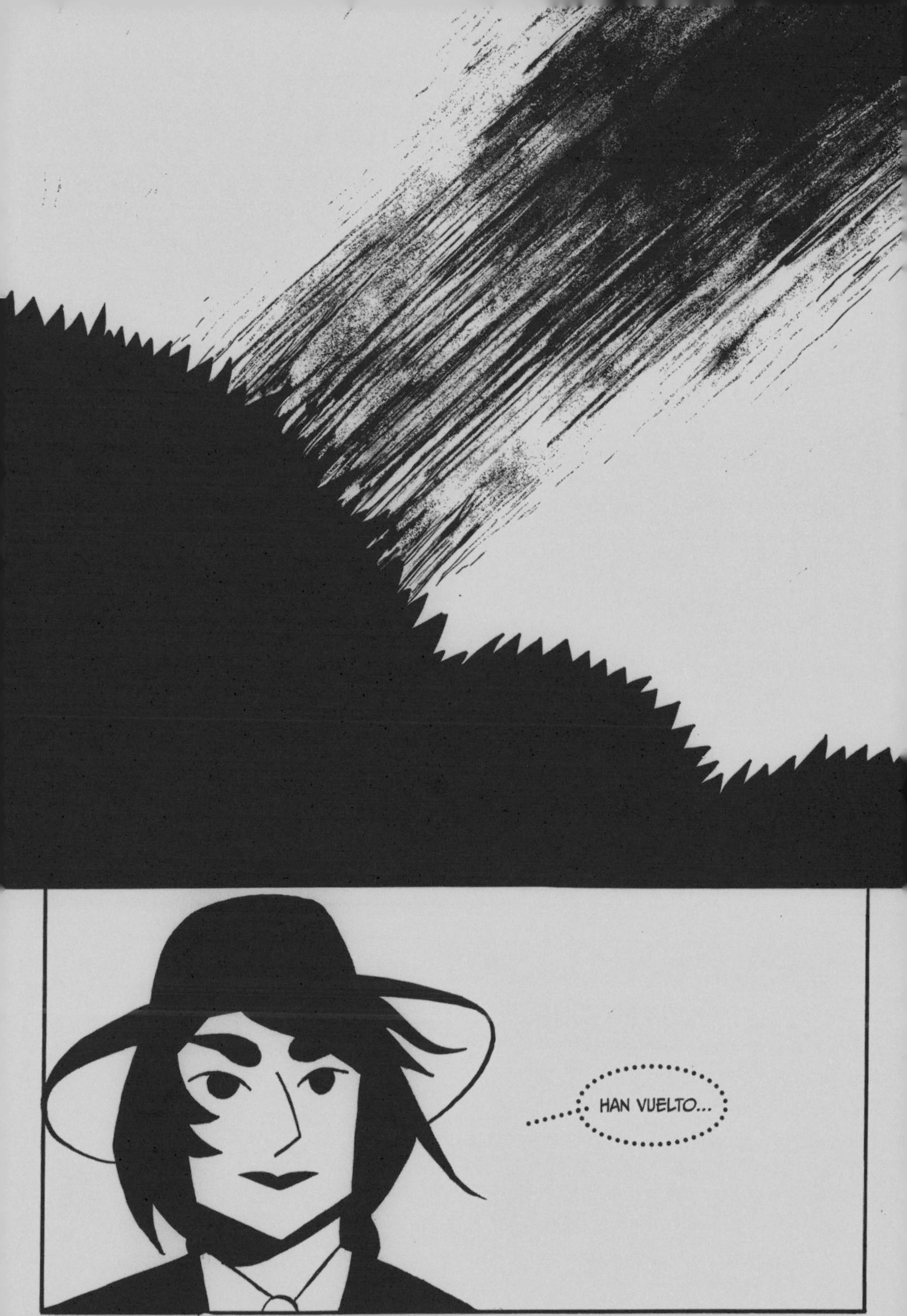
HAN VUELTO...

¿ELLOS EN ISLA PERDIDA?
ES LA ÚNICA EXPLICACIÓN...
EL RASTRO DE SANGRE Y LA TIERRA ENNE-GRECIDA...
NO HAY DUDA...
IMPOSIBLE.

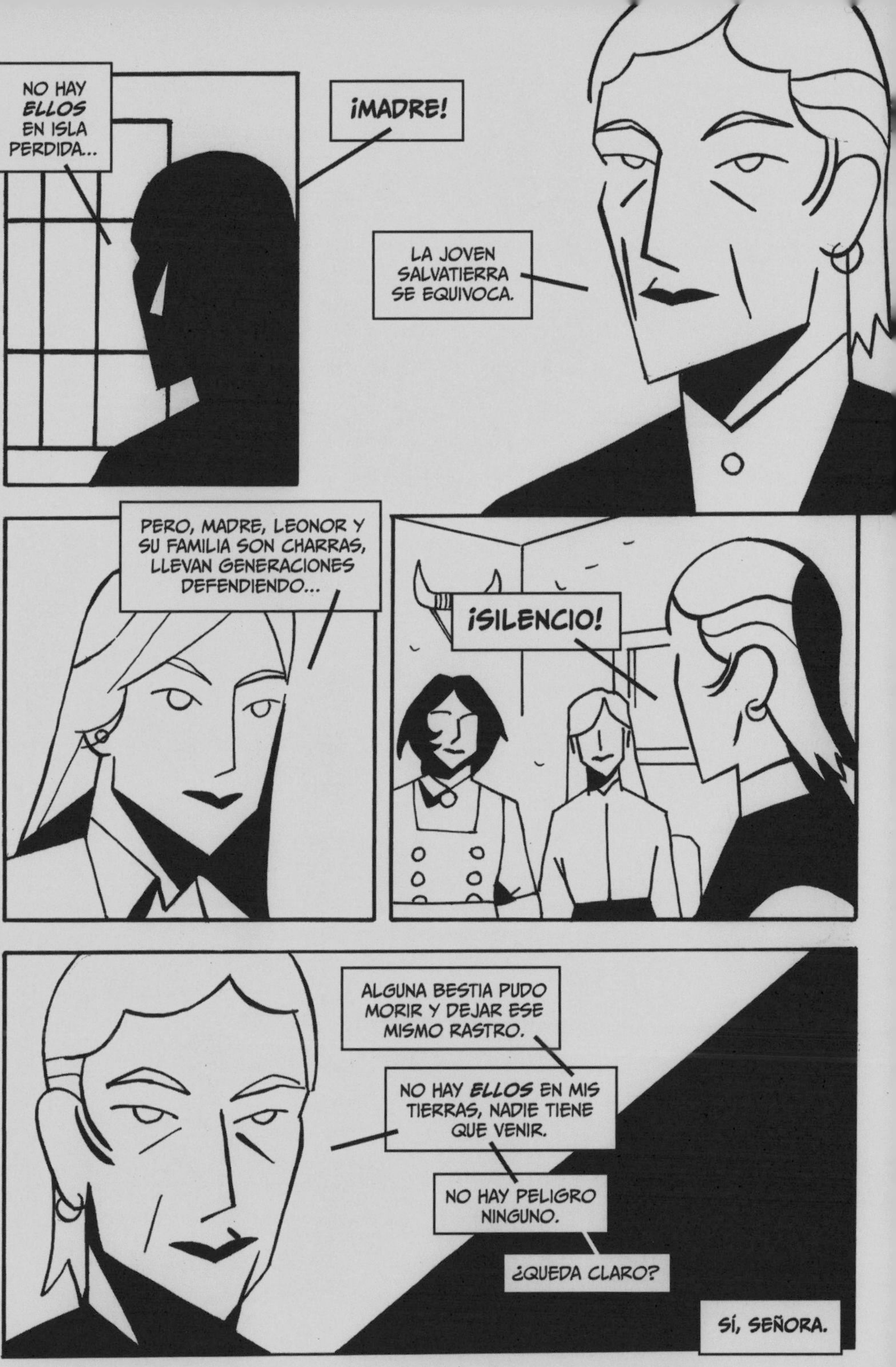
NO HAY *ELLOS* EN ISLA PERDIDA...
¡MADRE!
LA JOVEN SALVATIERRA SE EQUIVOCA.
PERO, MADRE, LEONOR Y SU FAMILIA SON CHARRAS, LLEVAN GENERACIONES DEFENDIENDO...
¡SILENCIO!
ALGUNA BESTIA PUDO MORIR Y DEJAR ESE MISMO RASTRO.
NO HAY *ELLOS* EN MIS TIERRAS, NADIE TIENE QUE VENIR.
NO HAY PELIGRO NINGUNO.
¿QUEDA CLARO?
SÍ, SEÑORA.

TAP, TAP
VAMOS, LEONOR, DESPIERTA.
TIENES CAFÉ HECHO.
MMGRACIAS...
tocotó tocotó
tocotó
tocotó
tocotó
tocotó

ME IMAGINO QUE ESTÁIS AL CORRIENTE.
OS HE CONVOCADO PORQUE HAN ROBADO BESTIAS A ALGUNAS VECINAS.
DE MOMENTO SOLO HAN SIDO UNAS POCAS PÉRDIDAS...
GRACIAS A LA VERRACA SAGRADA, NO HAY APENAS DAÑOS PERSONALES...
TODO PARECE HABER SIDO PROVOCADO...
¡SON LOS ELLOS!
¡LOS ELLOS HAN VUELTO!
BLA
BLA
BLA
BLA
BLA
BLA
BLA
BLA...

¡CALMA, CALMA!
DE MOMENTO SOLO SE TRATA DE ROBOS EN TERRENOS CERCA DE LA LÍNEA...
QUIZÁ UNA BANDA QUE ASALTA Y MATA ALGÚN ANIMAL CON LA INTENCIÓN DE REVENDERLO...
BLA
BLA
BLA
BLA
BLA
BLA
BLA
BLA
BLA
PERO HABRÁ QUE ESTAR ATENTAS...
OS DOY MI PALABRA DE QUE CON CUALQUIER COSA QUE SUCEDA MOVILIZAREMOS A LAS CHARRAS.
HASTA ENTONCES, CORDURA.
BLA
BLA
BLA
BLA
BLA

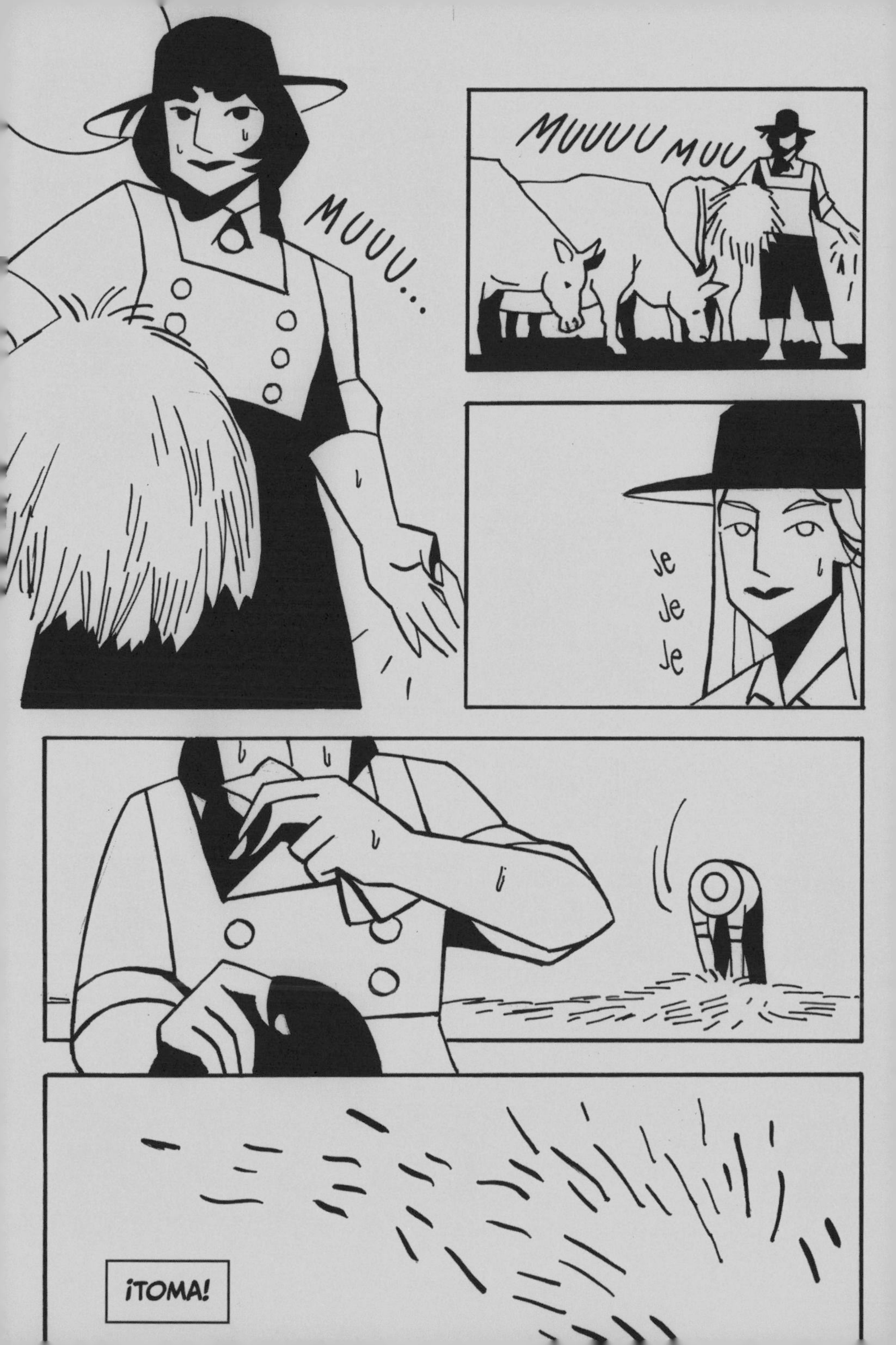
MUUU...
MUUUU MUU
Je
Je
Je
¡TOMA!

¡ISABEL!
SE SUPONE QUE HE VENIDO A AYUDARTE...
¡HARÁS LO QUE SE TE ORDENE!
¡HUMPF!
MMNIÑA-TAMMM...
¡JA,JA!
¡TOMA!
¡AY!
¡MI OJO!
¡LEONOR!

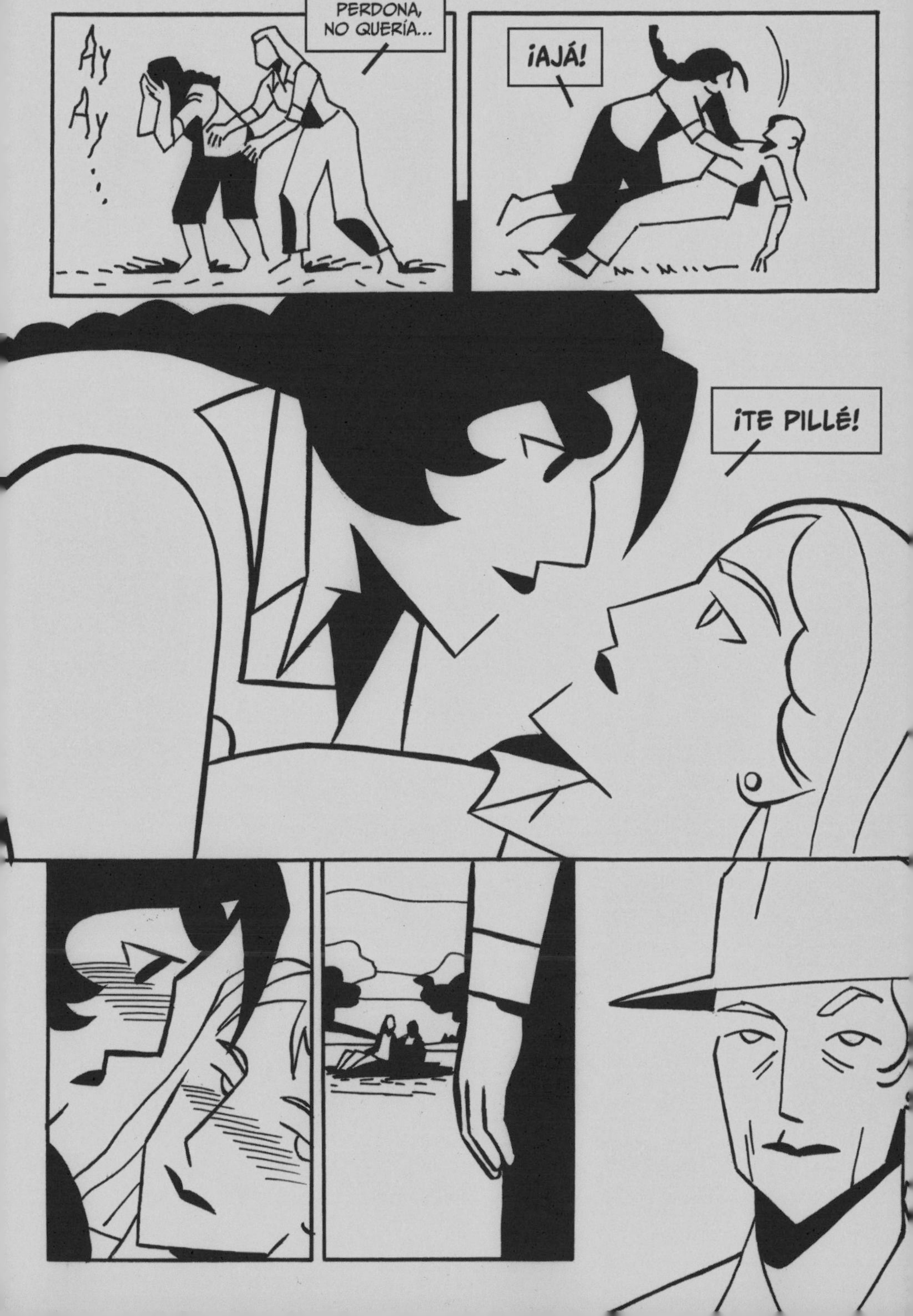

Ay Ay...
PERDONA, NO QUERÍA...
¡AJÁ!
¡TE PILLÉ!

¡BANG!
¡BANG!
¡DISPAROS!
¡BANG!
¡BANG!
¡MIS HERMANAS!
¡ALGUIEN LAS ATACA!
¡ARRE, TARAMBANA!
ARF
ARF

¡VEGA! ¡TRINIDAD! ¿ESTÁIS BIEN?
¡SÍ!
¡NOS ROBARON UNAS VACAS!
¡CUBRÍOS!
¡BANG!
¡BANG!
¡BANG!
¡AGH!
BANG!
¡AGH!
TOCOTÓ
TOCOTÓ
TOCOTÓ

LLEGAS TARDE, SALVATIERRA.
AYER NOS ATACARON UNOS BANDIDOS, NO DORMIMOS DEMASIADO...
¿QUÉ?
HUBO UN TIROTEO...
¿ESTÁIS BIEN?
SÍ... NOS ROBARON UNAS VACAS, PERO NADA MÁS...
LO SIENTO MUCHO.
AY.

DUELE.

PERDONA... NO...

ESTOY BIEN...

¡ISABEL!

¡VOY, MADRE!

SUPONGO QUE YA SABES POR QUÉ TE HE LLAMADO.
¿LOS ROBOS?
NO, NO SON LOS BANDIDOS LO QUE ME PREOCUPA...
HAN ENCONTRADO BESTIAS DESTROZADAS CERCA DE AQUÍ, EN *LA LÍNEA*...
ENTONCES ES CIERTO, ***LOS ELLOS*** HAN VUELTO.
NECESITAMOS A TU GENTE.
POR ALGO NOS LLAMAN **LAS SALVATIERRA.**
TENDRÁN QUE VENIR MÁS FAMILIAS CHARRAS...
LO HARÁN.
¿Y **CANDELAS?**
LA MANDÉ LLAMAR TAMBIÉN...

ESPERO QUE LLEGUE PRONTO...
SAGRARIO, ENSILLA MI YEGUA, RÁPIDO.
VILLAVIEJA TRAE MALOS AUGURIOS.
DEBO PARTIR ESTA MISMA NOCHE.
ENSEGUIDA, HERMANA.
QUE LA VERRACA SAGRADA NOS PROTEJA...
ANTES DE QUE SE HAGAN MÁS FUERTES...

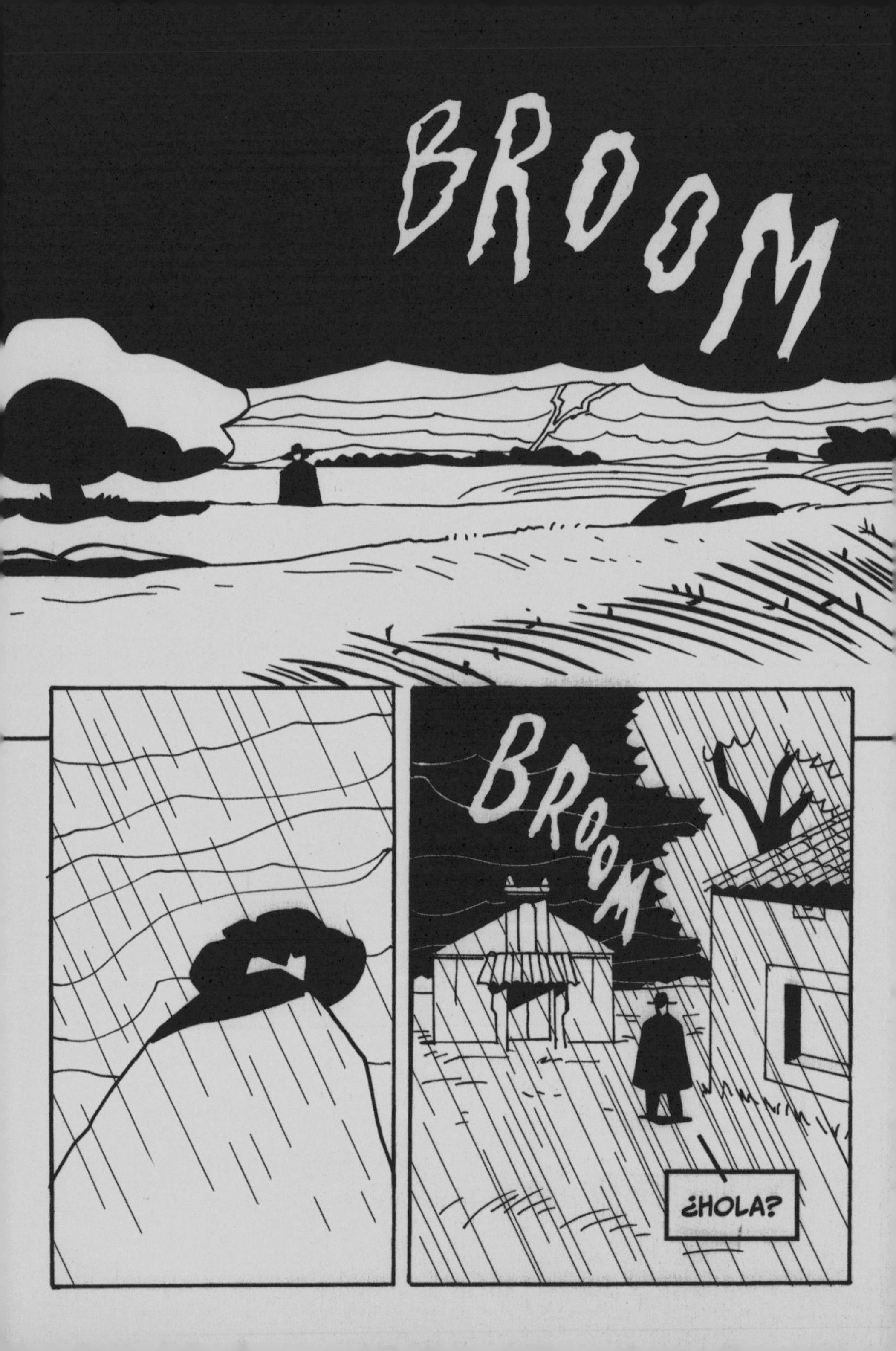
BROOM
BROOM
¿HOLA?

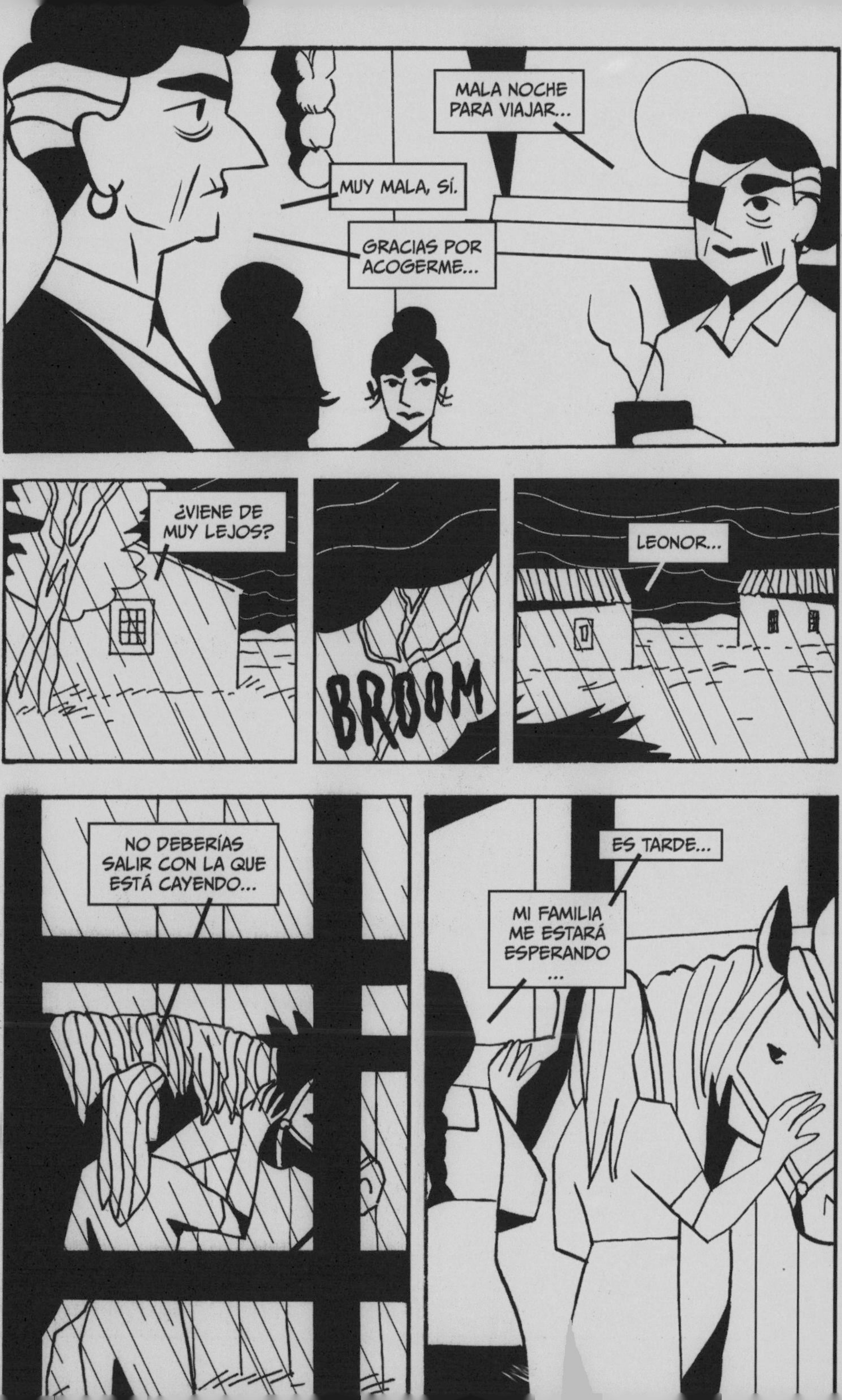
MALA NOCHE PARA VIAJAR...
MUY MALA, SÍ.
GRACIAS POR ACOGERME...
¿VIENE DE MUY LEJOS?
BROOM
LEONOR...
NO DEBERÍAS SALIR CON LA QUE ESTÁ CAYENDO...
ES TARDE...
MI FAMILIA ME ESTARÁ ESPERANDO ...

BUENAS NOCHES, ISABEL...
BUENAS NOCHES, ANDA CON CUIDADO.
¿DE LA LÍNEA?
ESO ES MUCHO CAMINO PARA UNA NOCHE.
SALÍ APRISA, LA SITUACIÓN NO ES BUENA...
AL PRINCIPIO NO ME PREOCUPÉ.
SOLO ERAN ALGUNOS ANIMALES ROBADOS...
DESPUÉS APARECIERON MUERTOS, DESGARRADOS...
LA TIERRA SE VOLVIÓ NEGRA...

ISABEL...
SEMBRARON NUESTRA TIERRA DE SANGRE...
YO...
ACABARON CON NUESTRA ESPERANZA.
¿QUÉ HARÍAS SI VIERAS VENIR LA OSCURIDAD HACIA TI?

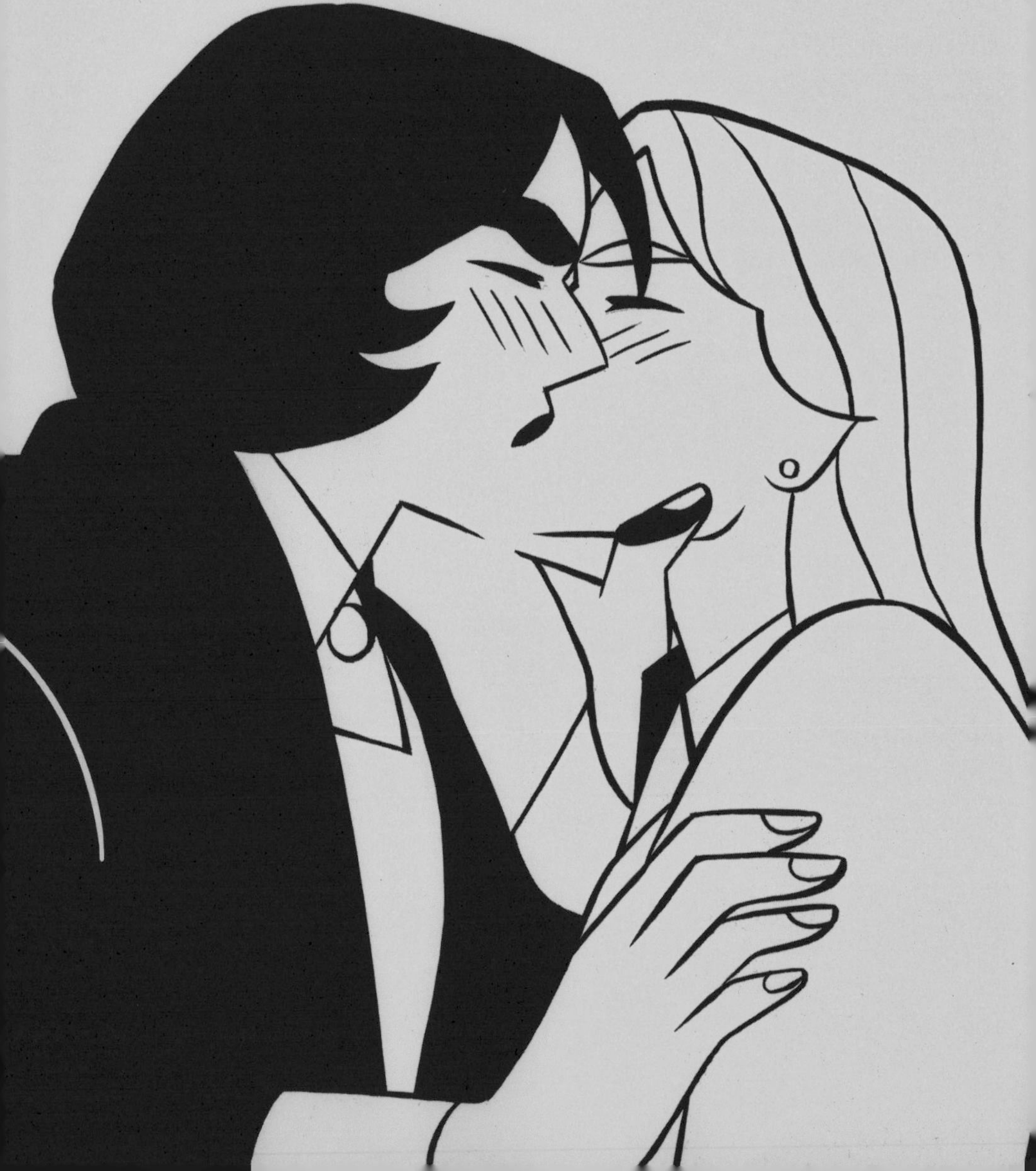

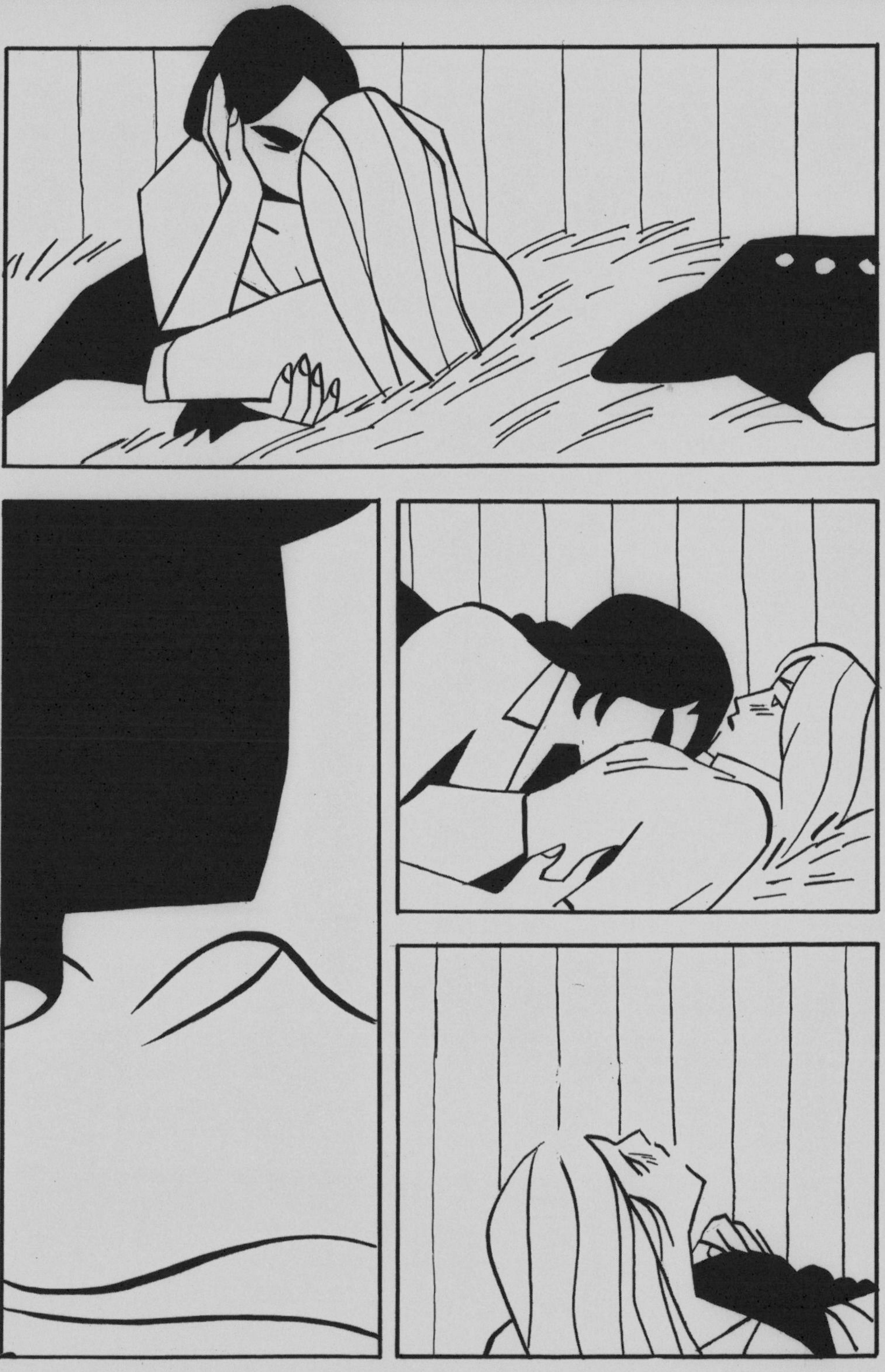

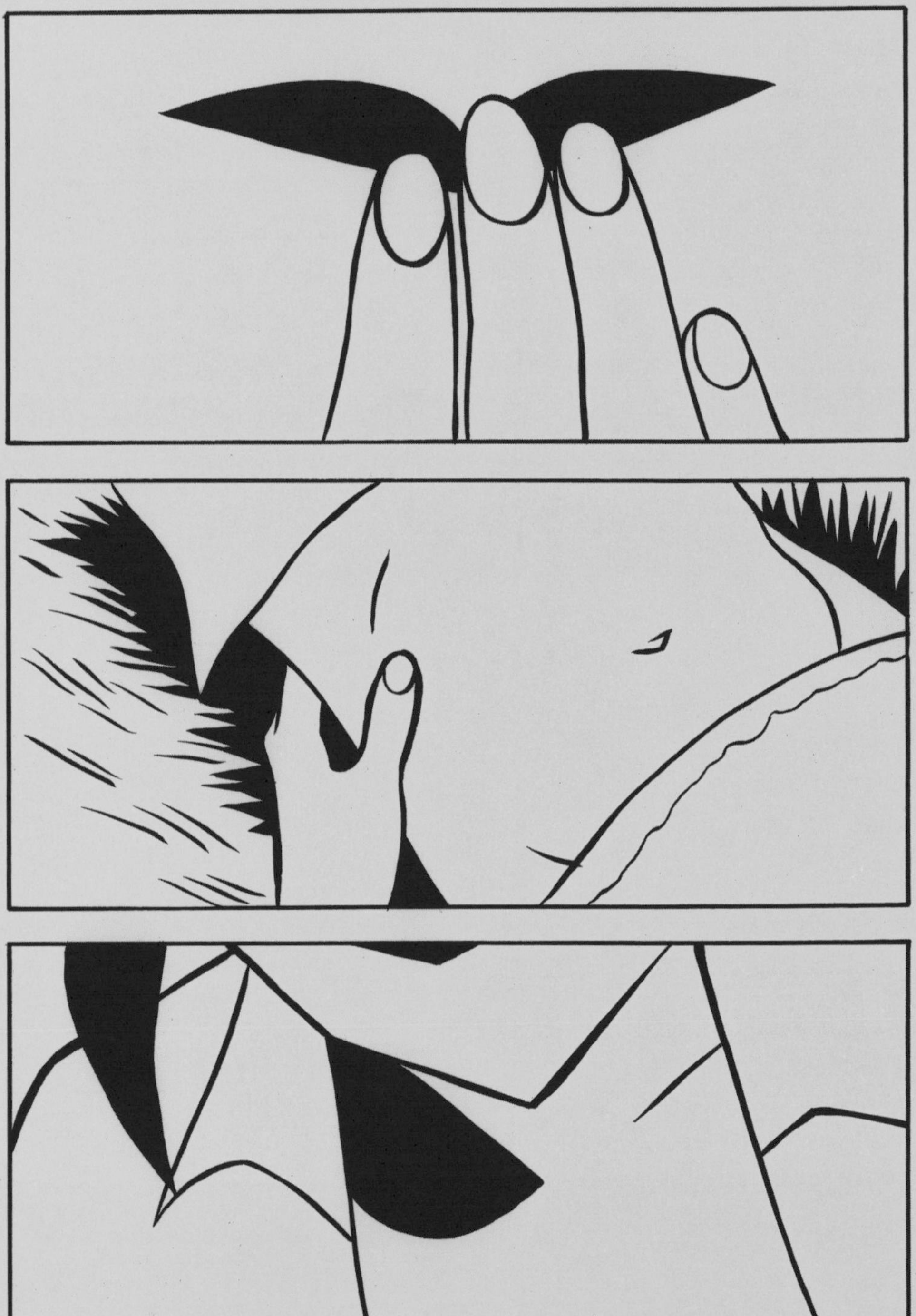

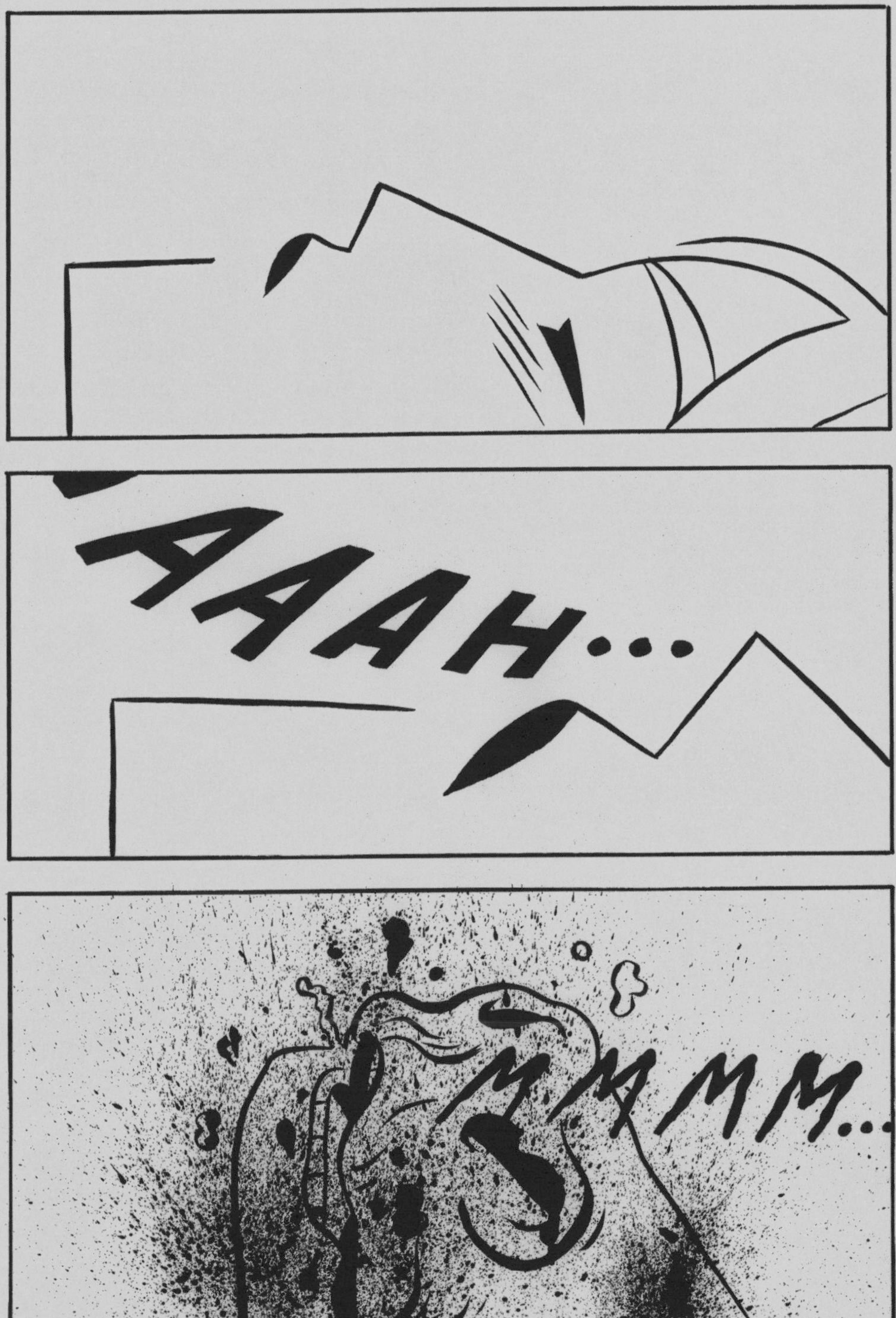
AAAH...
MMMM...

MÁS.

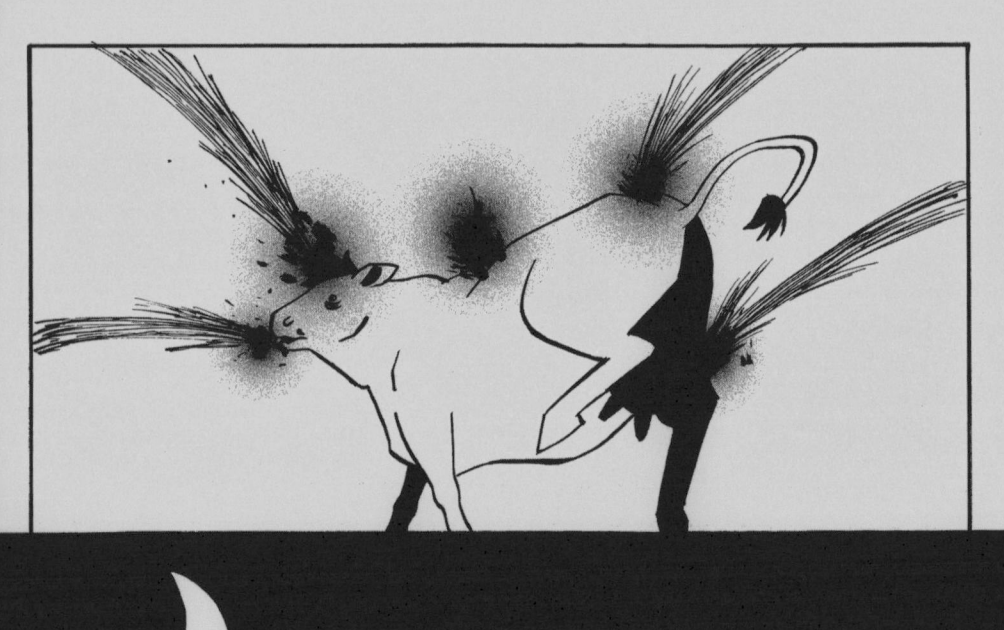

MÁS.

MÁS.

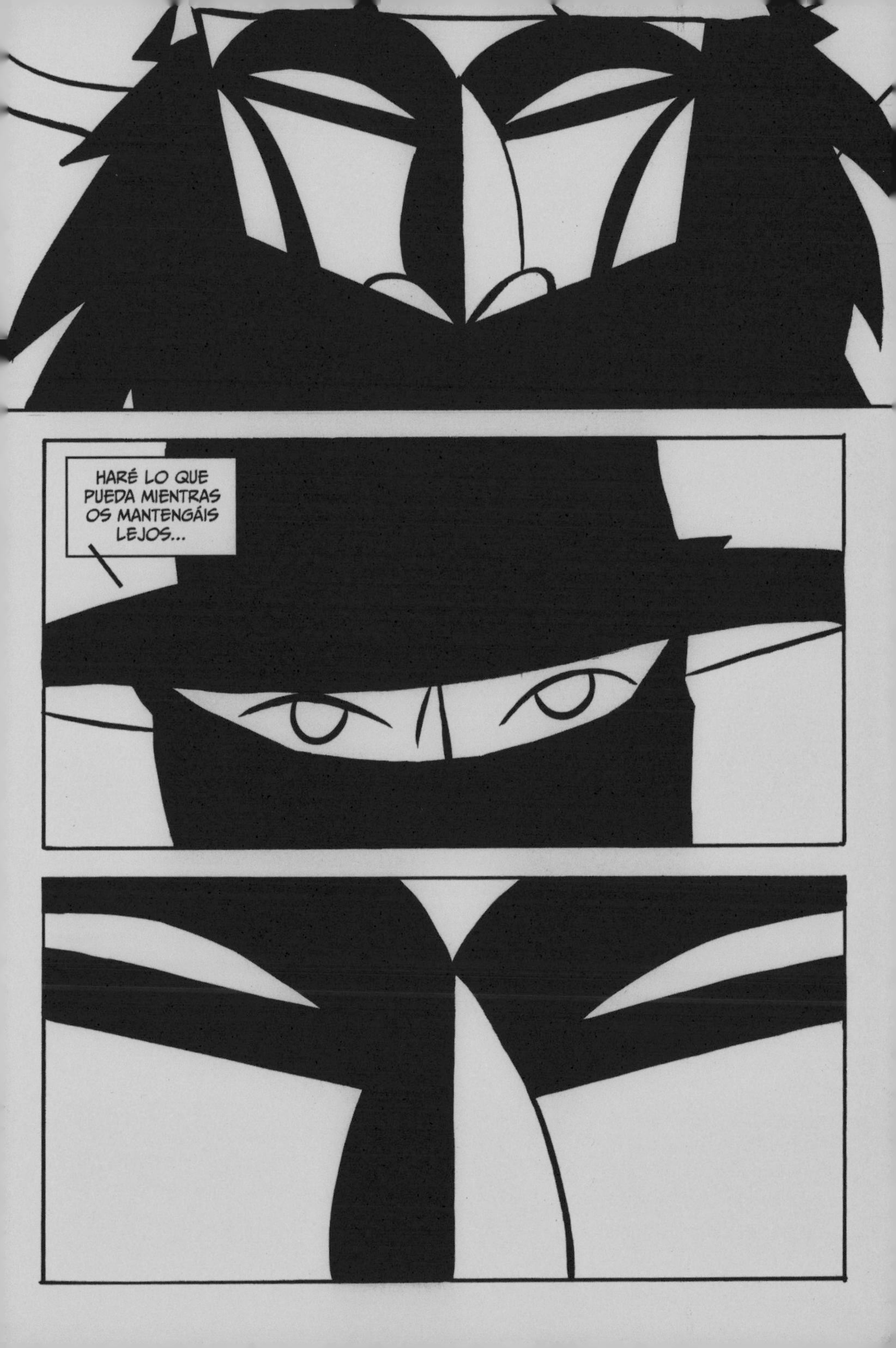
HARÉ LO QUE PUEDA MIENTRAS OS MANTENGÁIS LEJOS...

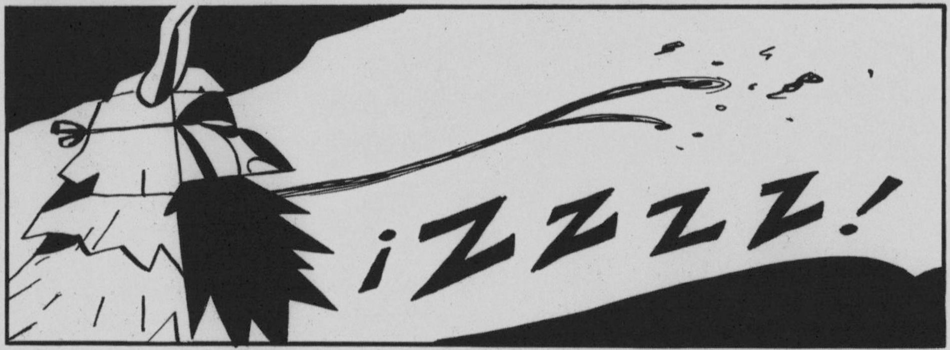
¡ZZZZZ!

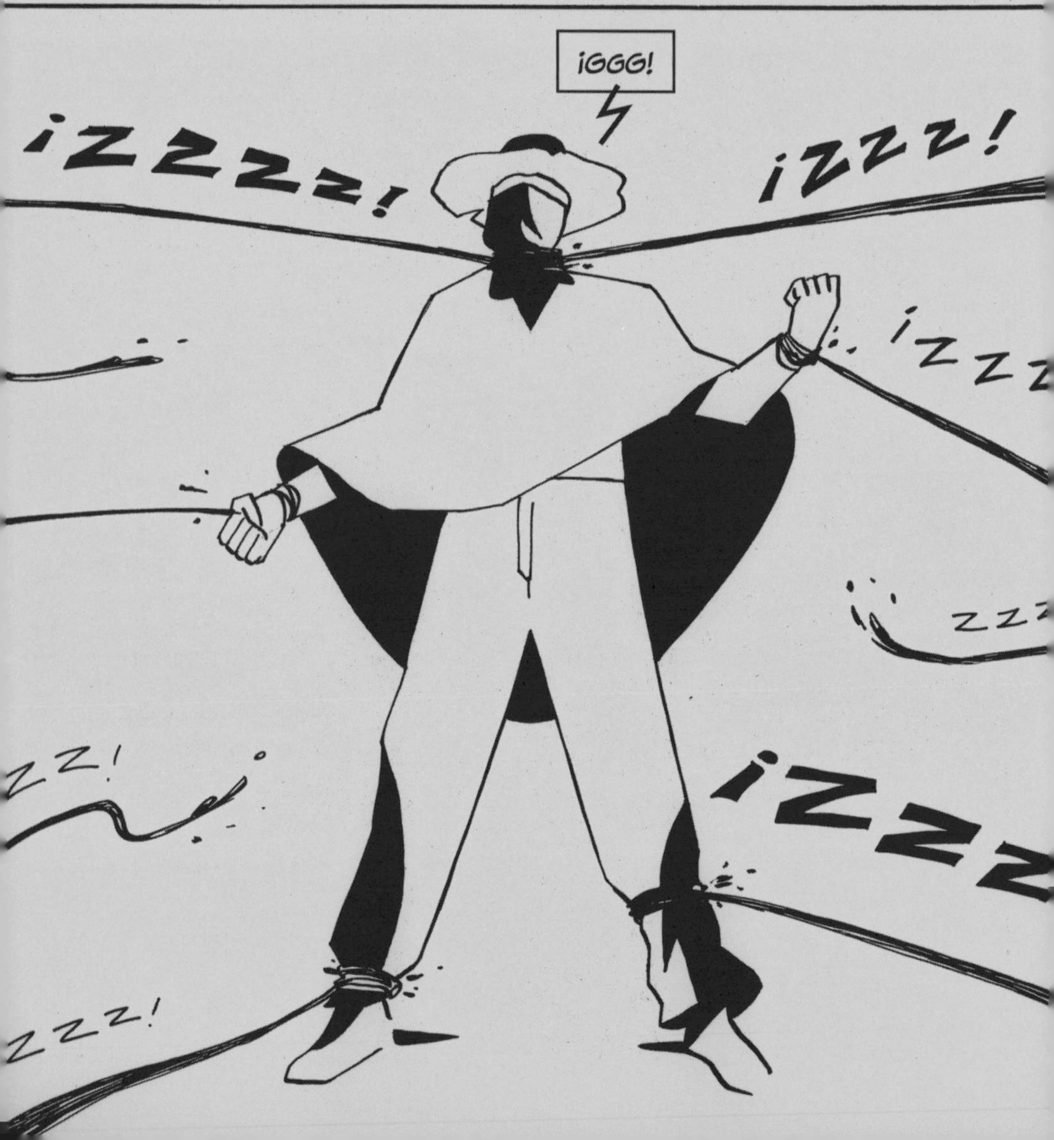
¡GGG!
¡ZZZZZZ!
¡ZZZZ!
¡ZZZZ
ZZZ
ZZ!
¡ZZZ
ZZZ!

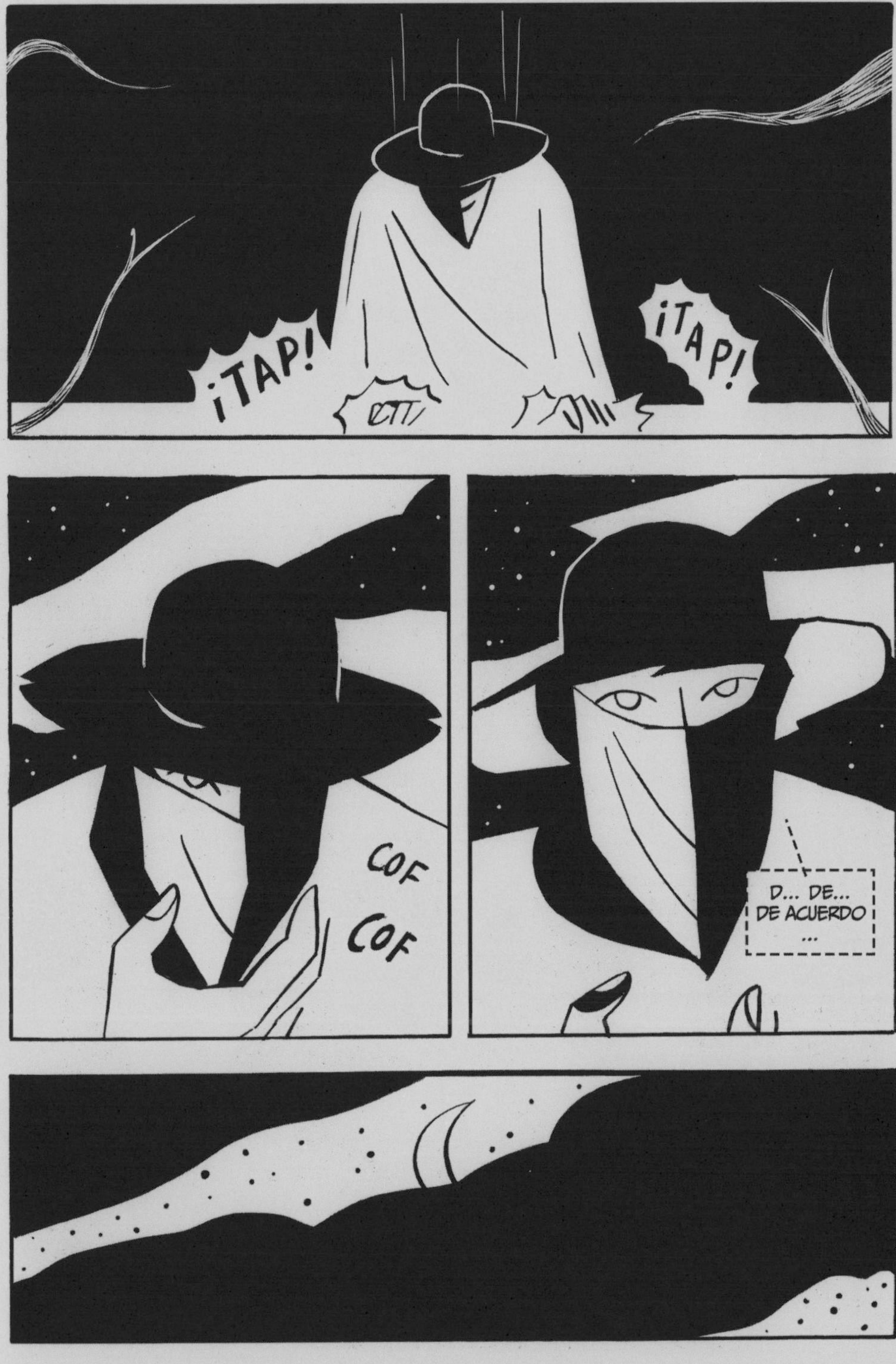
¡TAP!
¡TAP!
COF
COF
D... DE...
DE ACUERDO
...

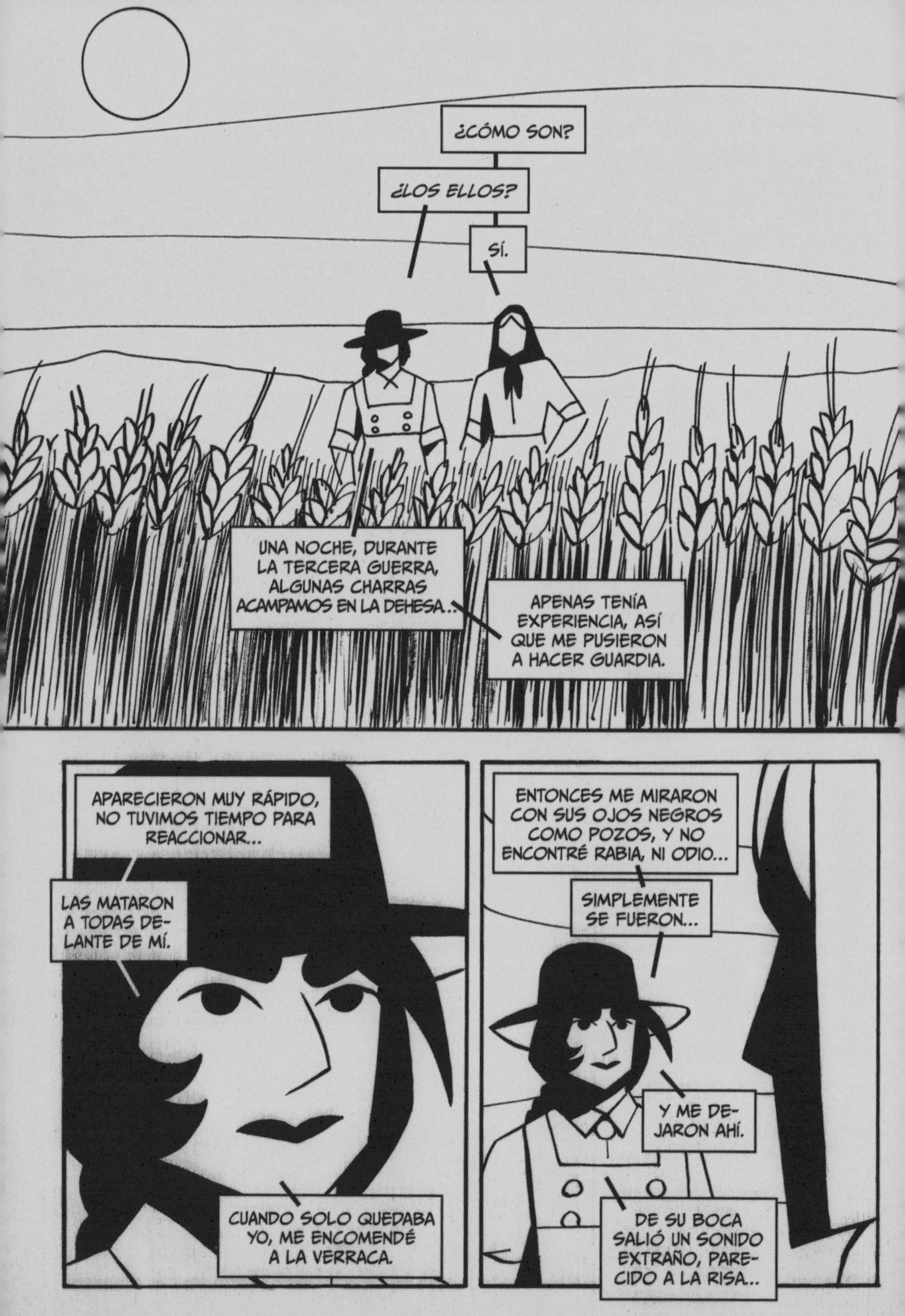
¿CÓMO SON?
¿LOS ELLOS?
SÍ.
UNA NOCHE, DURANTE LA TERCERA GUERRA, ALGUNAS CHARRAS ACAMPAMOS EN LA DEHESA...
APENAS TENÍA EXPERIENCIA, ASÍ QUE ME PUSIERON A HACER GUARDIA.
APARECIERON MUY RÁPIDO, NO TUVIMOS TIEMPO PARA REACCIONAR...
LAS MATARON A TODAS DE-LANTE DE MÍ.
CUANDO SOLO QUEDABA YO, ME ENCOMENDÉ A LA VERRACA.
ENTONCES ME MIRARON CON SUS OJOS NEGROS COMO POZOS, Y NO ENCONTRÉ RABIA, NI ODIO...
SIMPLEMENTE SE FUERON...
Y ME DE-JARON AHÍ.
DE SU BOCA SALIÓ UN SONIDO EXTRAÑO, PARE-CIDO A LA RISA...

AÚN ME PARECE OÍRLA...
DURANTE MUCHO TIEMPO ME PREGUNTÉ POR QUÉ ME DEJARON CON VIDA...
SU OSCURIDAD NOS ARRASTRA...
NO SIEMPRE PUEDES PROTEGER LO QUE AMAS.
LLEVABAN TIEMPO DORMIDOS, PERO LA LLAMADA DEL ODIO LES HACE MÁS FUERTES.
MADRE NO CREE QUE HAYAN VUELTO.
TU MADRE SE EQUIVOCA.
SSSS...

SE TE OLVIDA QUE ESTÁS EN MIS TIERRAS.
NO DEBERÍAS OFENDERNOS...
ENTONCES NO QUERÉIS AMIGAS, QUERÉIS SIRVIENTAS.
S S S S...
SERÁ MEJOR QUE TE MARCHES.

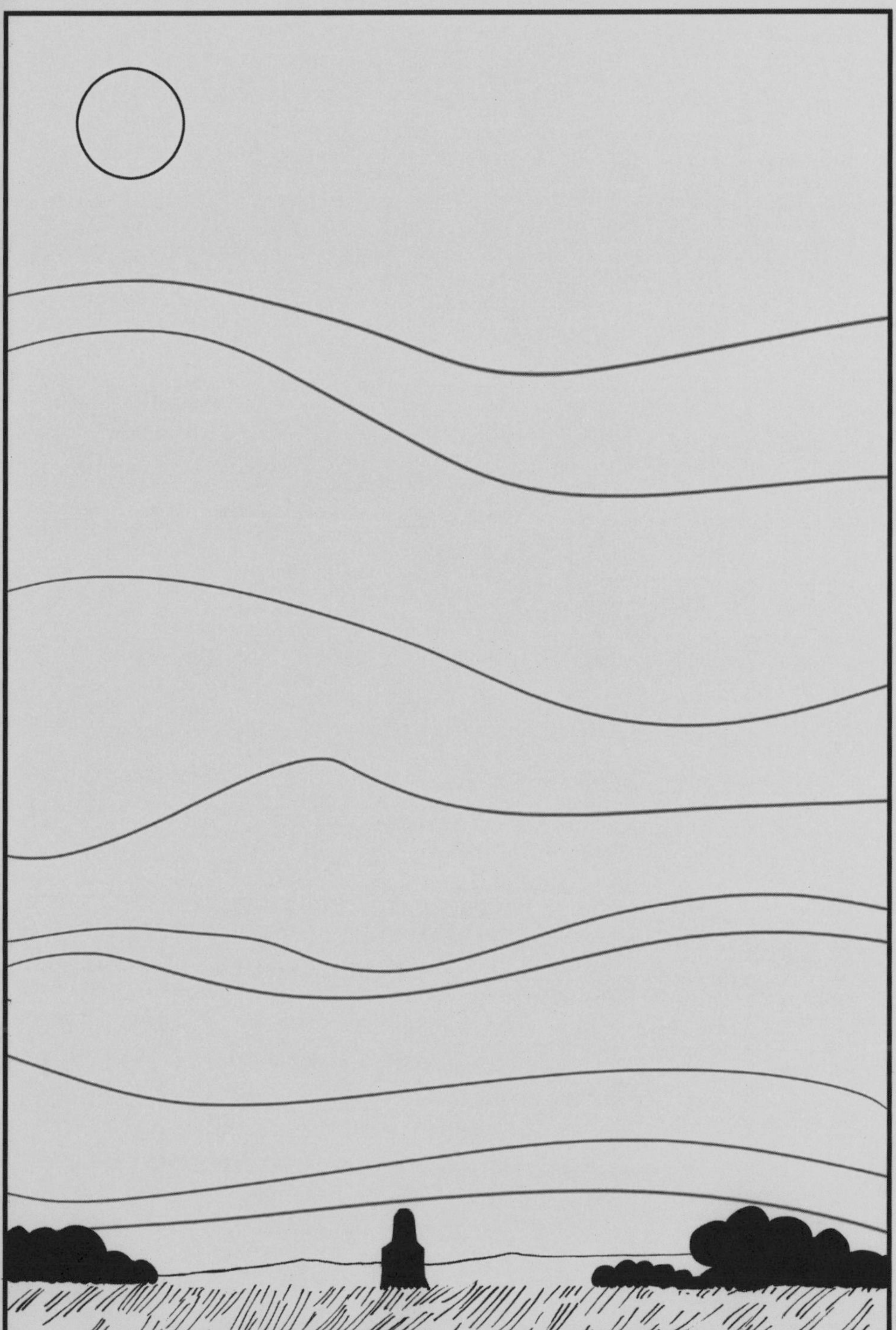

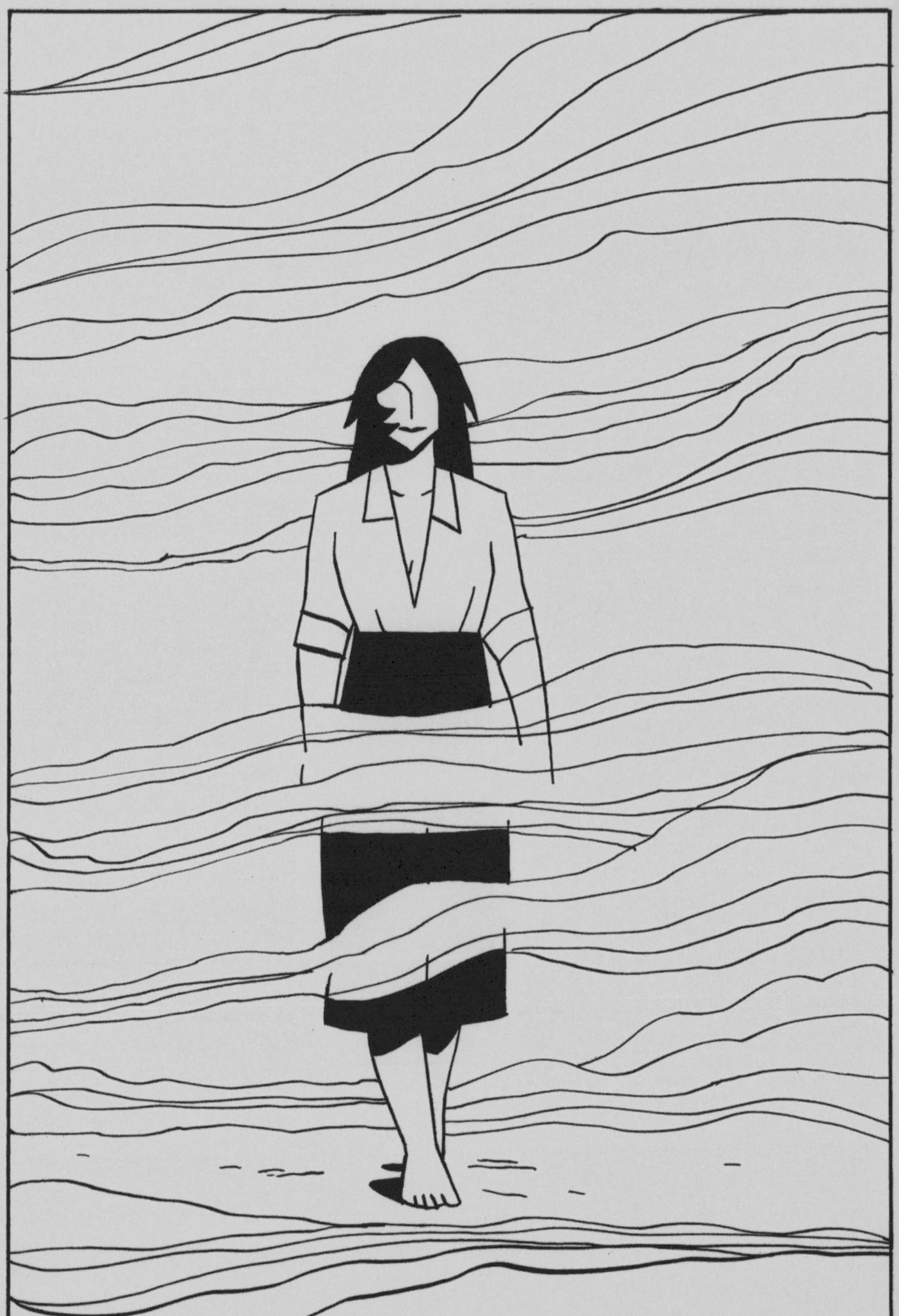

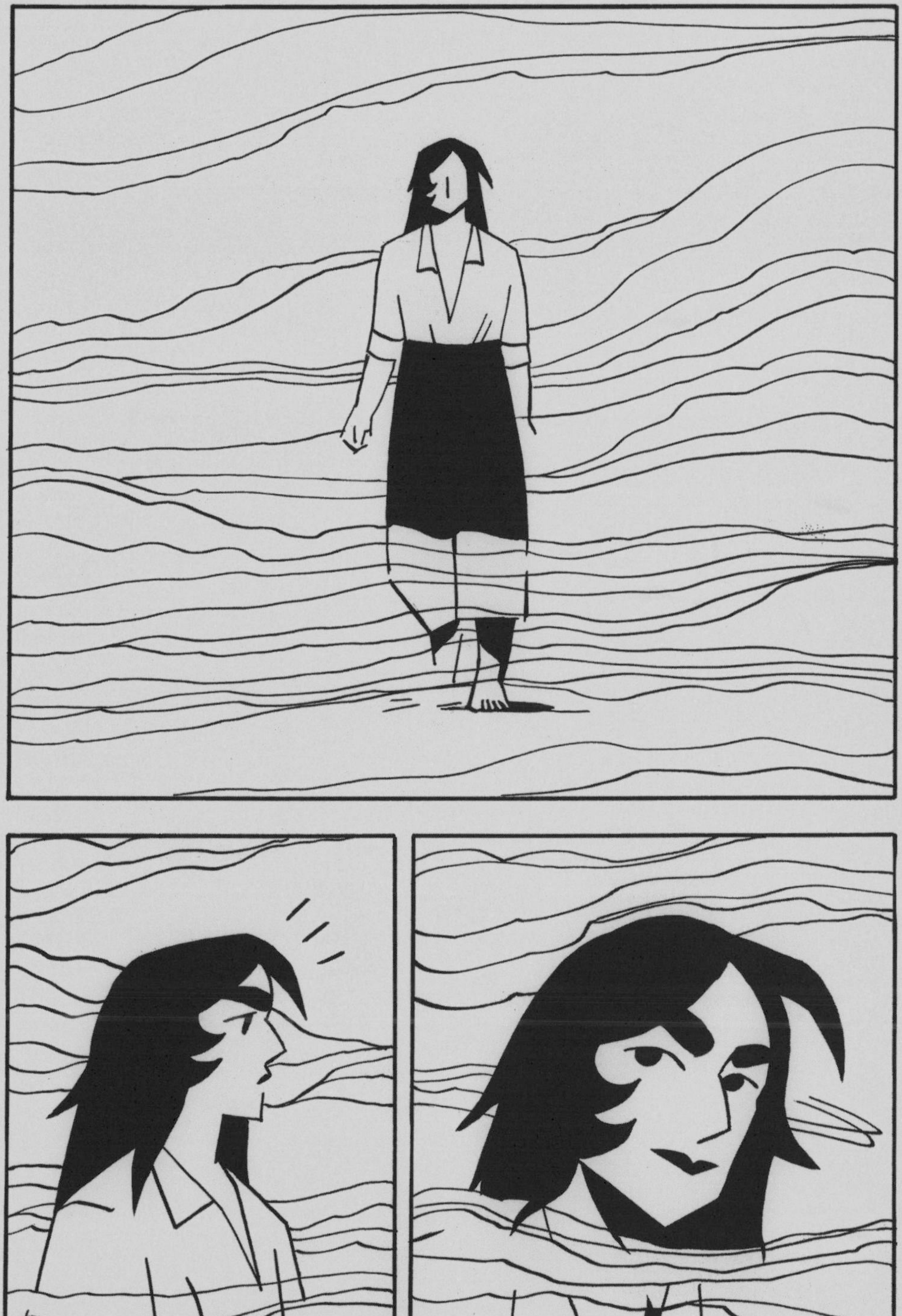

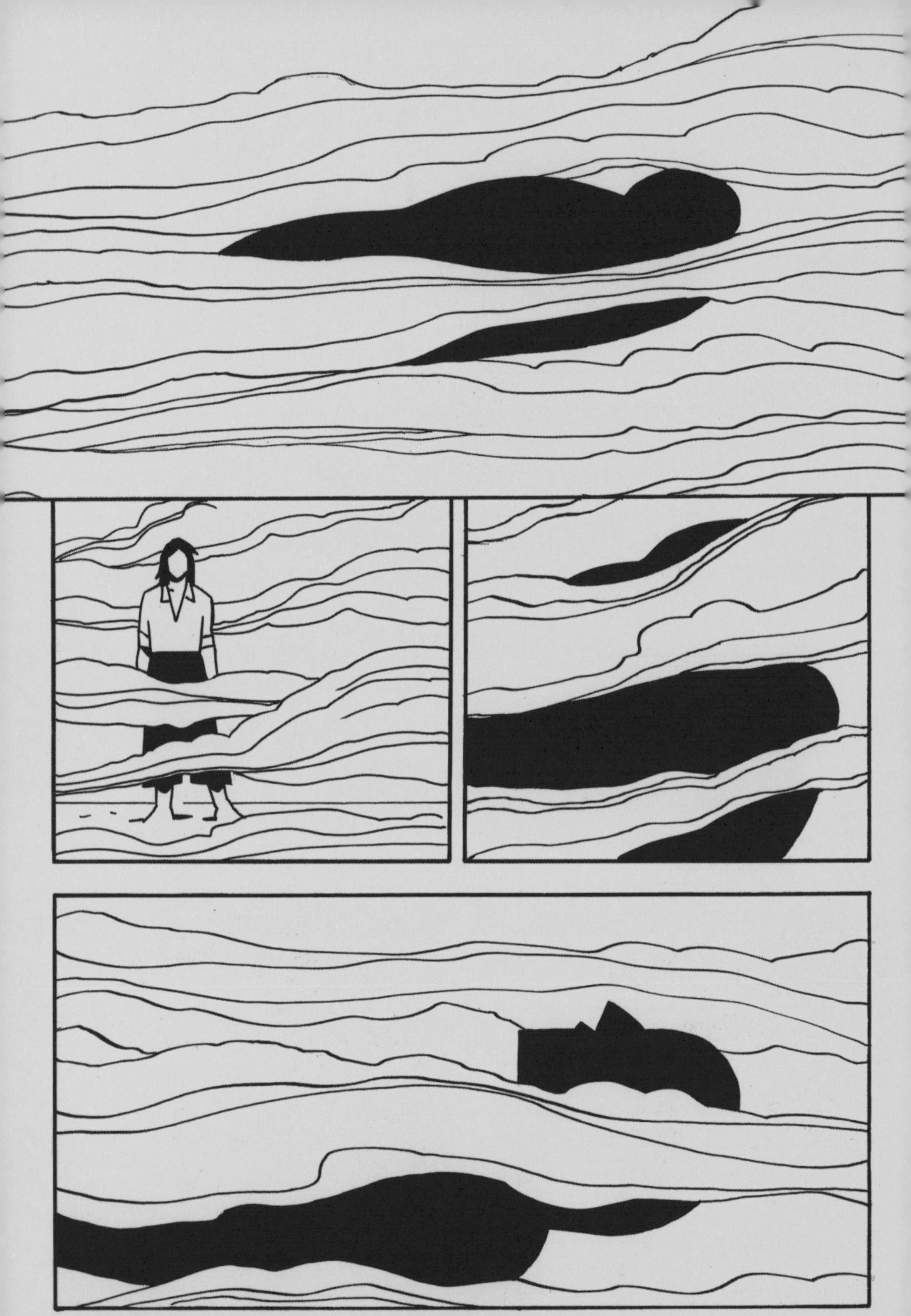

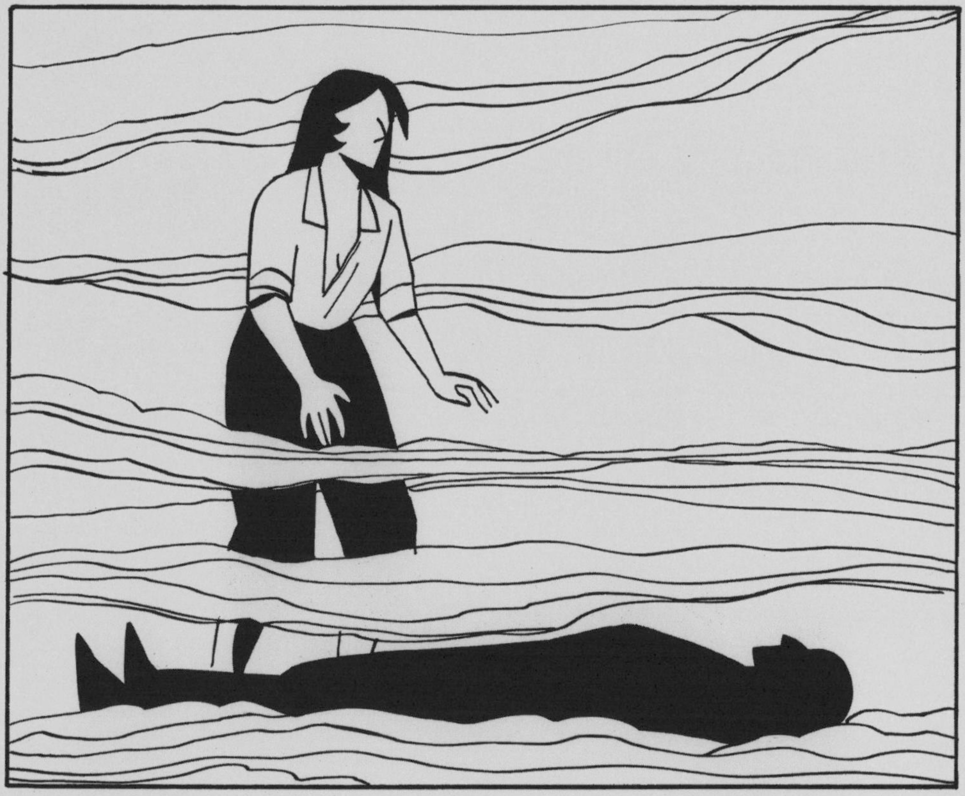

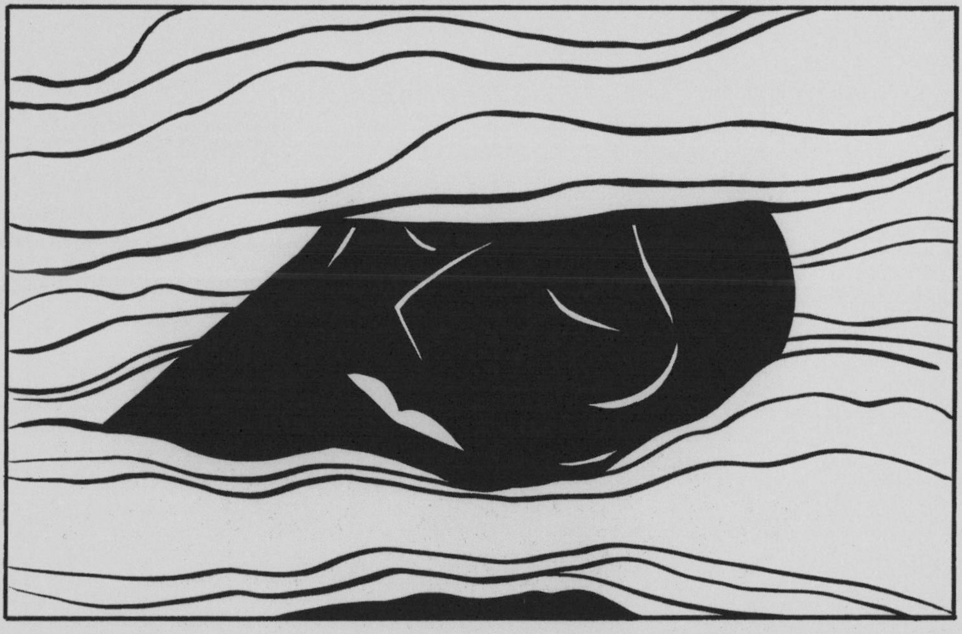

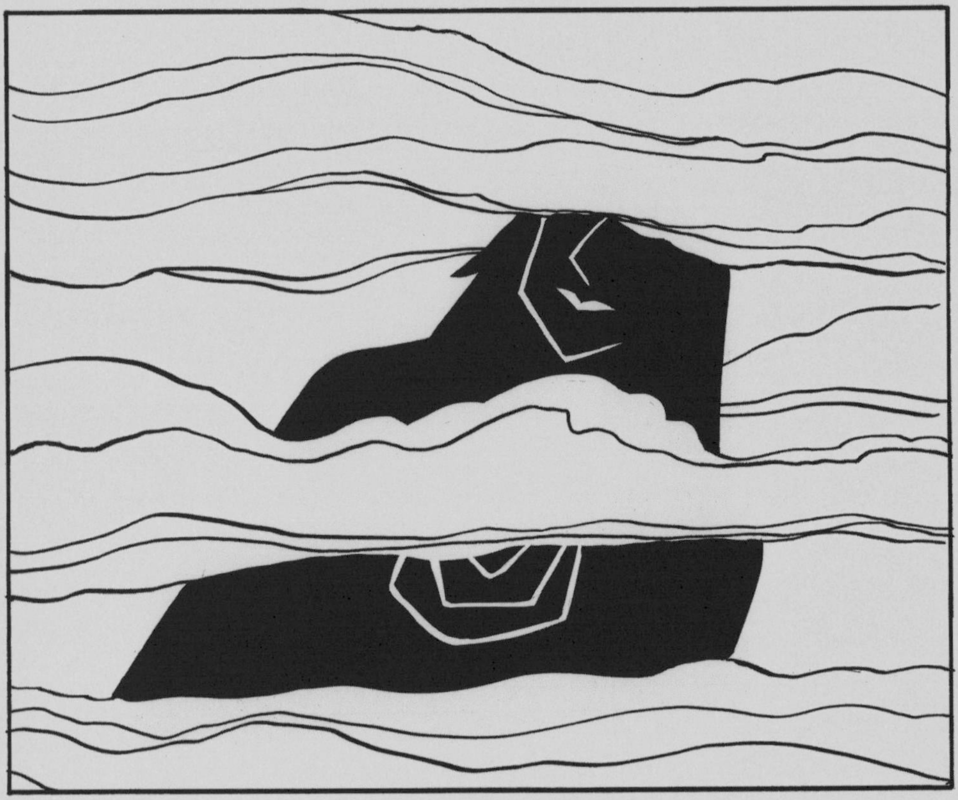
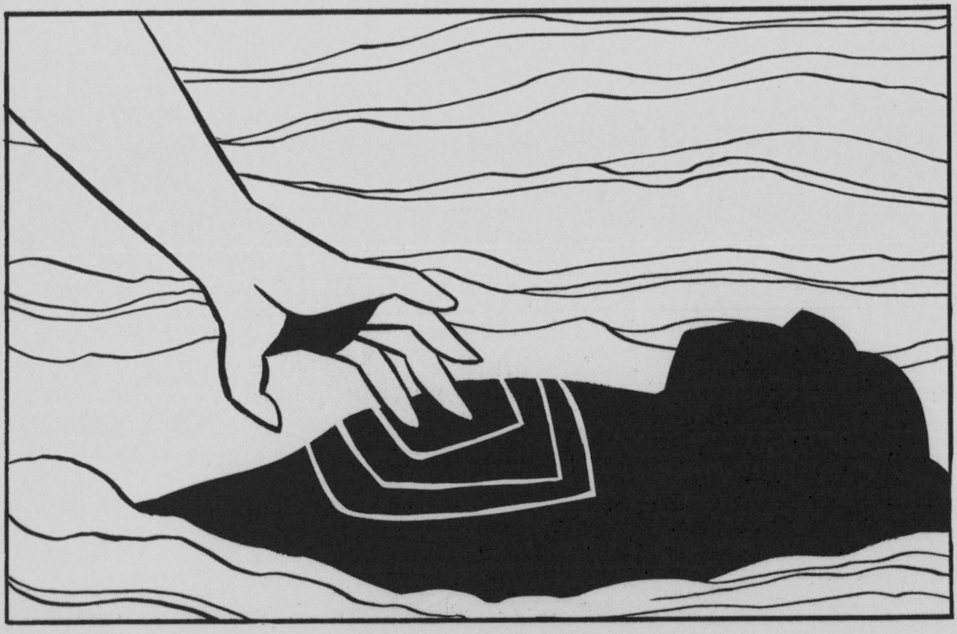

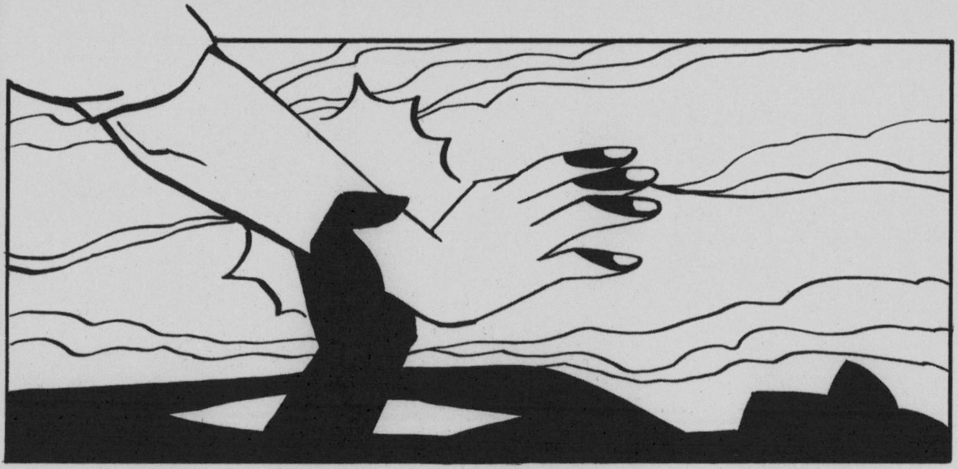

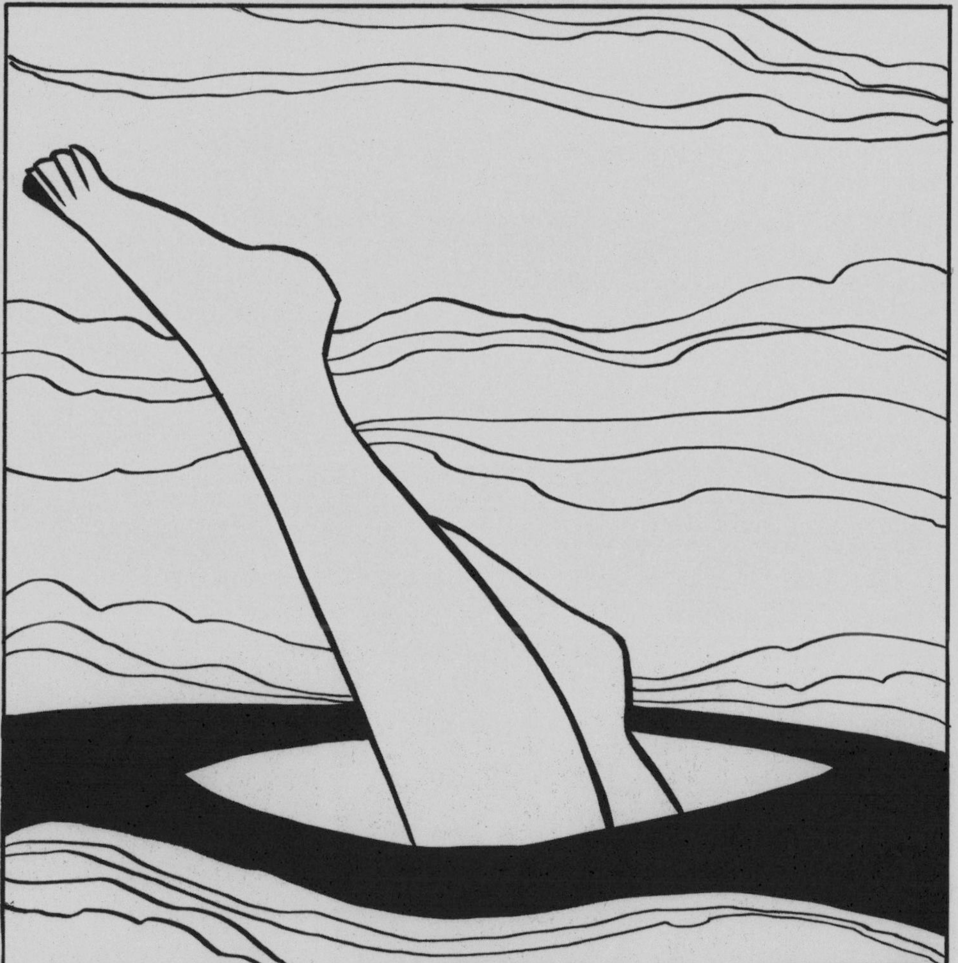

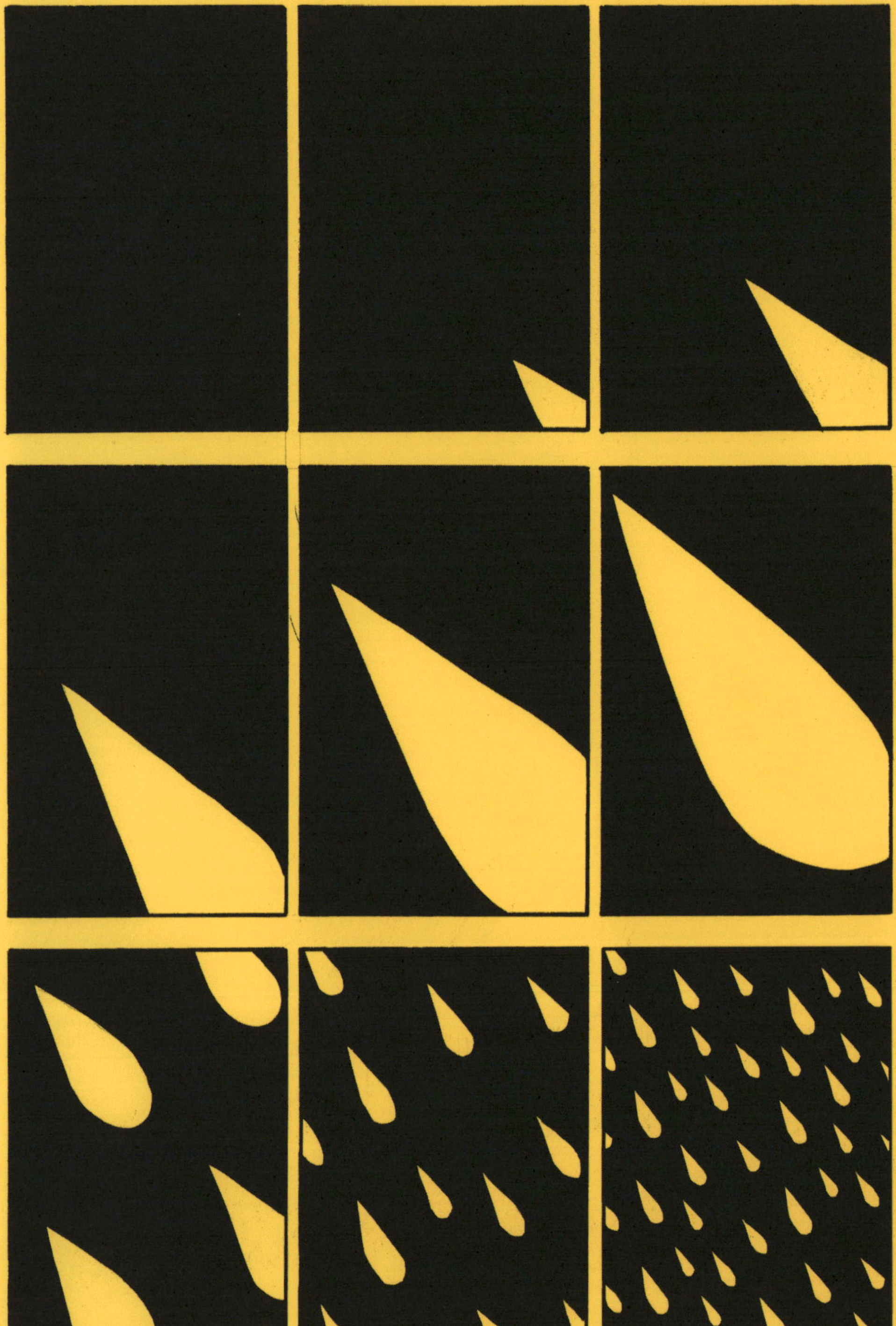

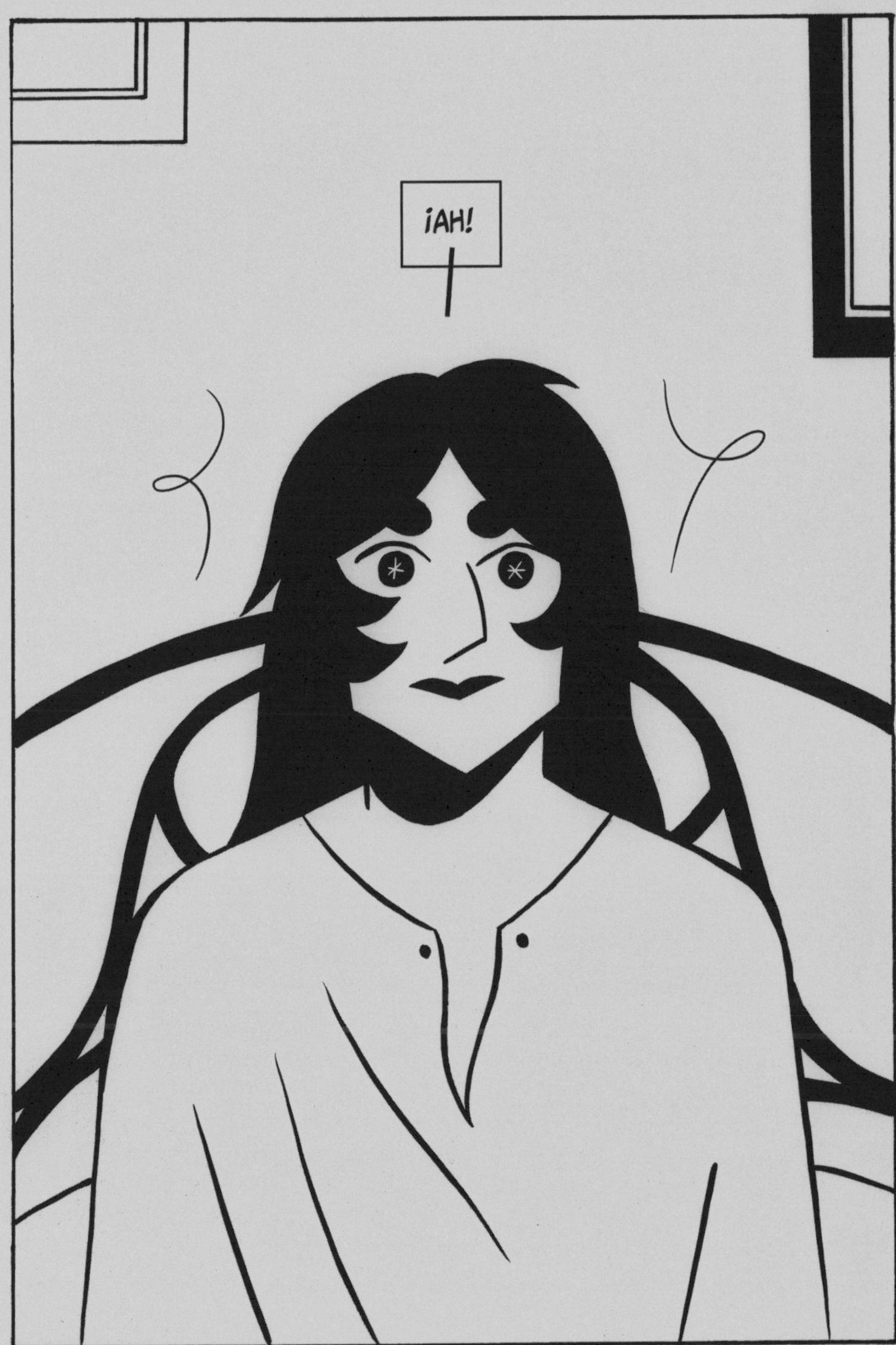
¡AH!

CRI CRI
CRI CRI
CRACK
¿QUIÉN VA?
NO TEMAS...
A VECES LA NOCHE TAMBIÉN TRAE BUENAS NUEVAS...
¡CANDELAS!

—QUÉ SUEÑO TAN EXTRAÑO...

—A VECES LA VERRACA SAGRADA NOS HABLA EN IDIOMAS QUE NO COMPRENDEMOS...

—PERO QUE NUESTRO CORAZÓN ENTIENDE.

—SON TIEMPOS AGITADOS, LEONOR.

—LA VERRACA DUERME Y LOS ELLOS DESPIERTAN...

—EL FUTURO ME HABLÓ EN LAS ENTRAÑAS DE UNA BESTIA.

—"LÁGRIMAS ROJAS Y BLANCAS ABREN SUS OJOS, UNIENDO LO QUE LA OSCURIDAD DIVIDE".

—DEBEMOS IR CON CUIDADO.

—TOMA.

—ES UN AMULETO.

—TE PROTEGERÁ.

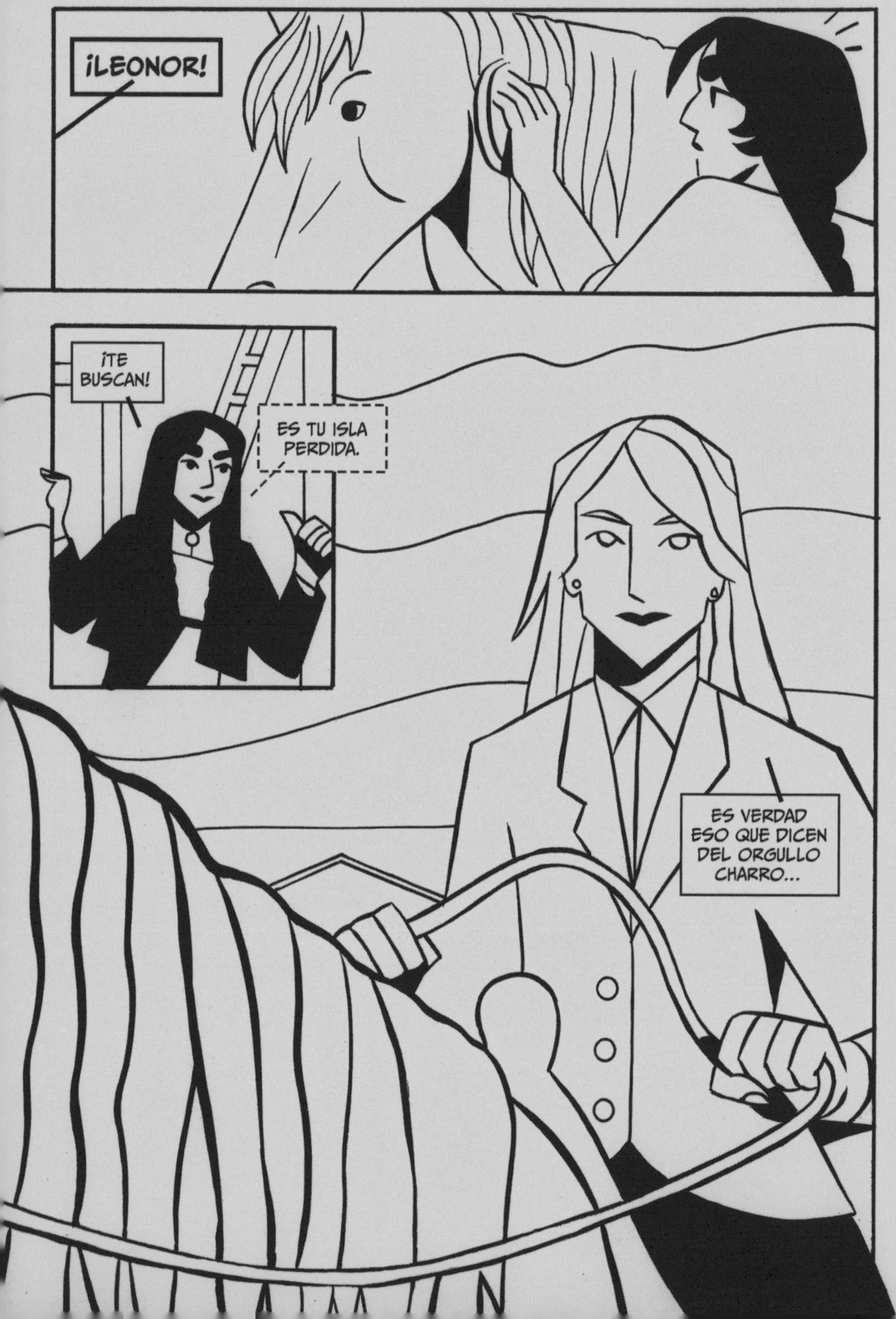
¡LEONOR!
¡TE BUSCAN!
ES TU ISLA PERDIDA.
ES VERDAD ESO QUE DICEN DEL ORGULLO CHARRO...

SIENTO LO DEL OTRO DÍA...
NO PASA NADA...
YO TAMPOCO TE HABLÉ MUY BIEN...
¿VAS A ESTAR TODO EL RATO CON ESA CARA, SALVATIERRA?
¡PAF!
NO...

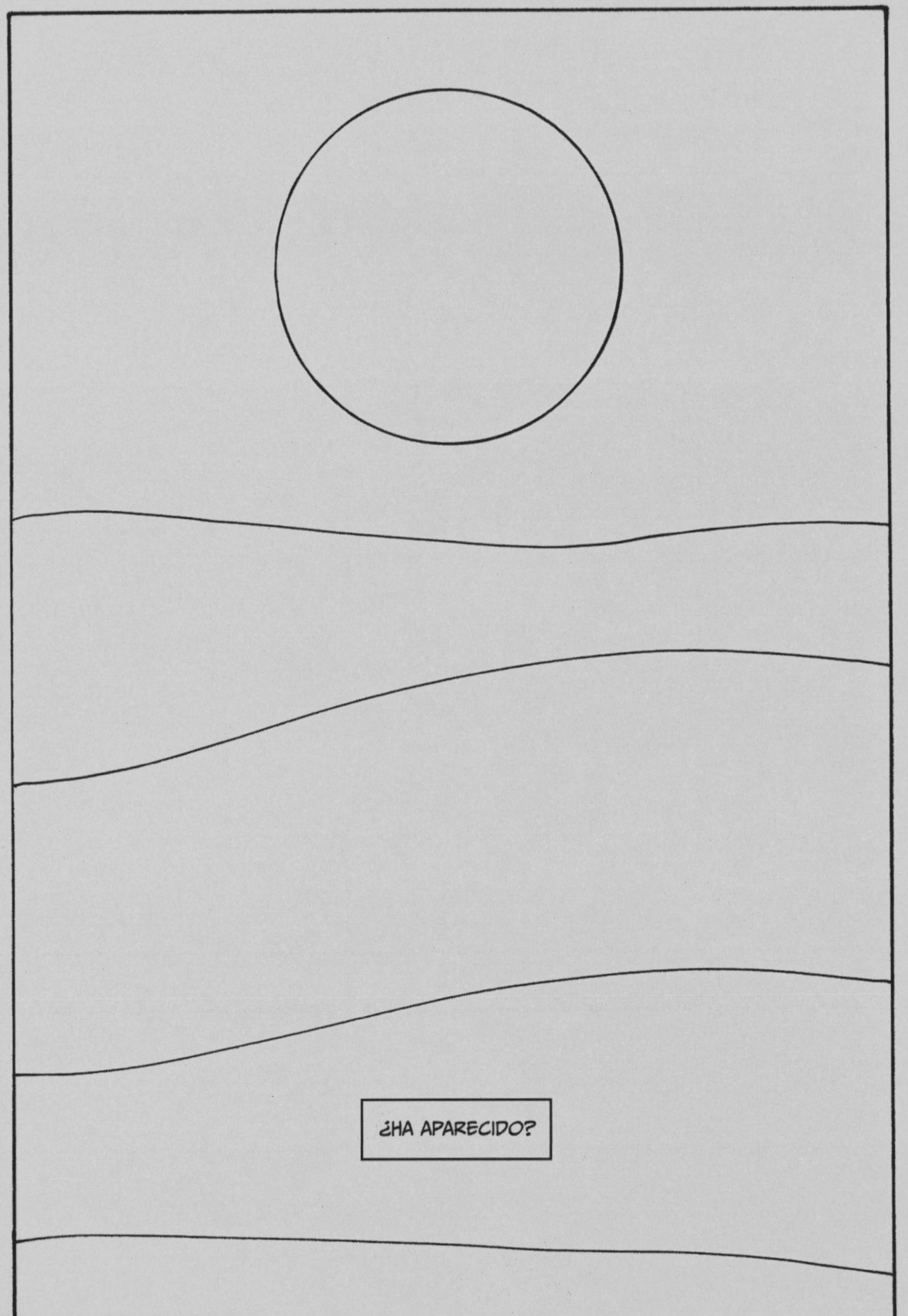
¿HA APARECIDO?

NO, SEÑORA.
LAS MUJERES DICEN QUE COGIÓ SU YEGUA Y SE FUE A LA HACIENDA DE LAS SALVATIERRA.

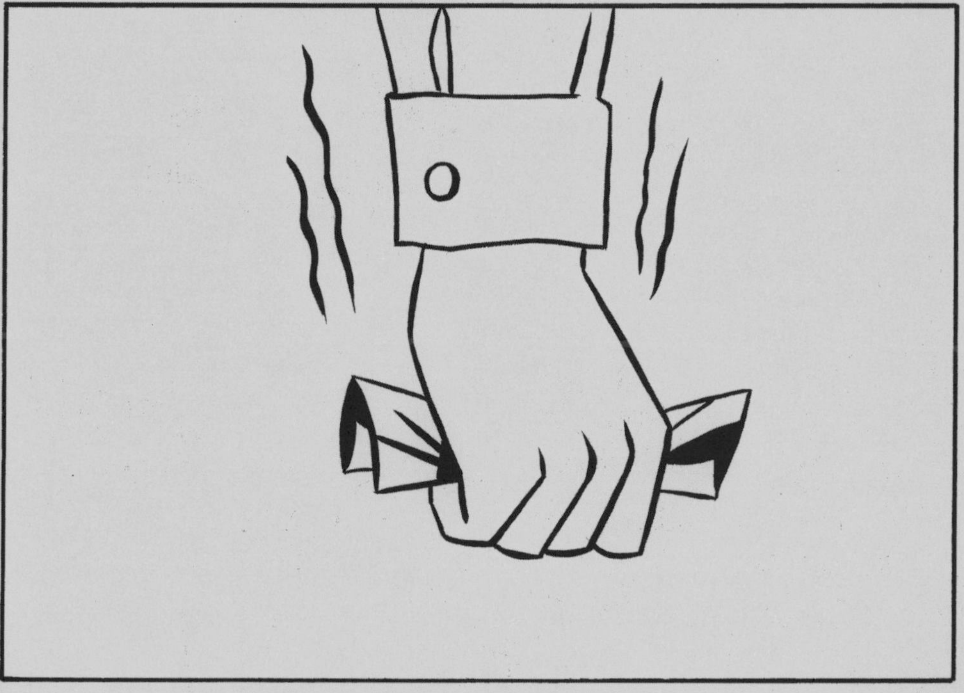

OJALÁ...
QUÉDATE UN RATO MÁS...
PERO SE ME HACE TARDE...
ME GUSTA TU ESPALDA ...
PODRÍA VIVIR EN ELLA...
¿DÓNDE QUEDÓ LA CHARRA RECIA Y FUERTE QUE CONOCÍ?
JA, JA
POR AHÍ, ENTRE LAS ROPAS...
muac
¡CRACK!

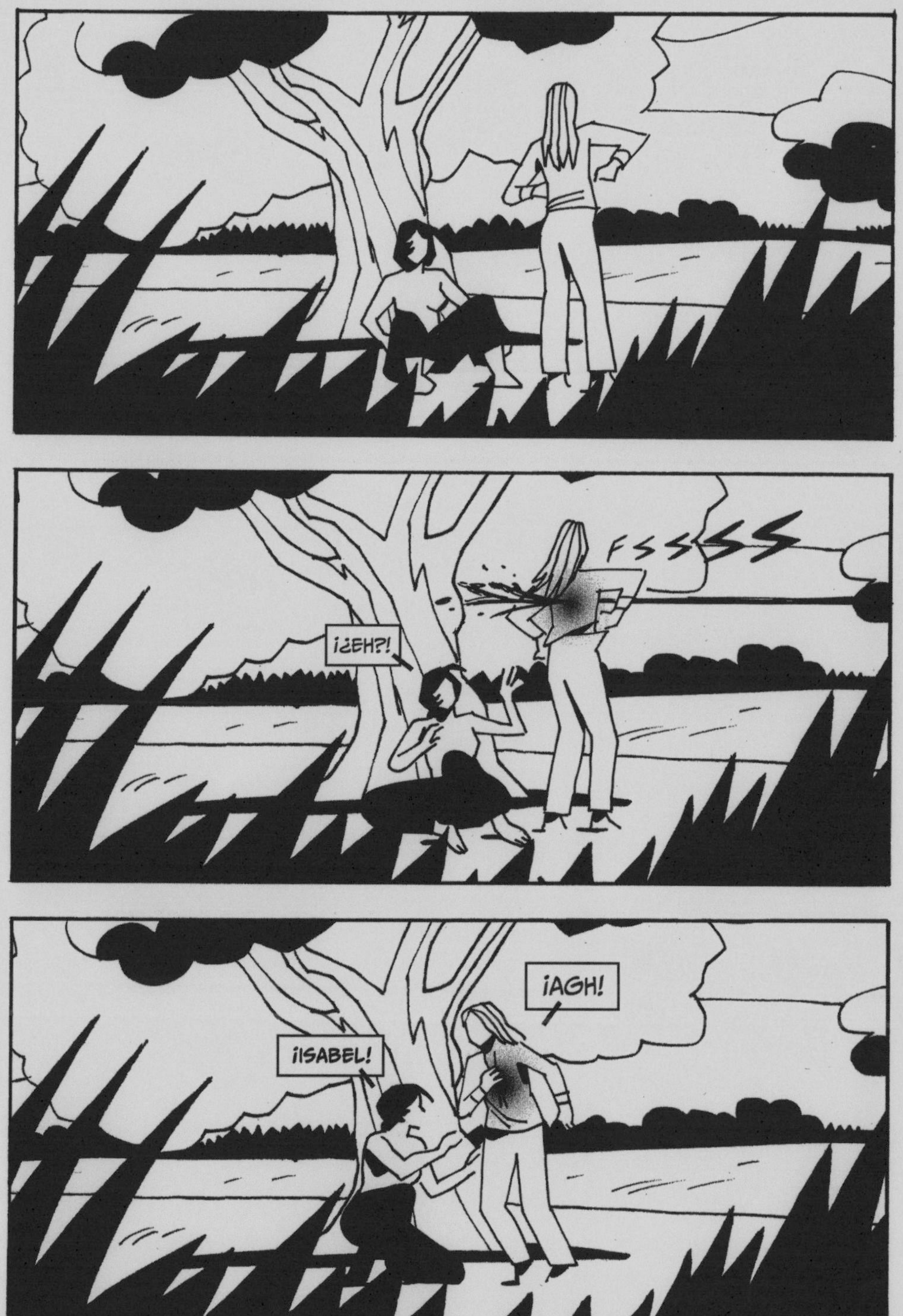
FSSSSS
¡¿EH?!
¡ISABEL!
¡AGH!

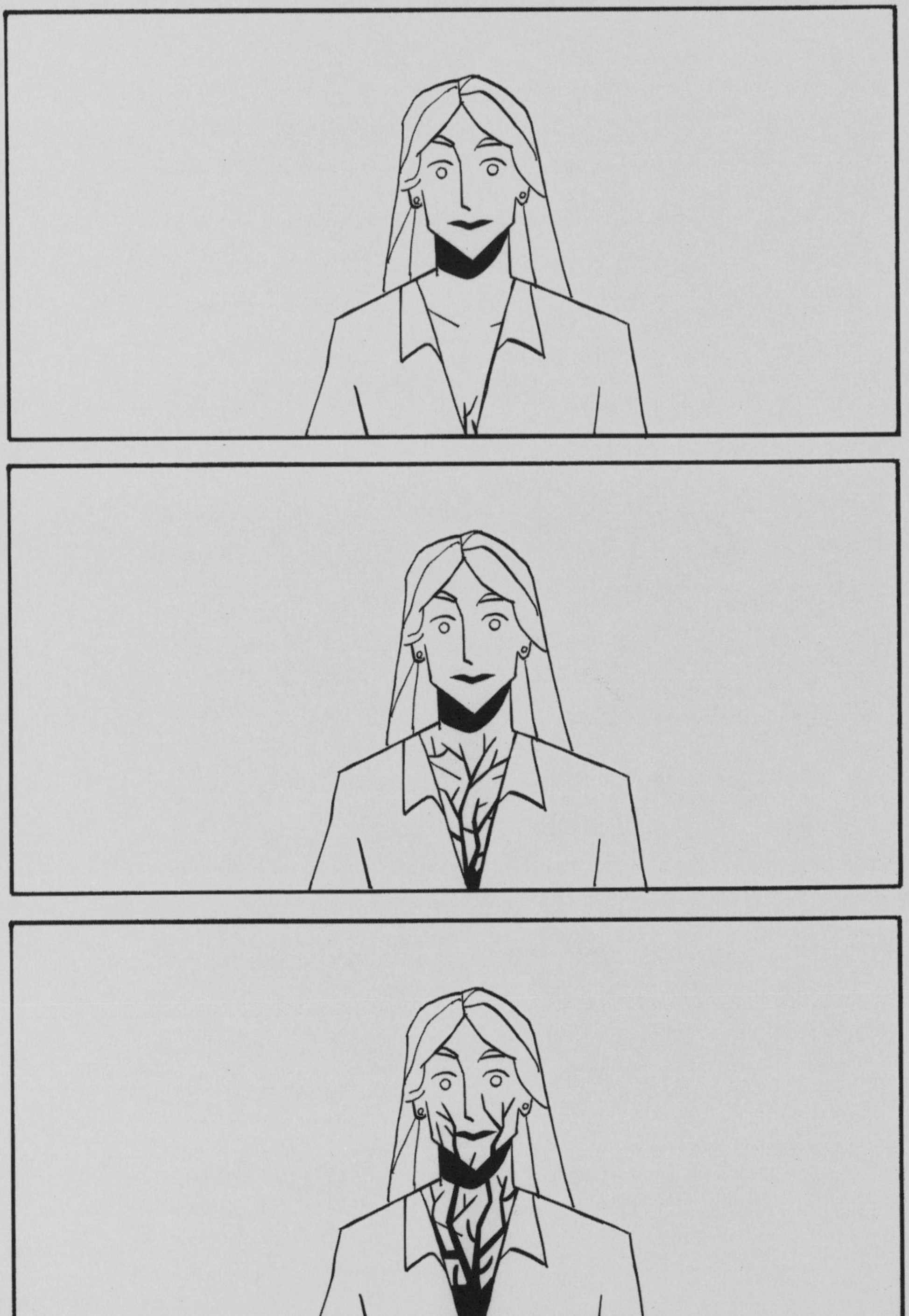

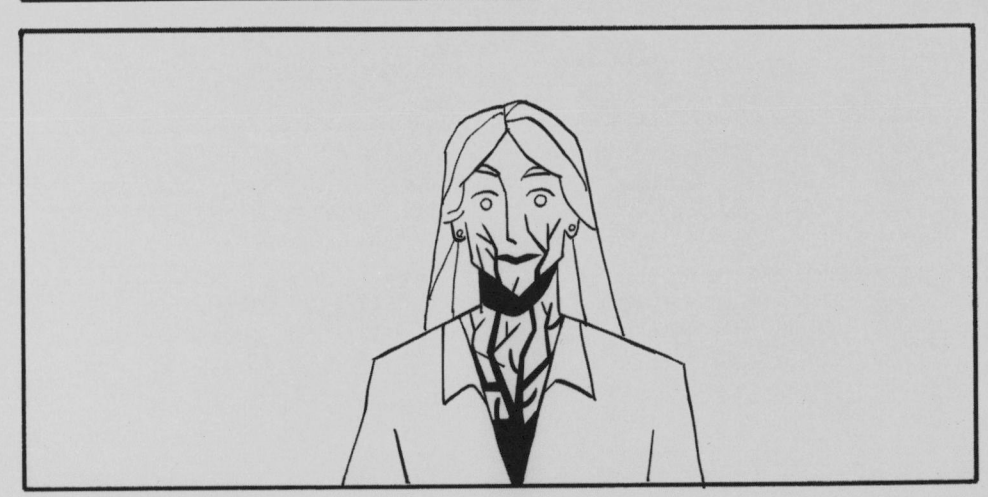

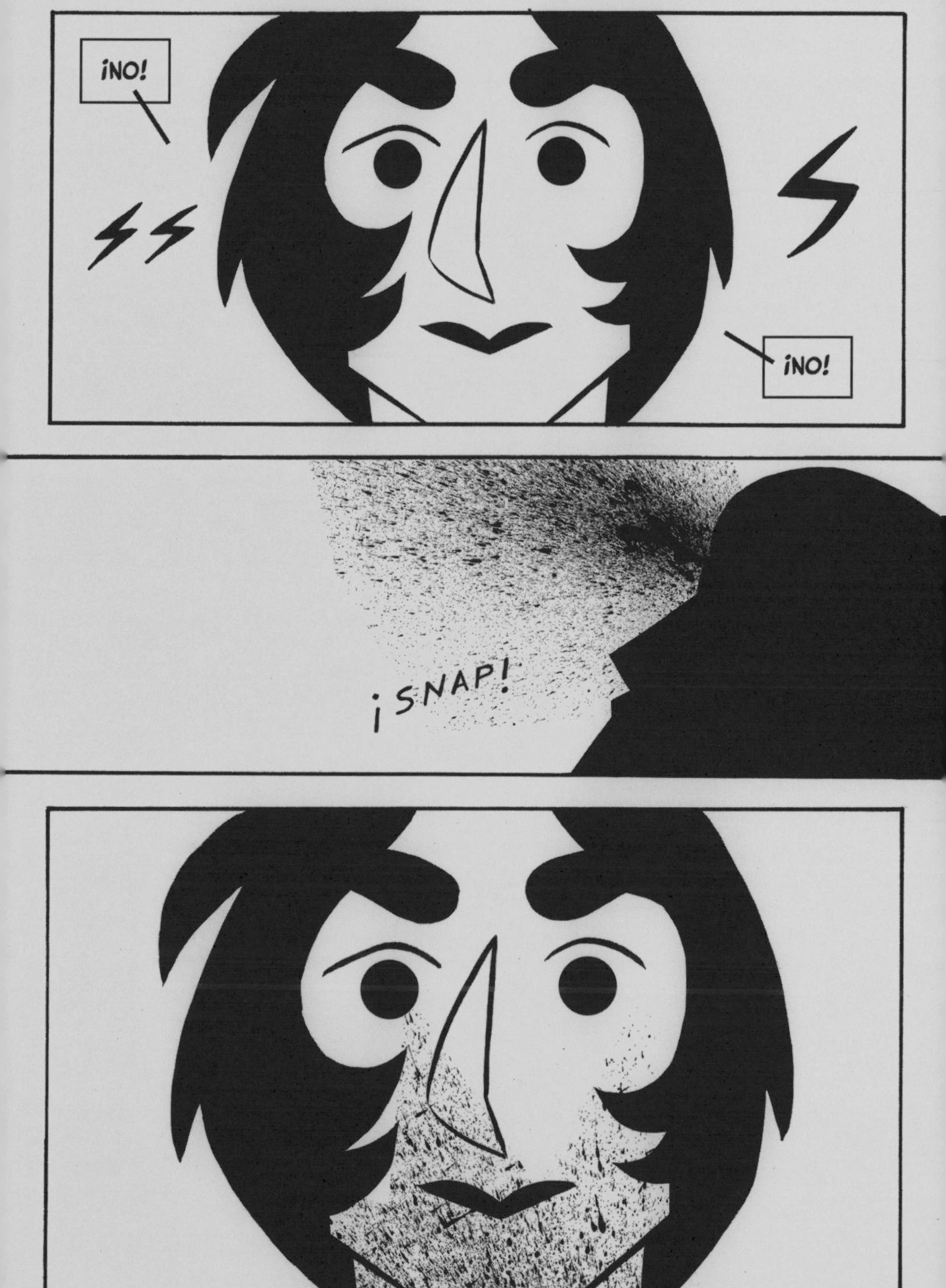
¡NO!
¡NO!
¡SNAP!

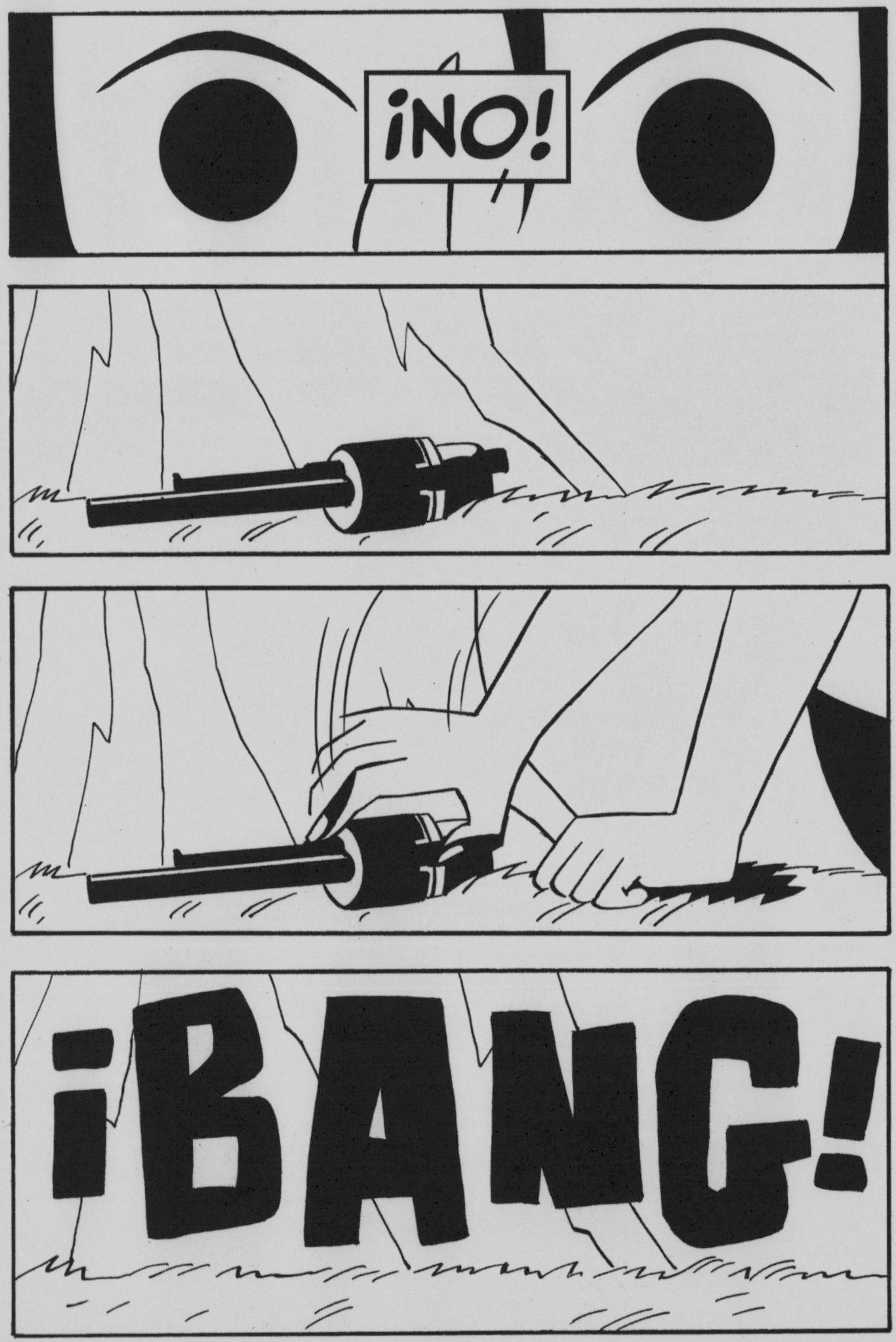
¡NO!
¡BANG!

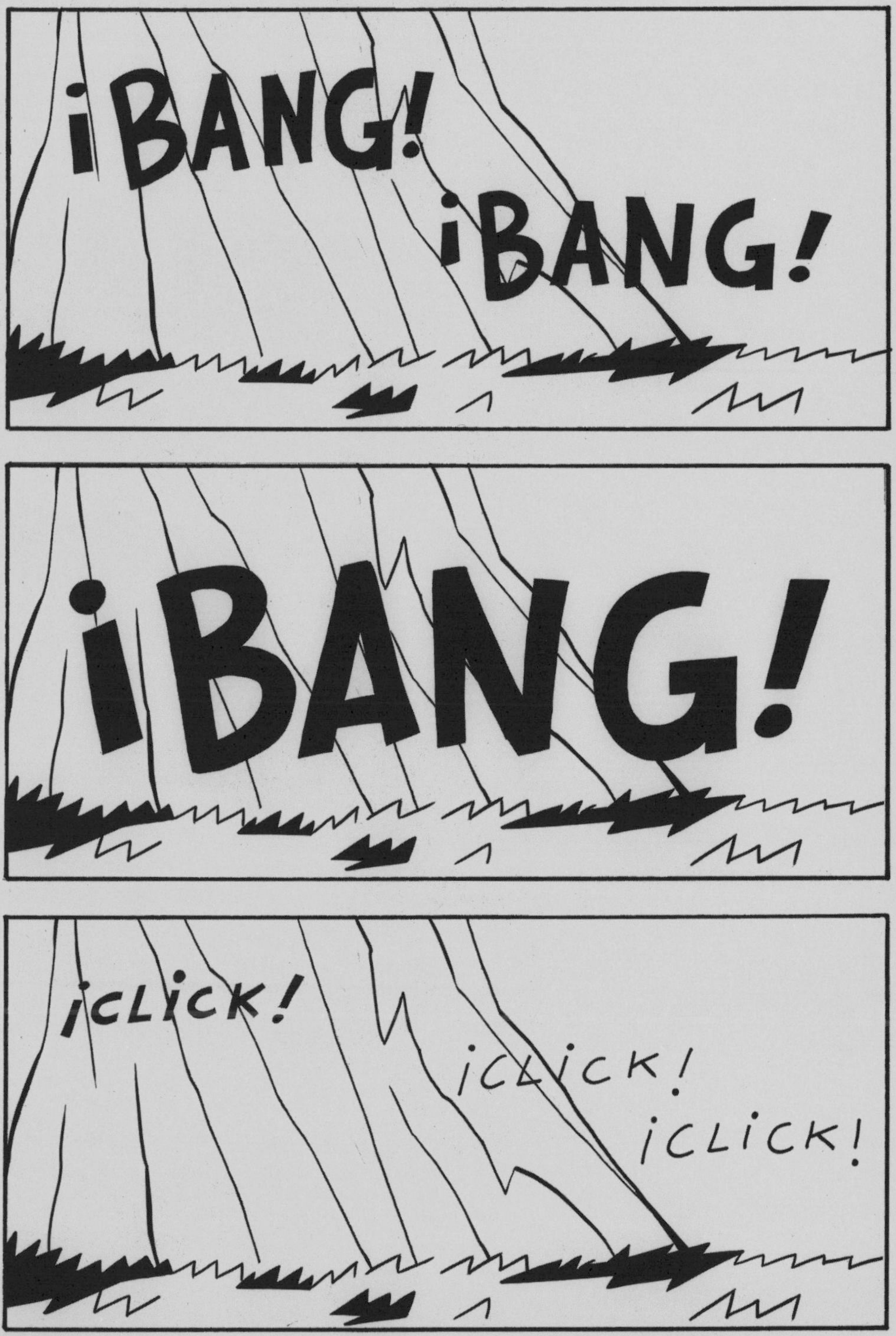
¡BANG!
¡BANG!
¡BANG!
¡CLICK!
¡CLICK!
¡CLICK!

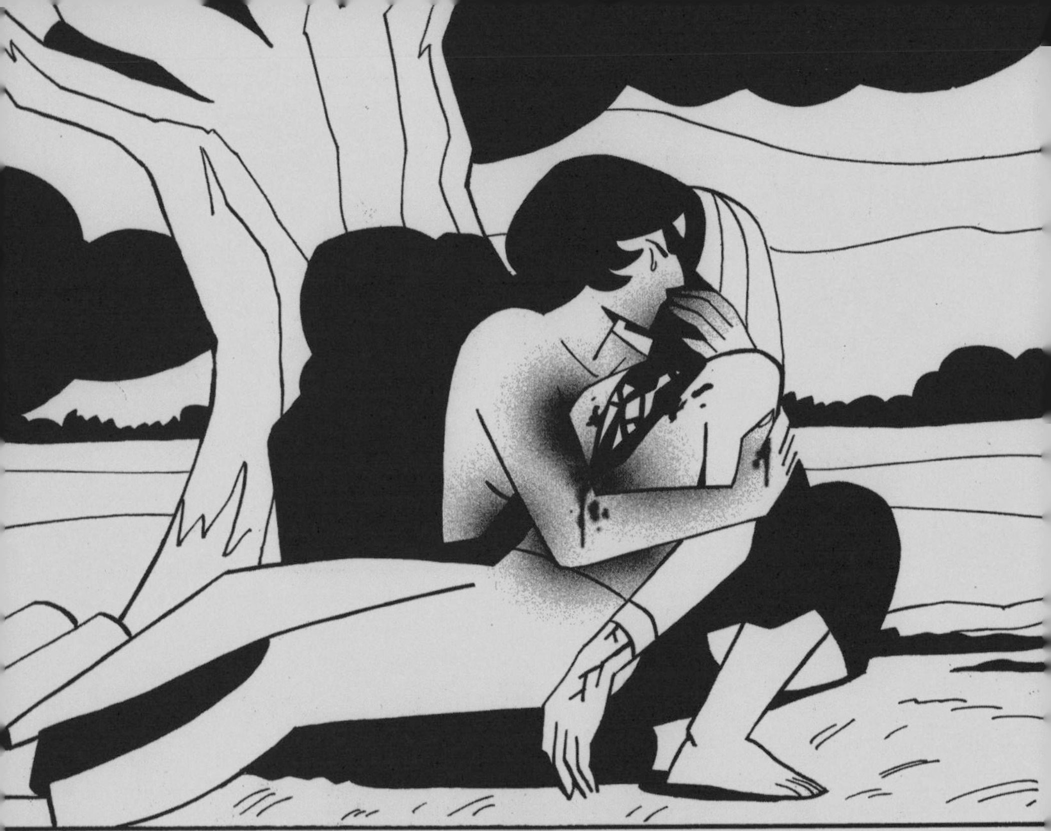
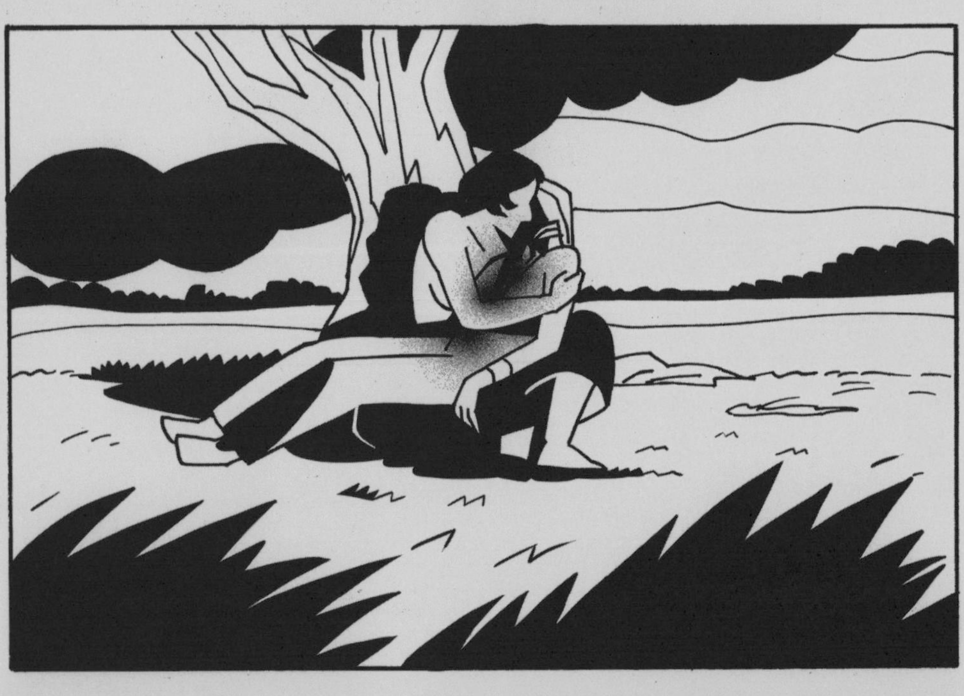

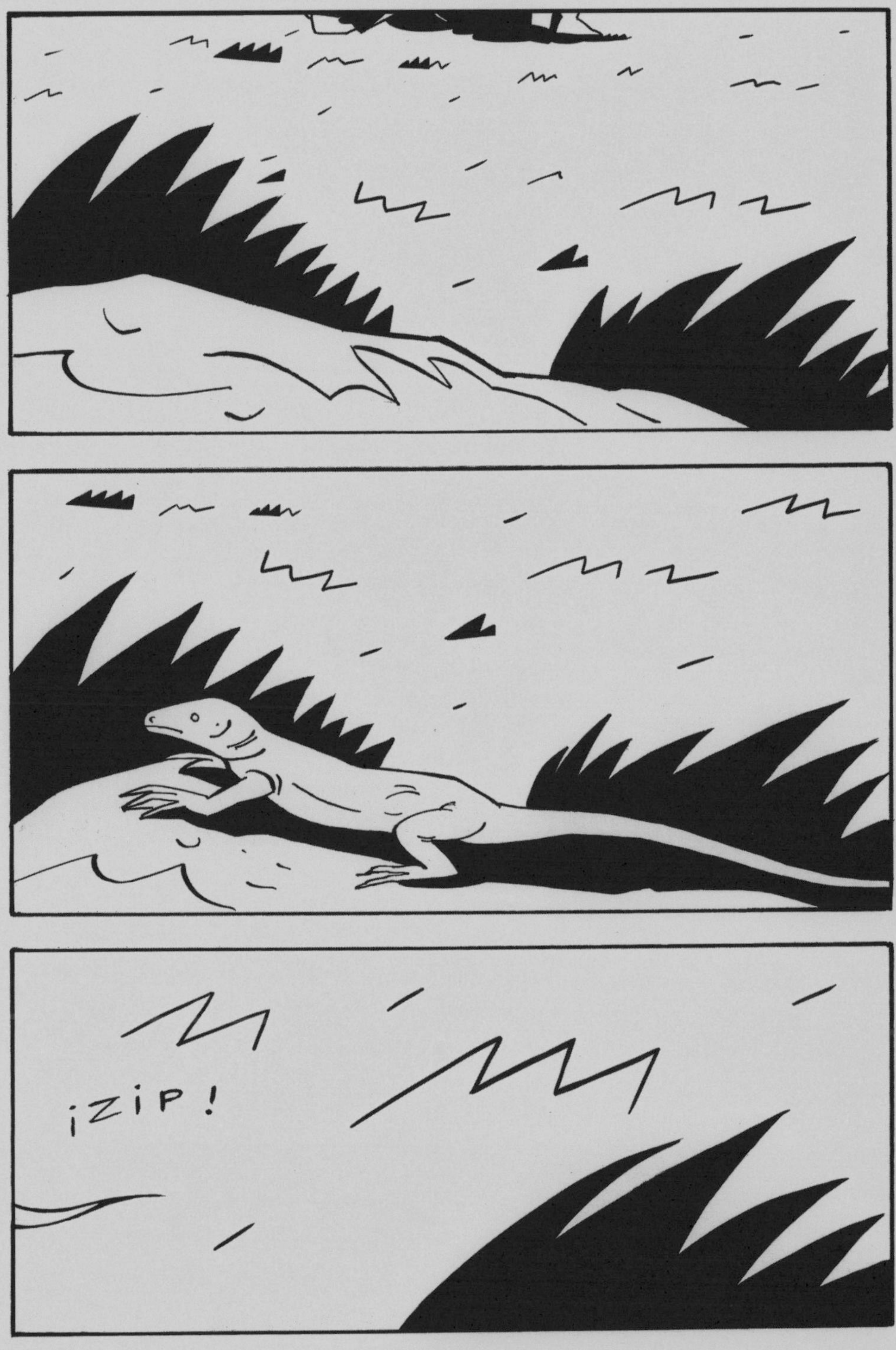
¡ZIP!

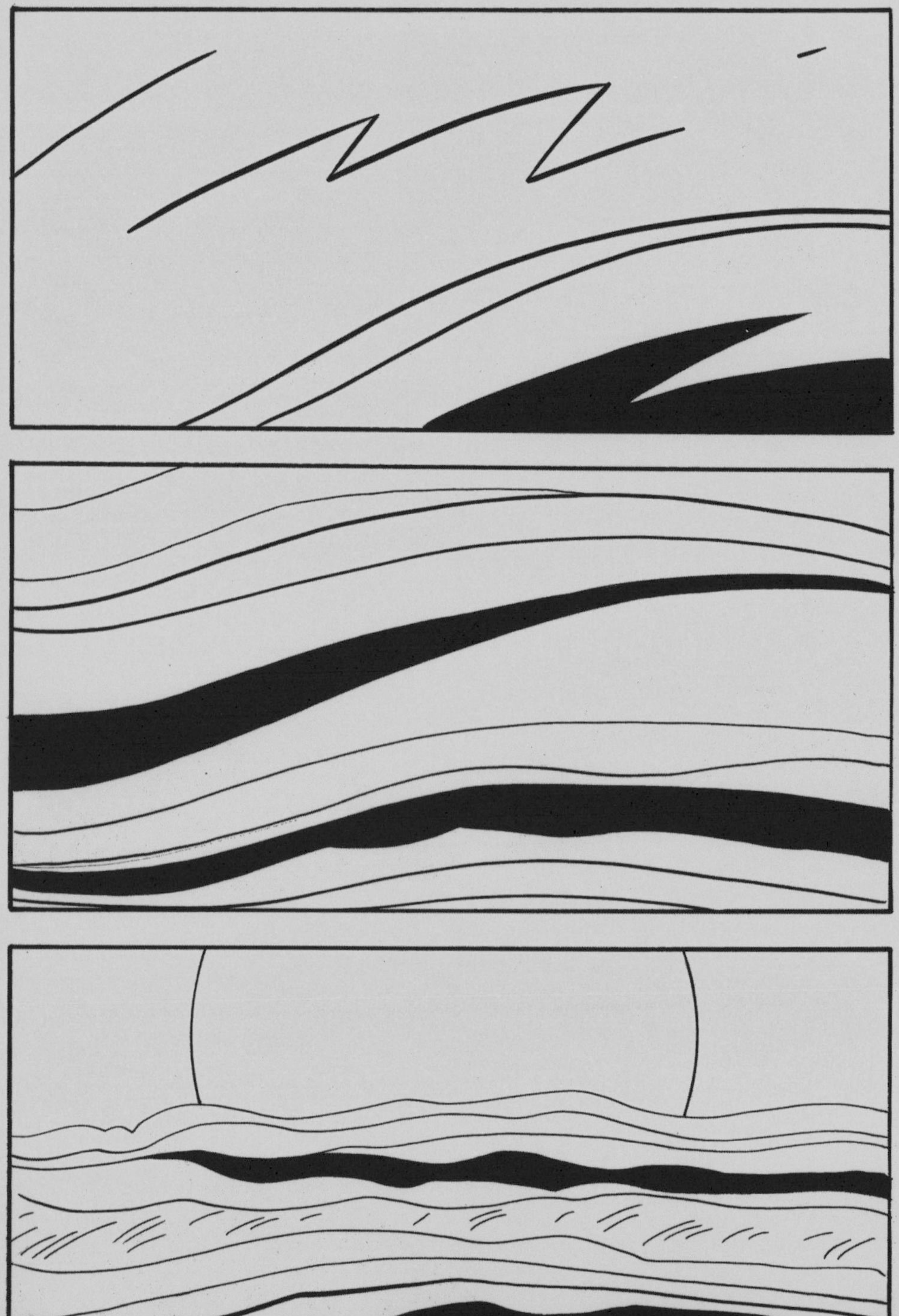

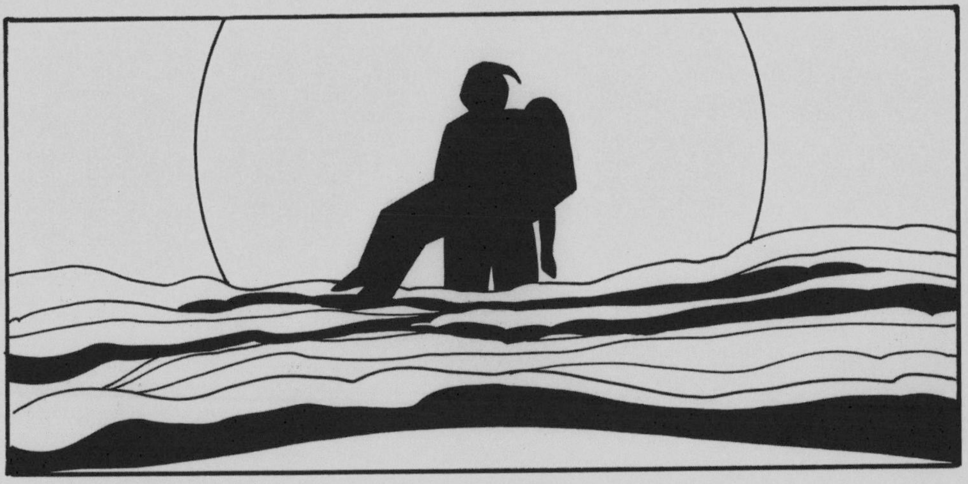

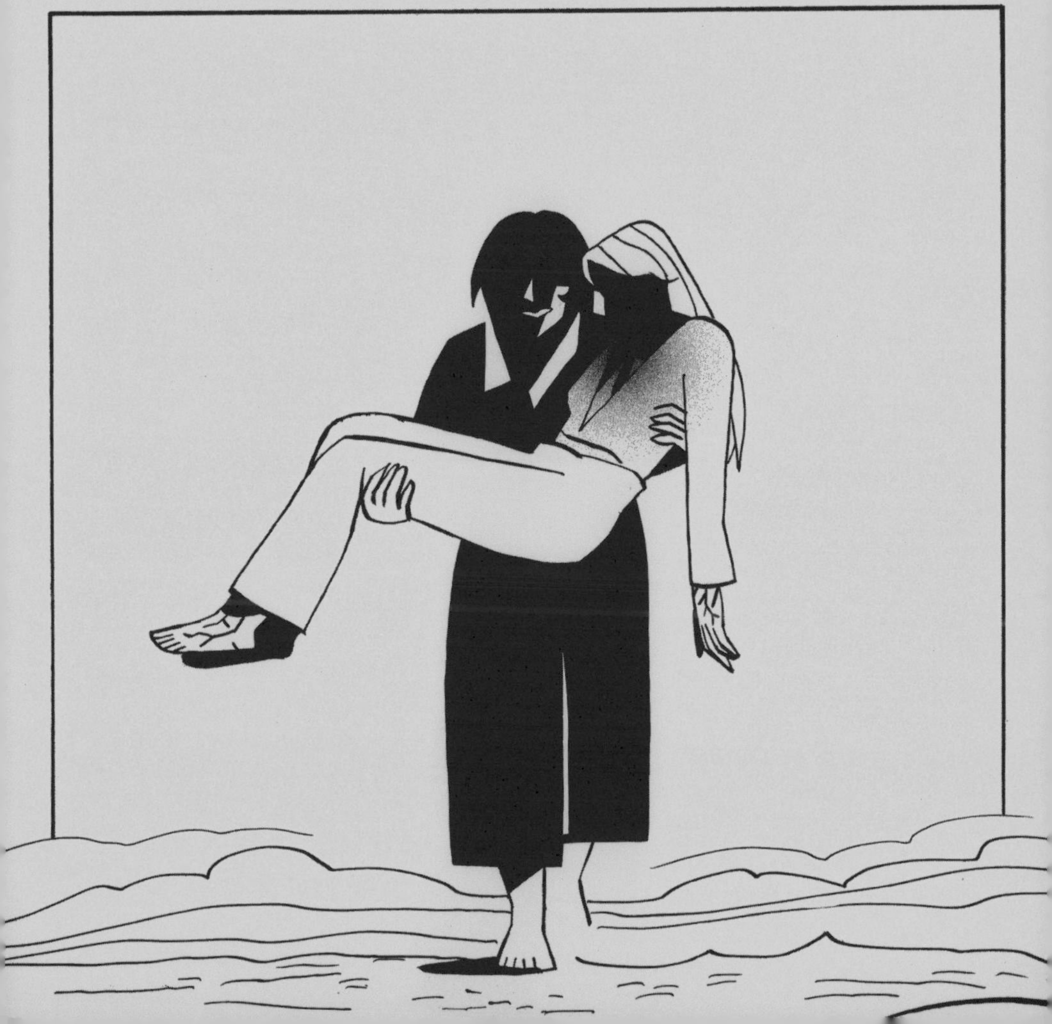

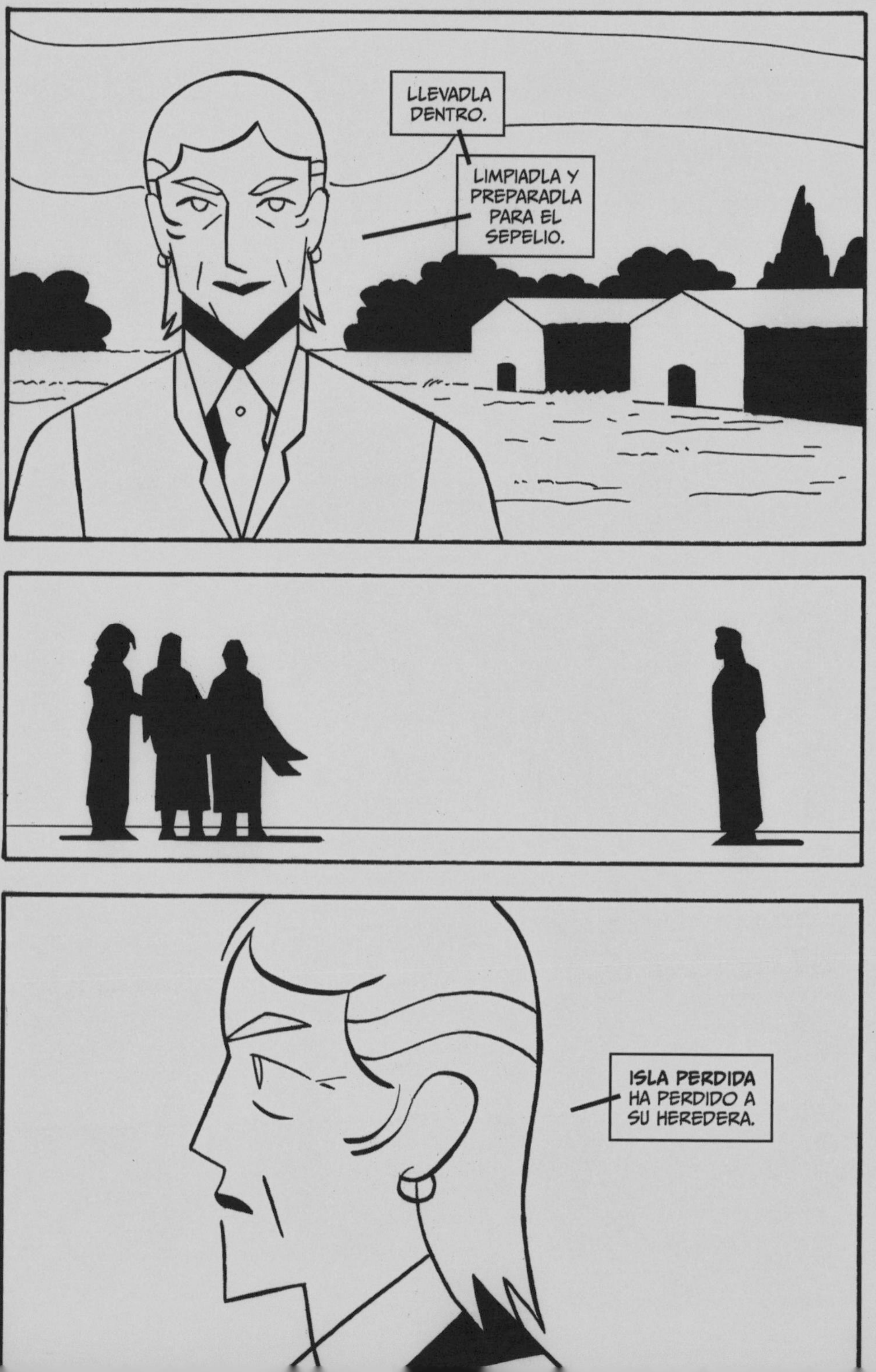
LLEVADLA DENTRO.
LIMPIADLA Y PREPARADLA PARA EL SEPELIO.
ISLA PERDIDA HA PERDIDO A SU HEREDERA.

ISIDORA, LOS ELLOS NOS ATACARON...

YO...

¡SALVATIERRA!

SALVATIERRA.

ESCUCHO TU NOMBRE Y EL CUERPO ME TIEMBLA DE ODIO...

ME QUITASTE LO ÚNICO QUE TENÍA...

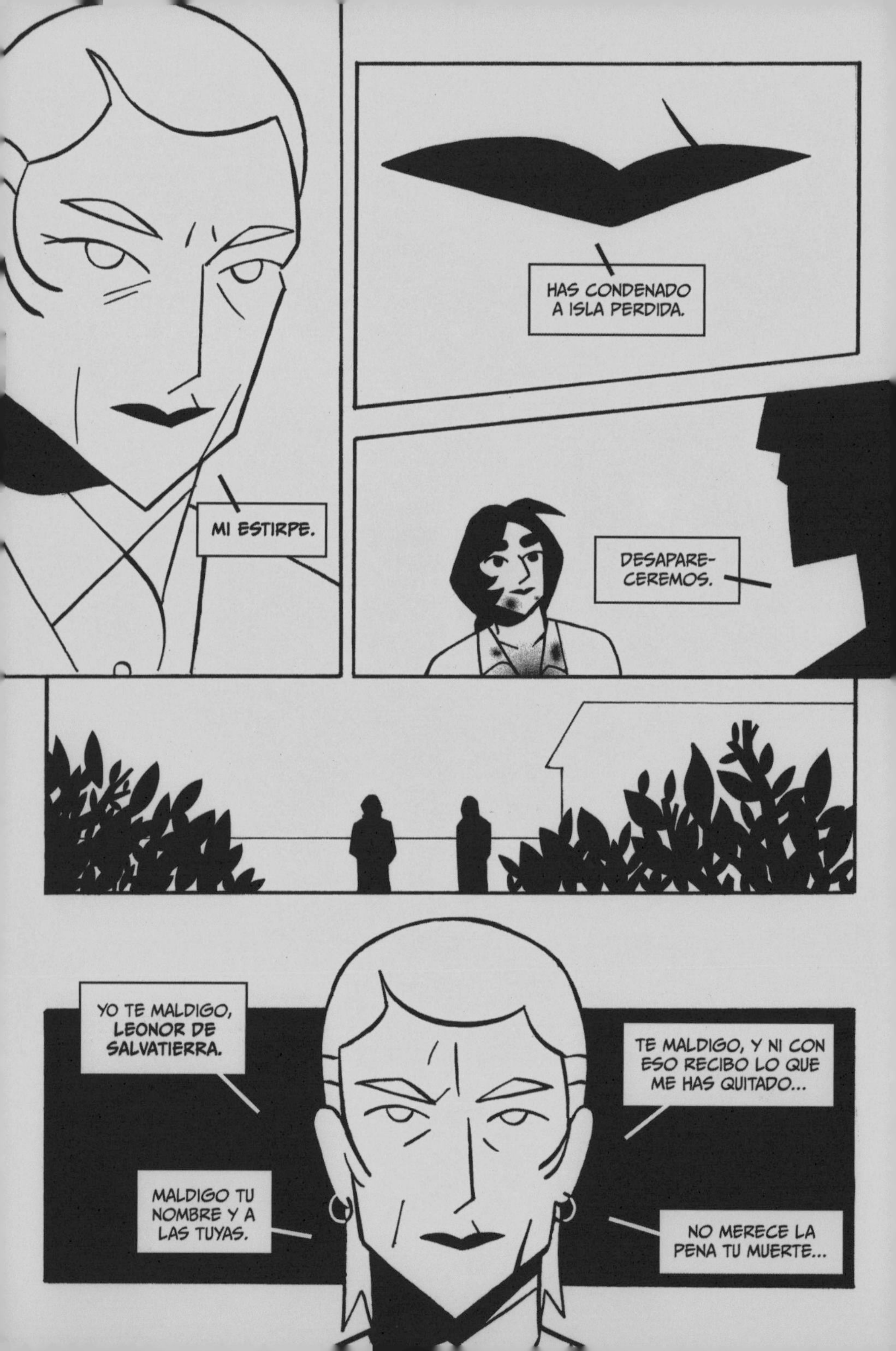
HAS CONDENADO
A ISLA PERDIDA.
MI ESTIRPE.
DESAPARE-
CEREMOS.
YO TE MALDIGO,
LEONOR DE
SALVATIERRA.
TE MALDIGO, Y NI CON
ESO RECIBO LO QUE
ME HAS QUITADO...
MALDIGO TU
NOMBRE Y A
LAS TUYAS.
NO MERECE LA
PENA TU MUERTE...

PREFIERO QUE ME MATES A VIVIR CON LA HERIDA QUE ME DEJA...
TU PEOR CONDENA SERÁ VIVIR...
PORQUE ACABAR CONTIGO NO ME DEVOLVERÁ A MI HIJA.
PERO LLEVARÁS SIEMPRE LA CULPA EN EL ROSTRO.
FISSSS
TE MATARÉ.
¡SPLIT!
SI TE ATREVES A INTERRUMPIR EL DOLOR DE ESTA CASA, SI TRASPASAS DE NUEVO MIS TIERRAS...
CLACK!

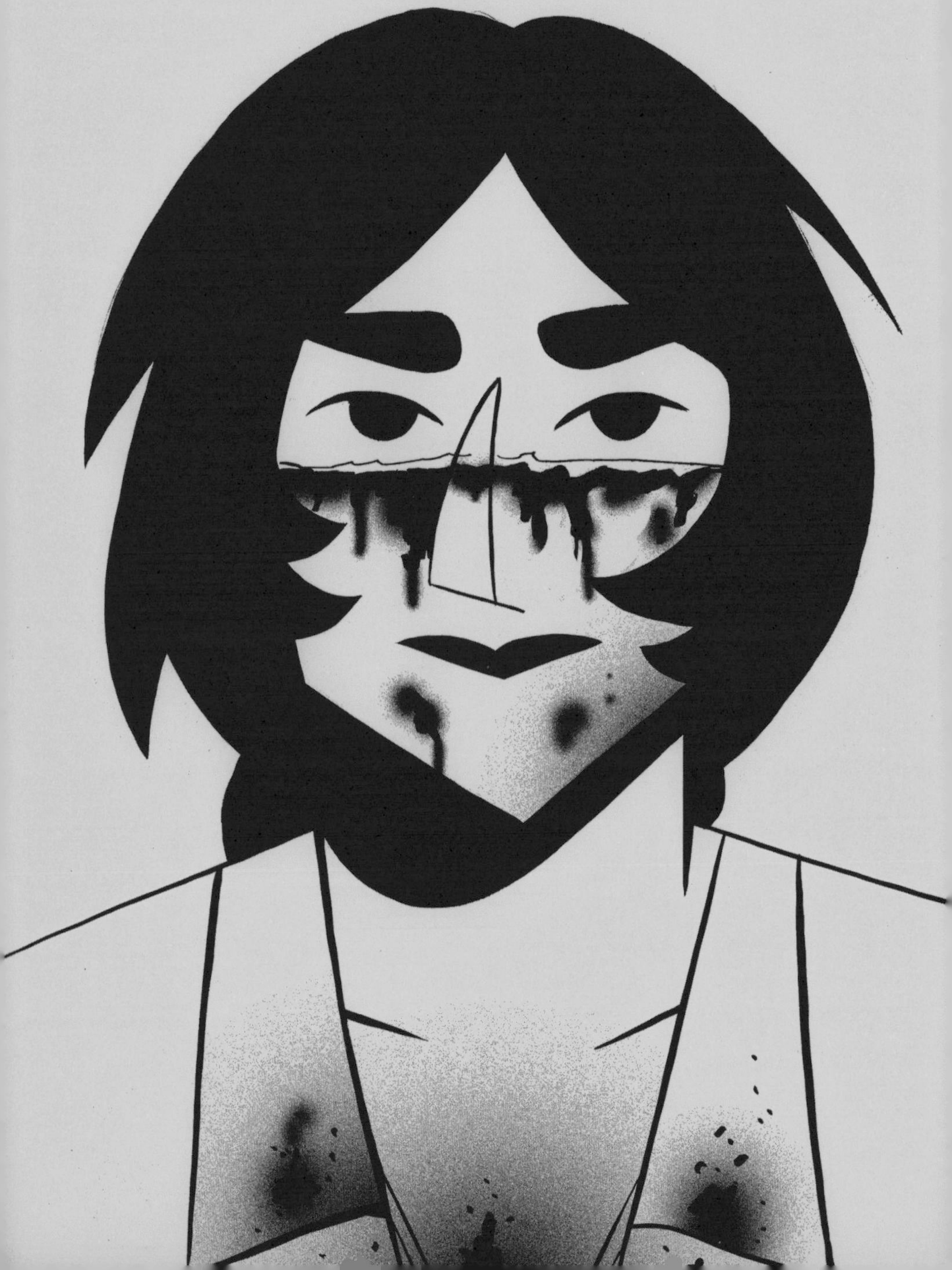

EPISODIO 2:
LA SEQUÍA

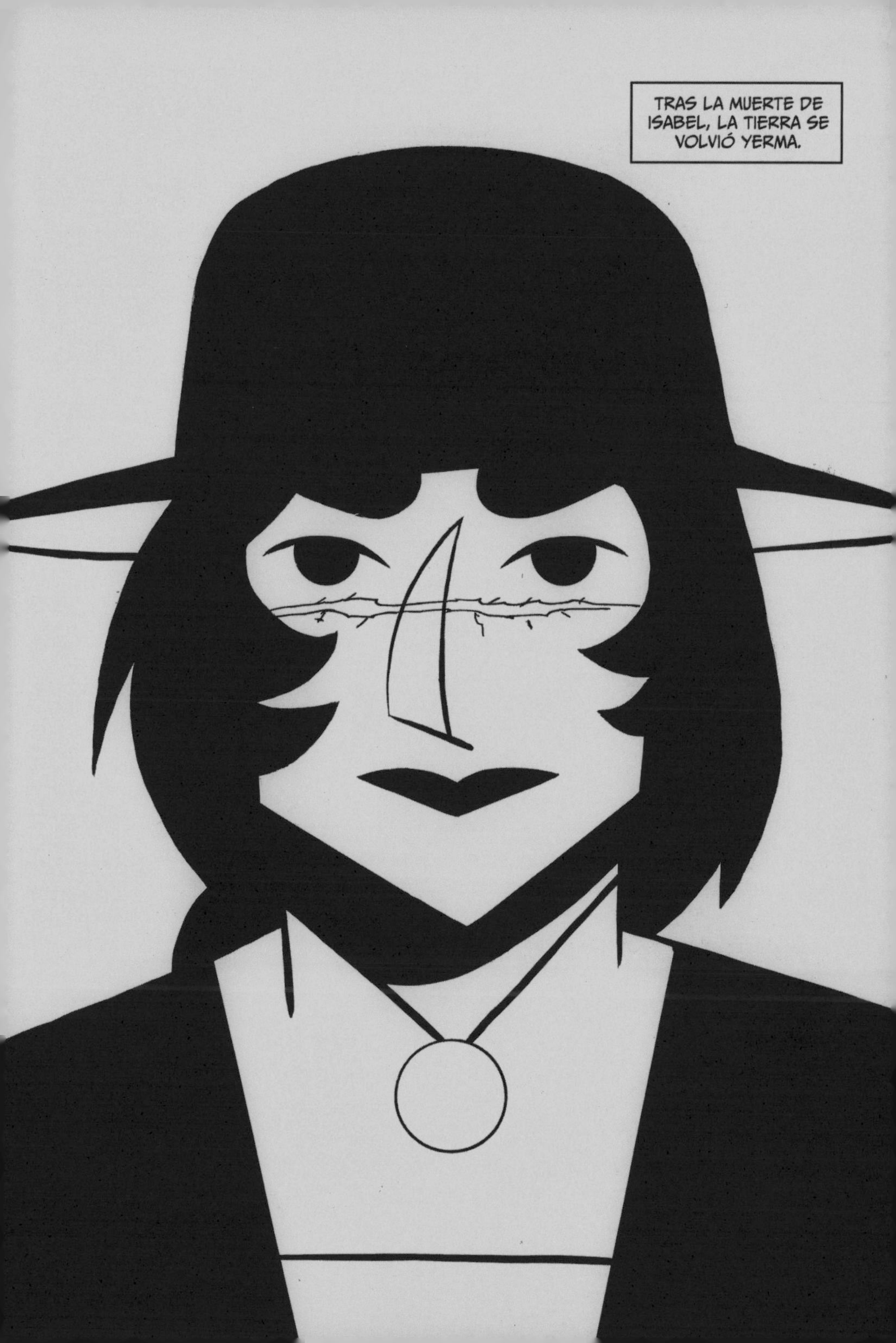
TRAS LA MUERTE DE ISABEL, LA TIERRA SE VOLVIÓ YERMA.

NO HABÍA NADA QUE HACER, TUVE QUE REMATARLA.
¿LOS ELLOS?
SÍ, CADA VEZ SON PEORES...
LA SEQUÍA LOS VUELVE MÁS SALVAJES...

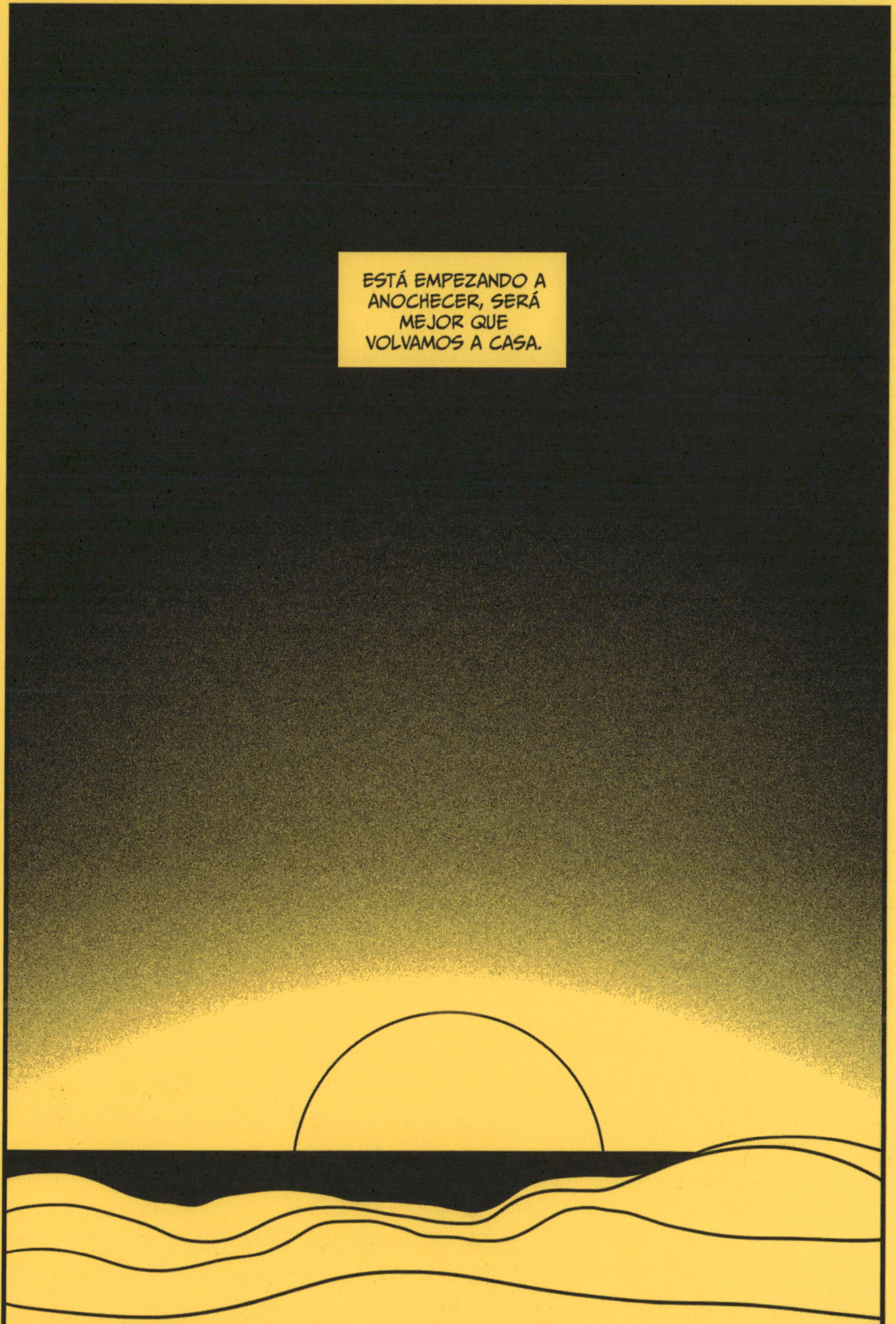
ESTÁ EMPEZANDO A ANOCHECER, SERÁ MEJOR QUE VOLVAMOS A CASA.

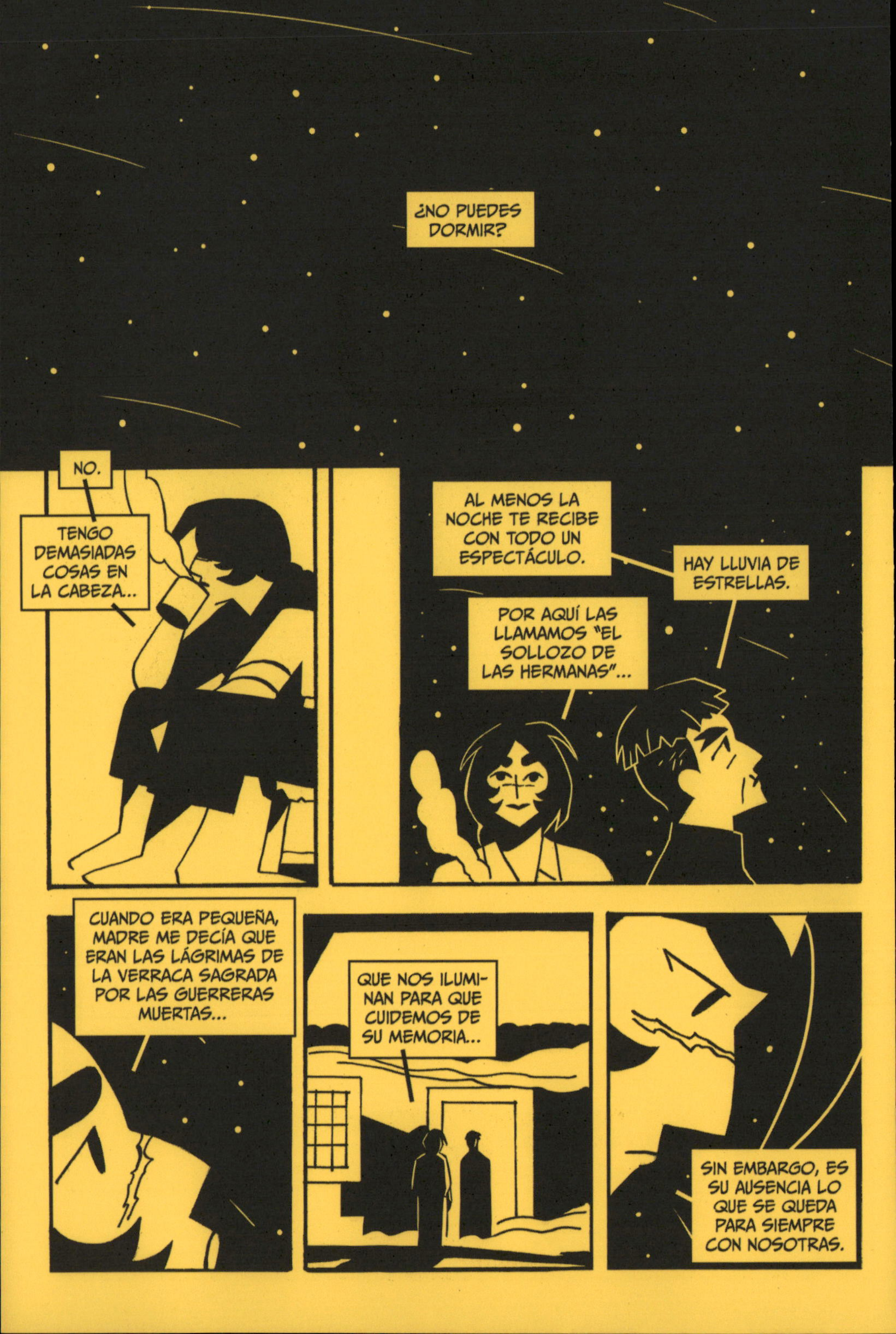
¿NO PUEDES DORMIR?
NO.
TENGO DEMASIADAS COSAS EN LA CABEZA...
AL MENOS LA NOCHE TE RECIBE CON TODO UN ESPECTÁCULO.
HAY LLUVIA DE ESTRELLAS.
POR AQUÍ LAS LLAMAMOS "EL SOLLOZO DE LAS HERMANAS"...
CUANDO ERA PEQUEÑA, MADRE ME DECÍA QUE ERAN LAS LÁGRIMAS DE LA VERRACA SAGRADA POR LAS GUERRERAS MUERTAS...
QUE NOS ILUMINAN PARA QUE CUIDEMOS DE SU MEMORIA...
SIN EMBARGO, ES SU AUSENCIA LO QUE SE QUEDA PARA SIEMPRE CON NOSOTRAS.

ISABEL, AGITA TU ESPÍRITU...
TE OIGO LLAMARLA CUANDO DUERMES.
TENGO MUCHAS CICATRICES, PERO NINGUNA COMO ESTA.
NADA DUELE MÁS QUE DEJAR IR AQUELLO QUE AMAS...
Y EN ESE VACÍO QUE SE QUEDA EN TU CORAZÓN...
NADIE PUEDE PONER PAZ, SALVO TÚ MISMA.
NO PUEDO.
NO PUEDO DECIRLE ADIÓS A ESTA PENA...
ES COMO ACEPTAR QUE PUEDO VIVIR SIN ELLA.

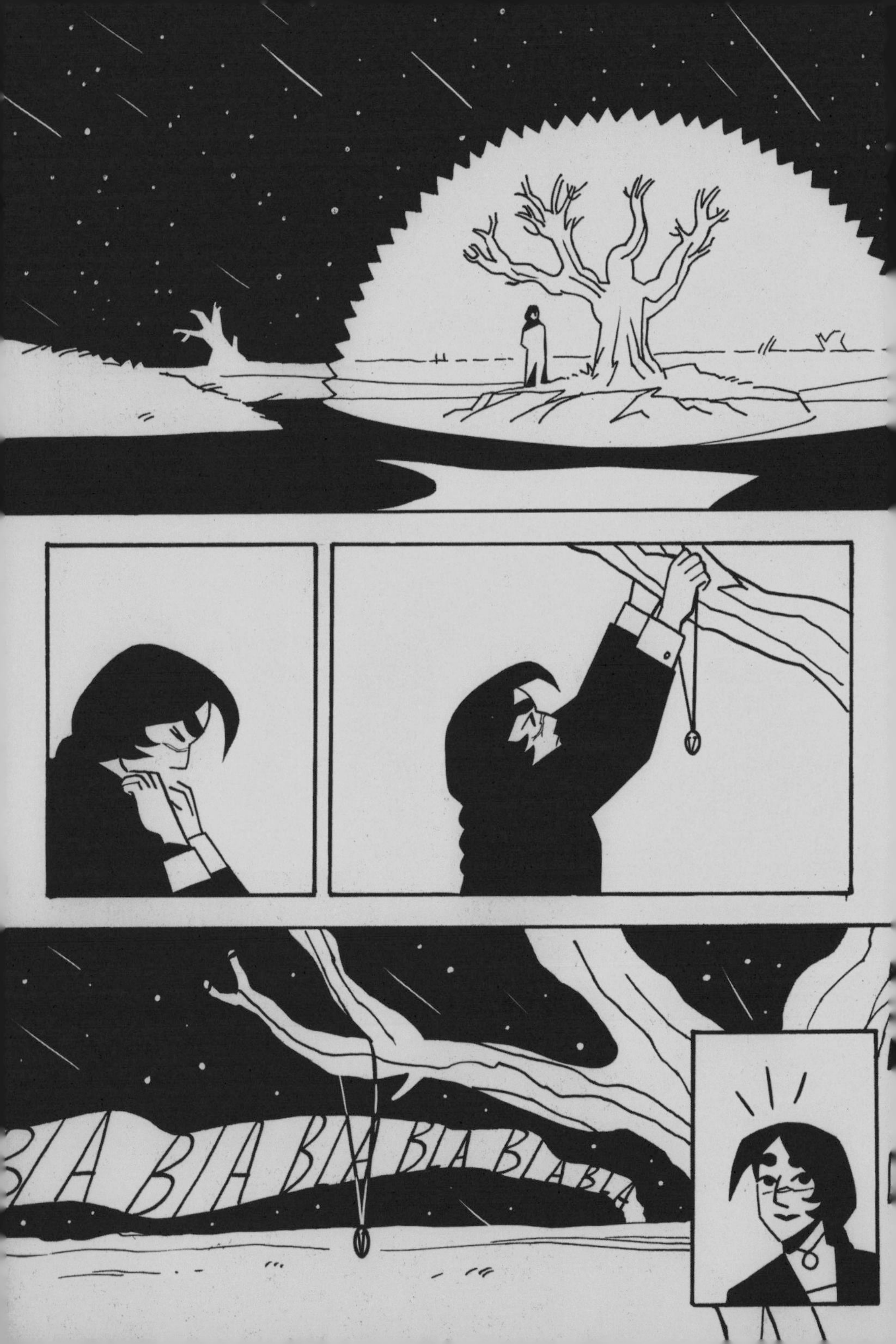
BLA BLA BLA BLA BLA BLA BLA BLA

...DIFÍCIL ENCONTRAR ANIMALES...
LAS CHARRAS ESTÁN ALERTA...
ESAS ZORRAS NO ME DAN MIEDO...
ME ESCONDERÉ UNOS DÍAS Y VOLVERÉ A INTENTARLO CERCA DE LA *LÍNEA*...
PERO TE COSTARÁ MÁS CARO, PORQUE LA SEQUÍA NO ME DA TREGUA.
NECESITO UN ADELANTO.
ACORDAMOS QUE SERÍA A LA ENTREGA...
¡ME IMPORTA UNA MIERDA LO QUE ACORDAMOS!
¿CREES QUE MIS HOMBRES SE ARRIES-GARÍAN POR NADA?

Panel 1
ESTÁ BIEN, ESTÁ BIEN...
TE DARÉ UN TERCIO MÁS...
TEN[D]
HUM....

Panel 2
¡¿EH?!
ME ENCANTA EL OLOR DE LOS HOMBRES LLENOS DE AVARICIA...
ME ENCANTA...
HUM...
LLENOS DE AVARICIA...

Panel 3

Panel 4
DELICIOSO...
ES DELICIOSO...
DELICIOSO...

¿QUÉ?

NO... NO HE PODIDO CONSEG...

FSSSS

¡SILENCIO, MUJER!

¡SILENCIO!

¡SILENCIO!

¿¡ISIDORA!?

TENEMOS HAMBRE...

¡BASTA YA DE BESTIAS! QUEREMOS CARNE HUMANA...

CON LA SEQUÍA...

HUMANA...

¿¡!?

HUMANA...

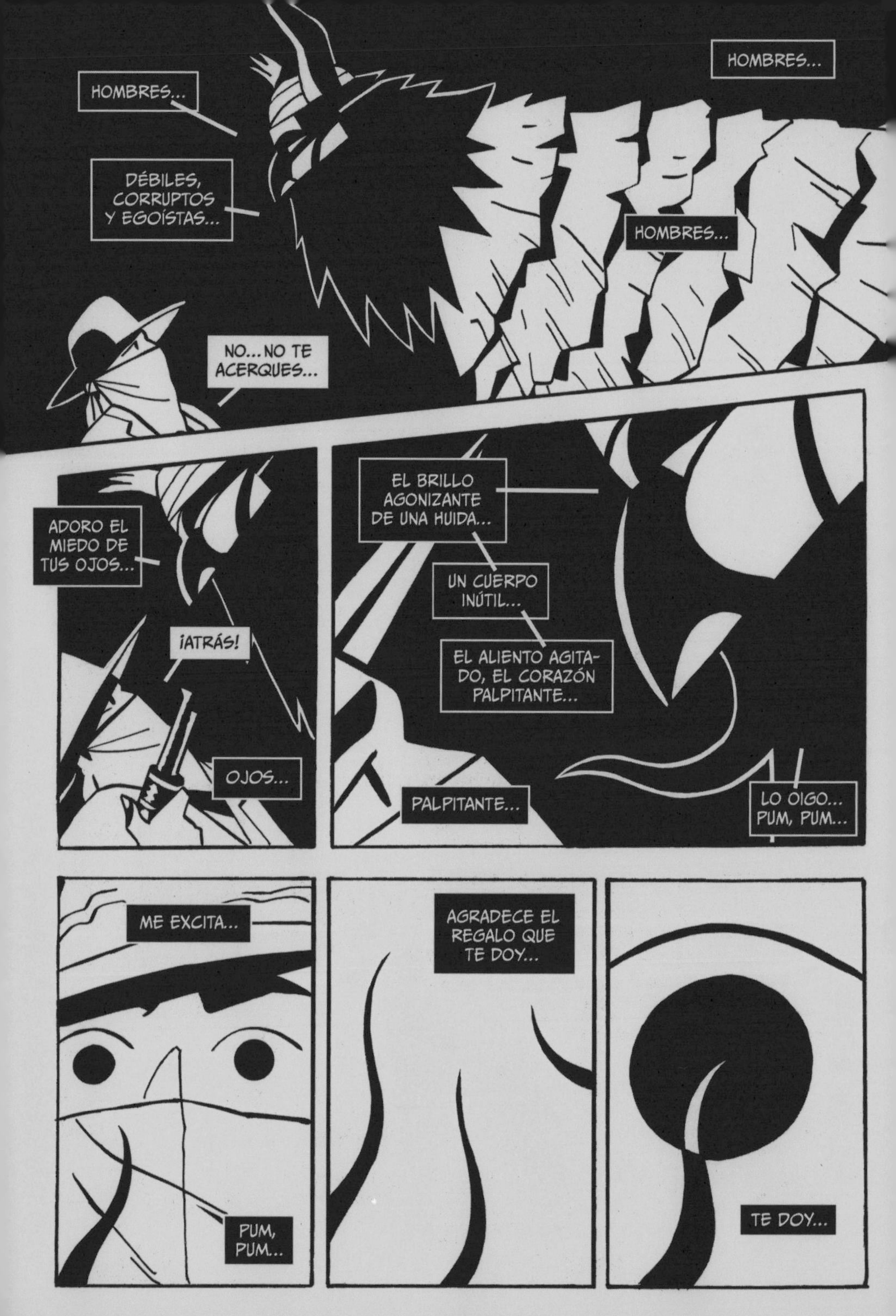
HOMBRES...
HOMBRES...
DÉBILES, CORRUPTOS Y EGOÍSTAS...
HOMBRES...
NO... NO TE ACERQUES...
ADORO EL MIEDO DE TUS OJOS...
¡ATRÁS!
OJOS...
EL BRILLO AGONIZANTE DE UNA HUIDA...
UN CUERPO INÚTIL...
EL ALIENTO AGITADO, EL CORAZÓN PALPITANTE...
PALPITANTE...
LO OIGO... PUM, PUM...
ME EXCITA...
PUM, PUM...
AGRADECE EL REGALO QUE TE DOY...
TE DOY...

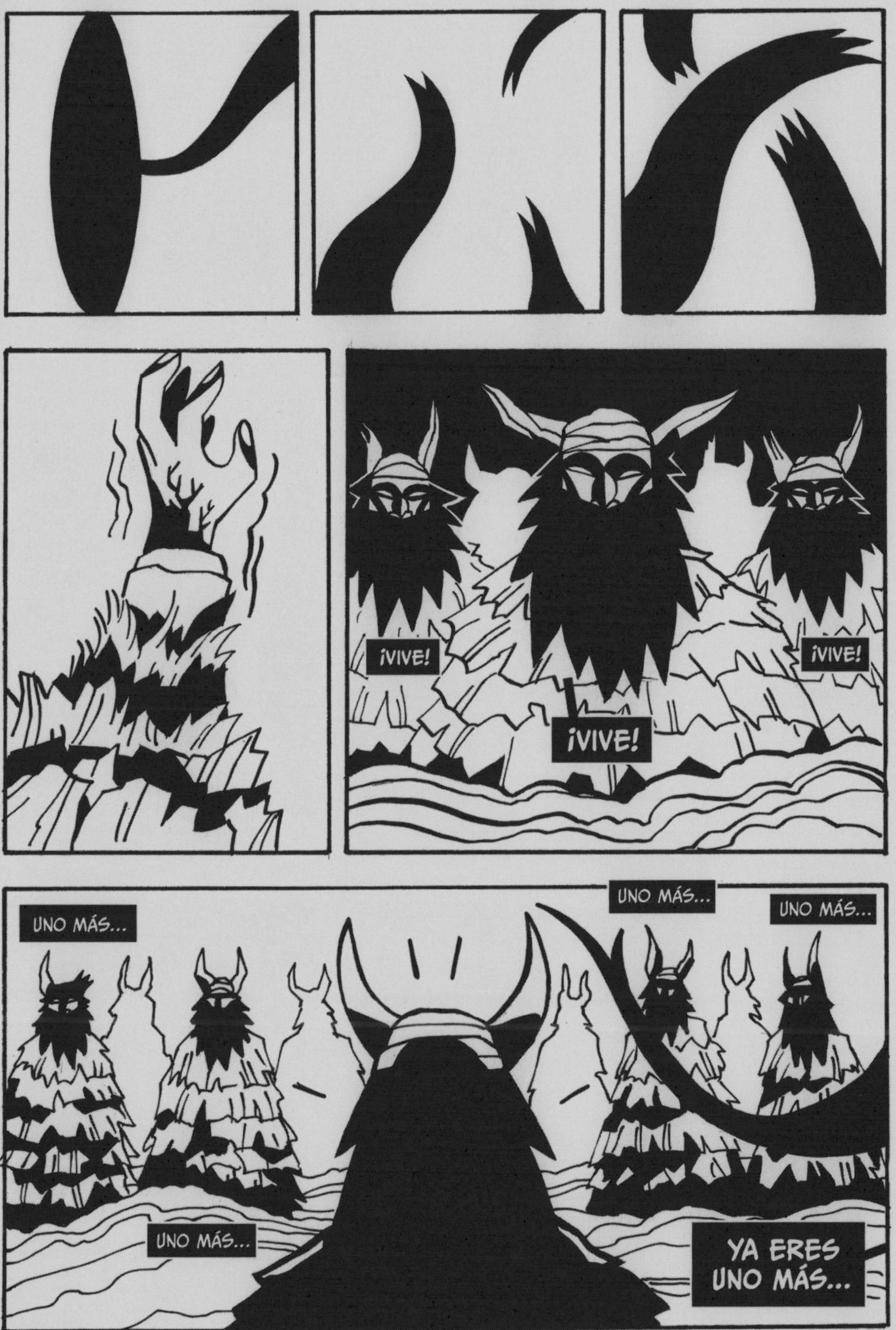
¡VIVE!
¡VIVE!
¡VIVE!
UNO MÁS...
UNO MÁS...
UNO MÁS...
UNO MÁS...
YA ERES UNO MÁS...

— NADA...

— HABRÁ QUE SEGUIR INTENTÁNDOLO, MANUELA, QUÉ REMEDIO.

FSSSSS...

— ¿QUÉ ES ESO...?

— ¡QUE LA VERRACA SAGRADA NOS PROTEJA!

SEÑORAS...
COMO YA SABÉIS, NUESTRAS HERMANAS DE *LA LÍNEA* ESTÁN ATERRORIZADAS...
LA FALTA DE COMIDA Y LA SEQUÍA ESTÁN EMPUJÁNDOLAS A NUESTRAS TIERRAS, EN LAS QUE, COMO SABÉIS, TAMPOCO HAY ALIMENTO SUFICIENTE.
CON *LOS ELLOS* CADA VEZ MÁS CERCA NECESITAMOS VUESTRA AYUDA, TENDREMOS QUE EMPEZ...
¡PIDO LA PALABRA!
¡HABLA, CHARRA!
HACE UNOS DÍAS ÁNGELES Y YO FUIMOS A **ISLA PERDIDA** PARA PEDIR AYUDA A ISIDORA Y...
NOS AMENAZÓ.
NOS DIJO QUE TODO LO QUE ESTÁBAMOS DICIENDO ERAN INVENCIONES DE LAS SALVATIERRA.
INSISTIMOS, Y ENTONCES, NOS DISPARÓ.
LA PRÓXIMA VEZ NO FALLARÉ.
NOS DIJO.

YO QUERÍ
¡¡¡ESTÁN AQUÍ!!!
¡ESTÁN AQUÍ!
¡ESTÁN AQUÍ!
¡LOS ELLOS! ¡NOS ATACAN!
AAAAAAUUUUUUU

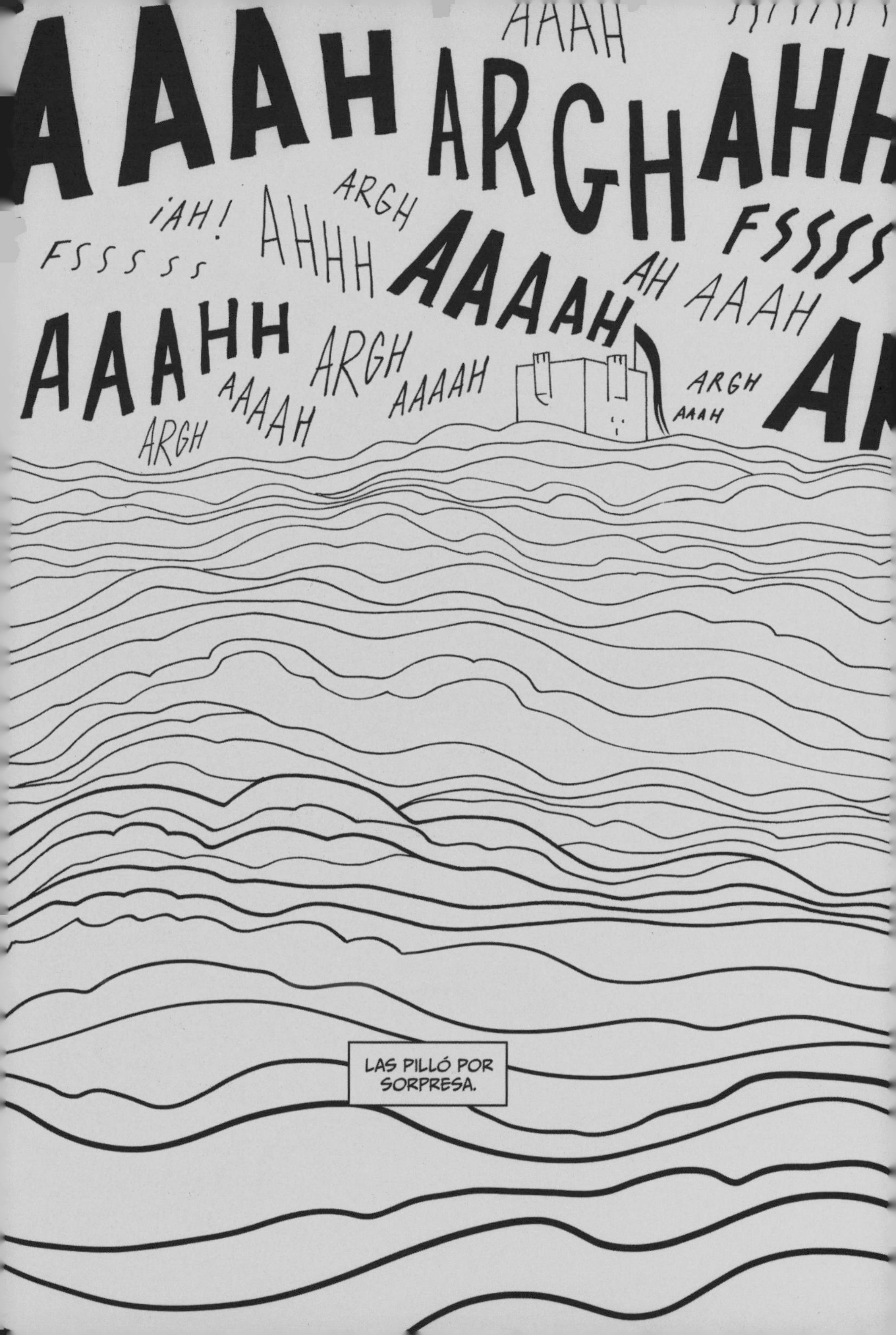
AAAH
AAAH
ARGHAHH
¡AH!
AHHH
ARGH
FSSSSS
FSSSS
AAAAH
AH
AAAH
AAAHH
ARGH
AAAAH
AAAAH
ARGH
ARGH
AAAH
LAS PILLÓ POR SORPRESA.

Y, AUNQUE RESISTIERON COMO PUDIERON...

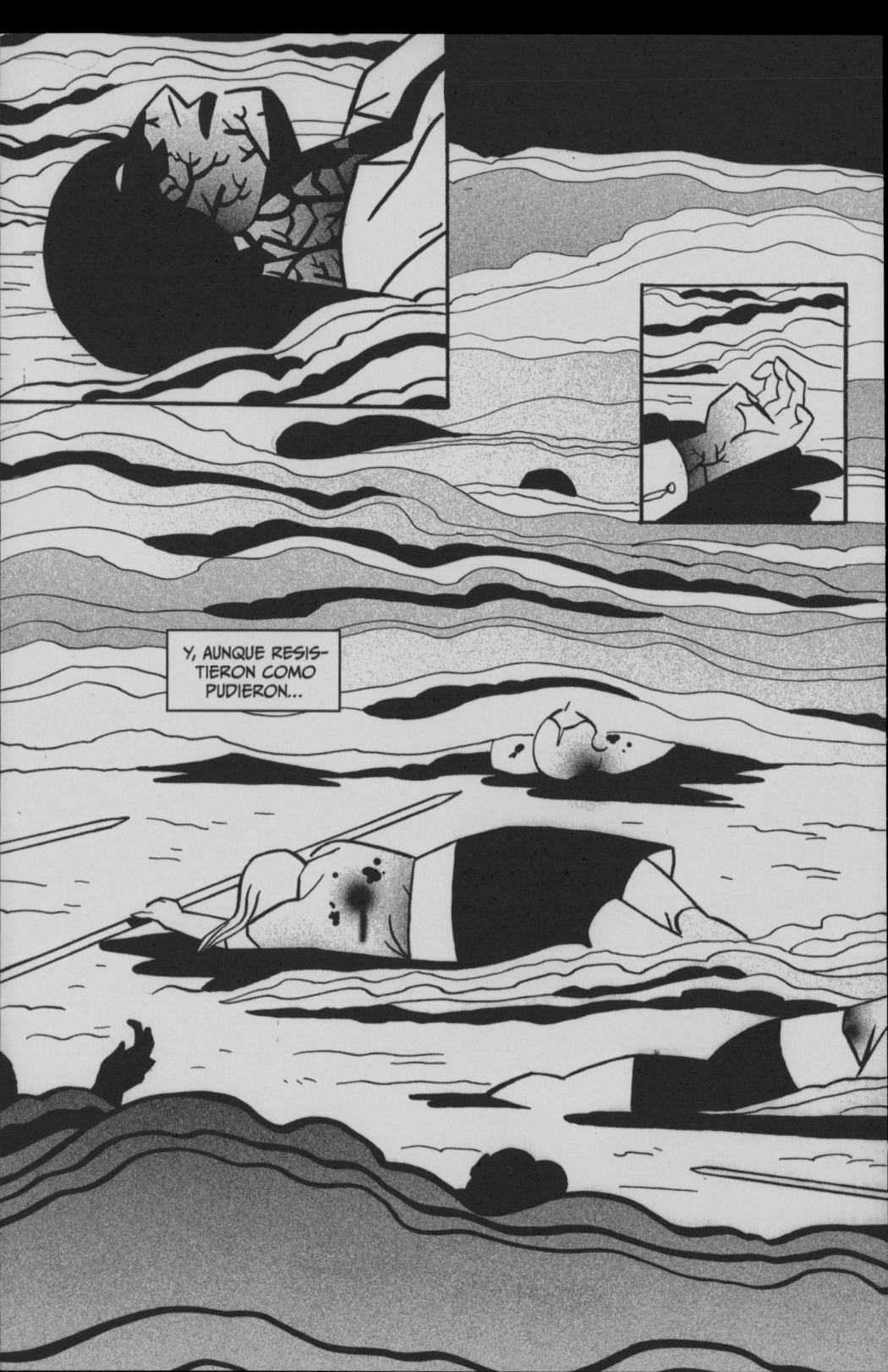

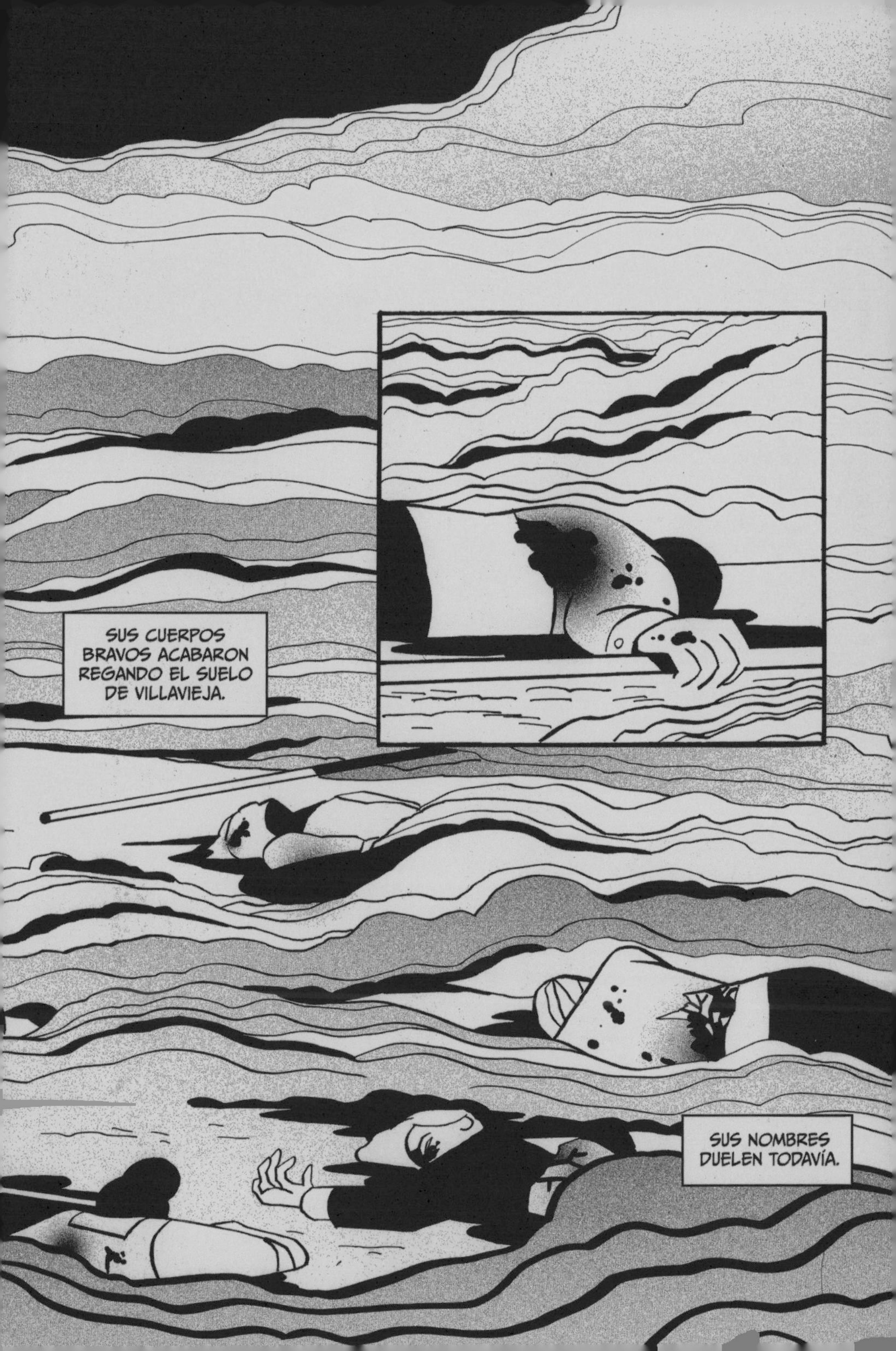
SUS CUERPOS BRAVOS ACABARON REGANDO EL SUELO DE VILLAVIEJA.
SUS NOMBRES DUELEN TODAVÍA.

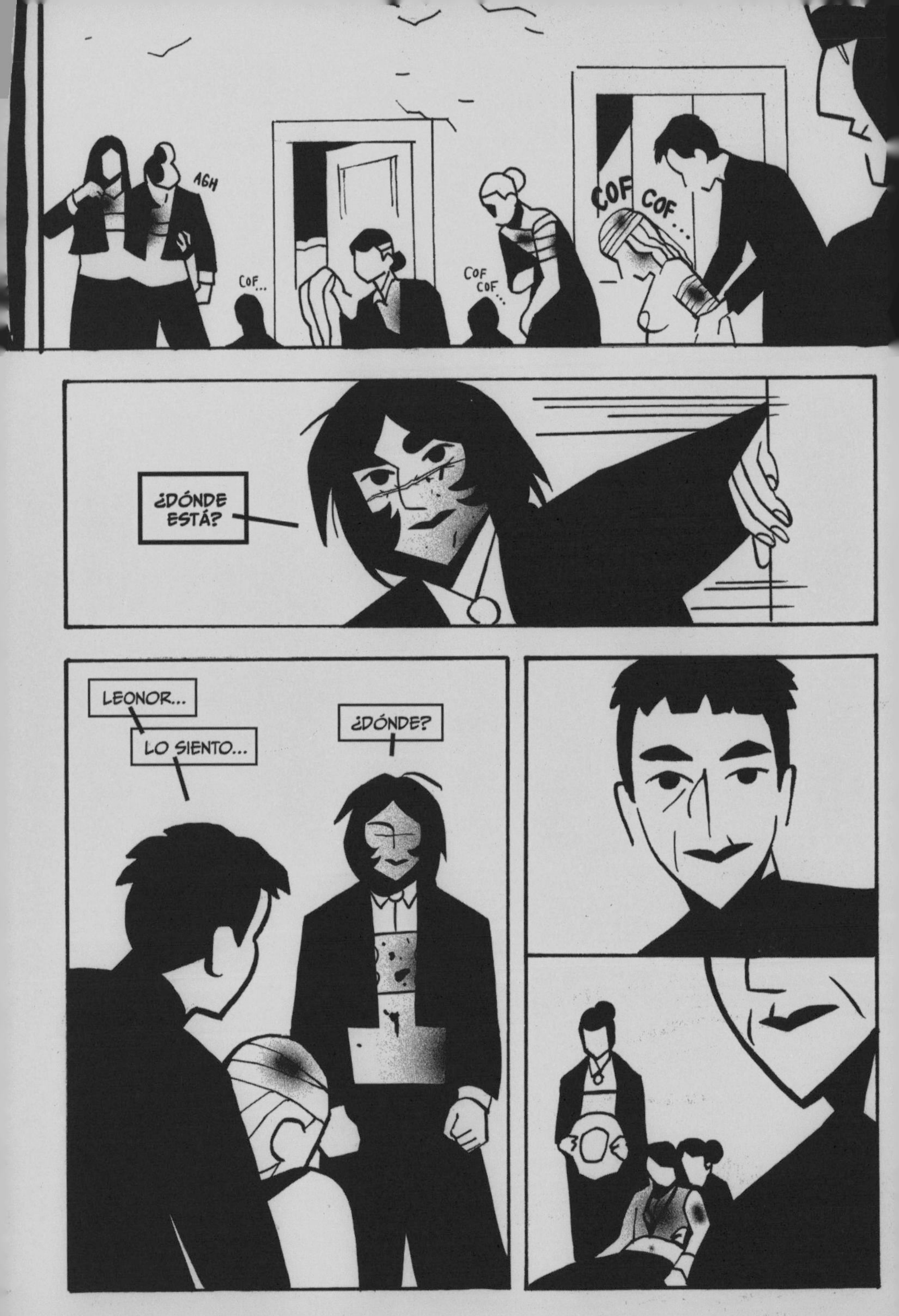
AGH
COF...
COF
COF...
COF
COF...
¿DÓNDE
ESTÁ?
LEONOR...
LO SIENTO...
¿DÓNDE?

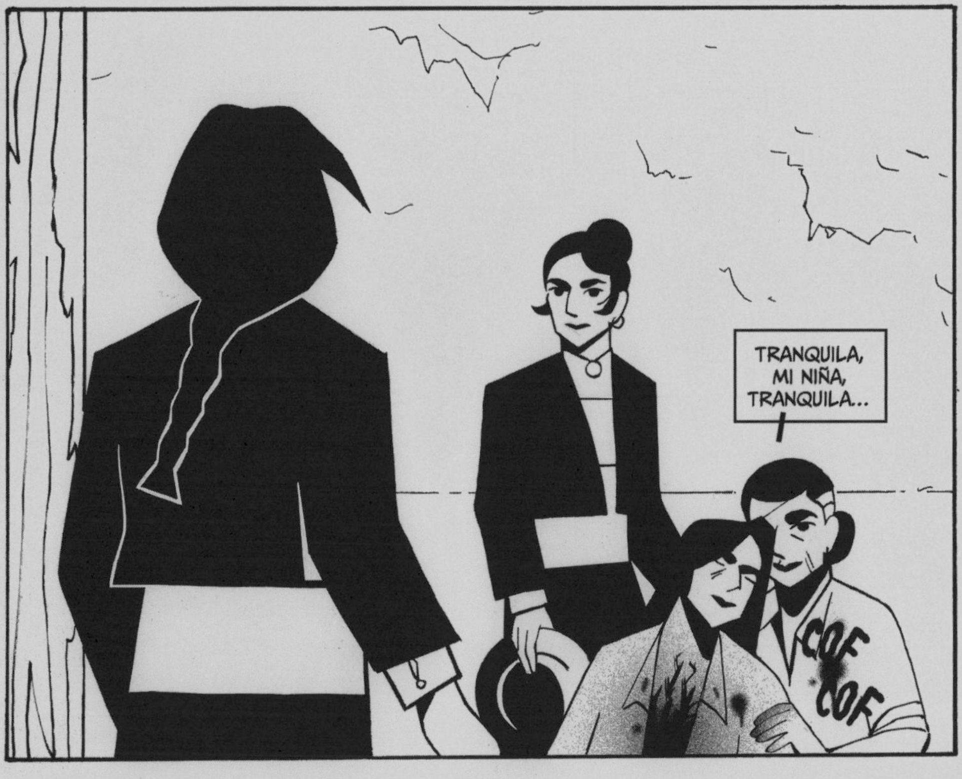
TRANQUILA,
MI NIÑA,
TRANQUILA...
COF
COF

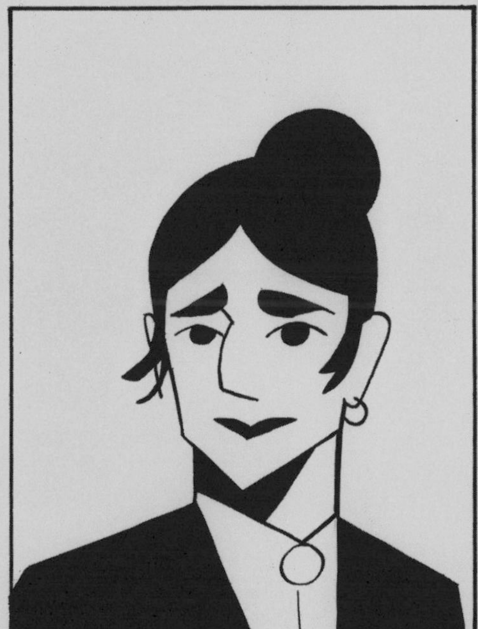

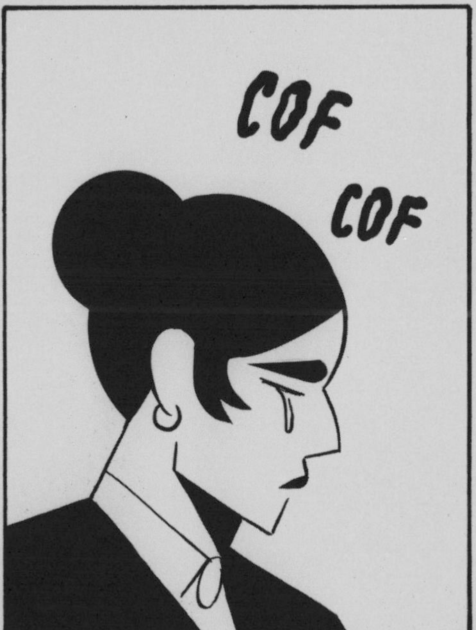
COF
COF

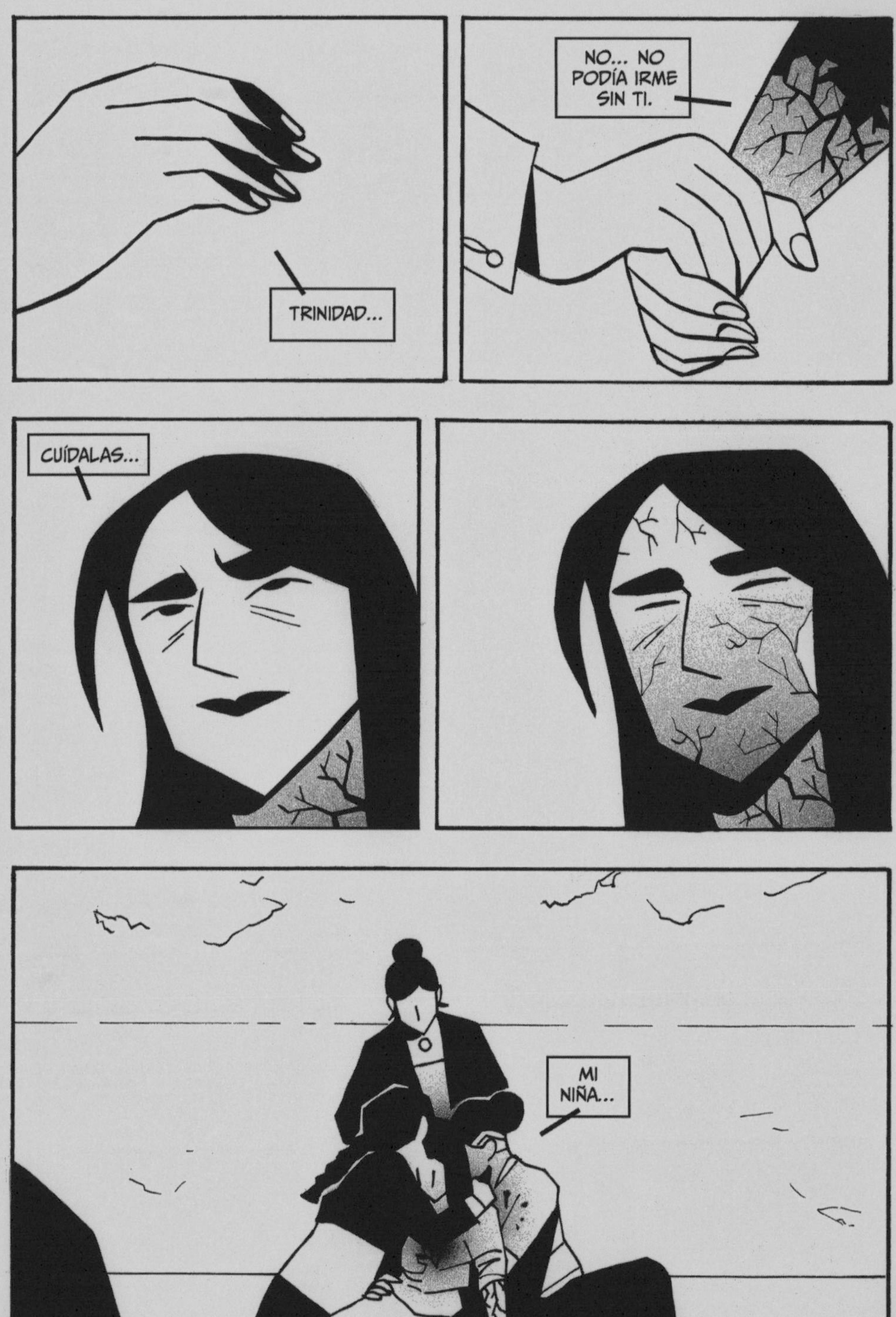
TRINIDAD...
NO... NO PODÍA IRME SIN TI.
CUÍDALAS...
MI NIÑA...

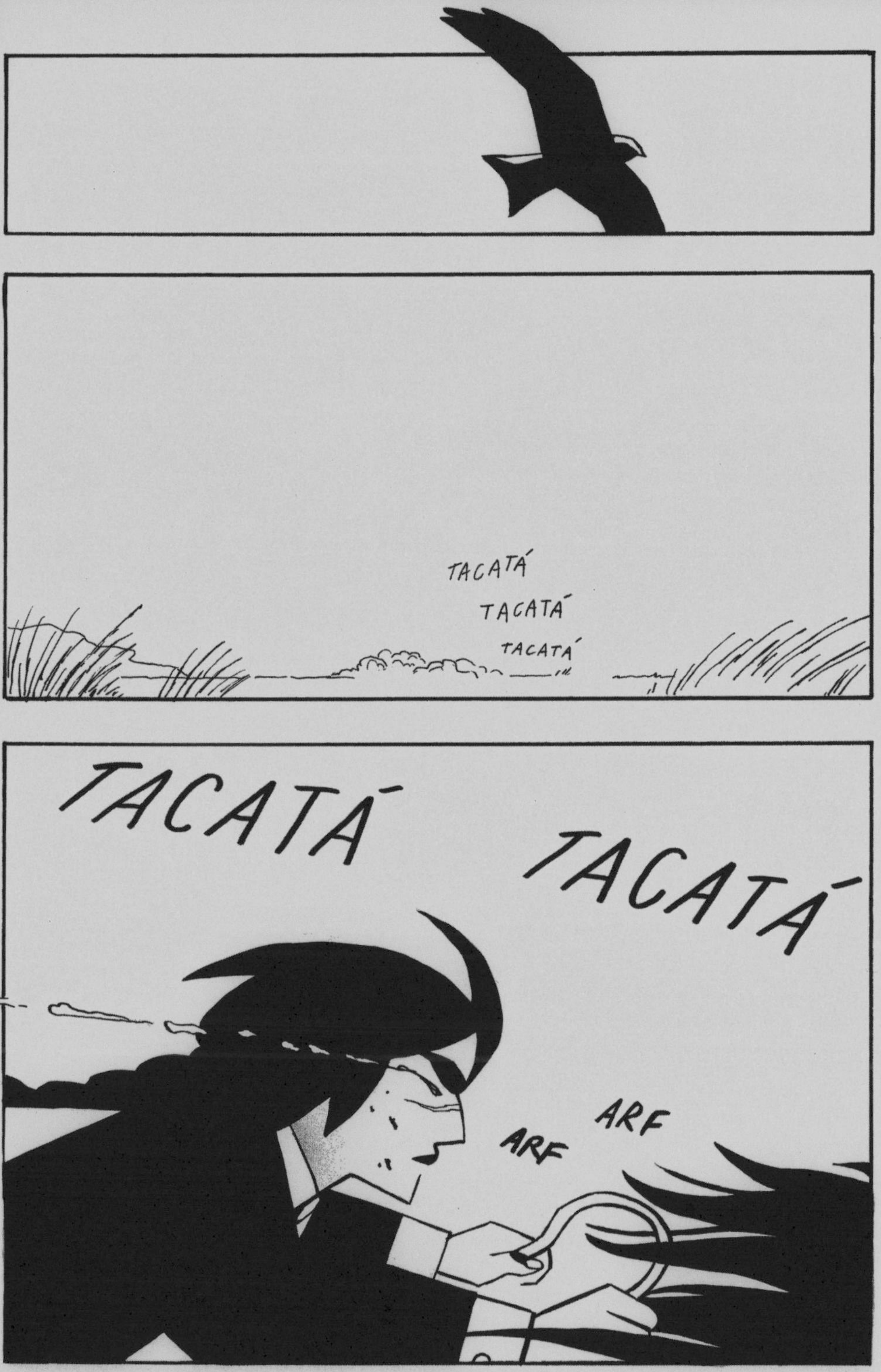
TACATÁ
TACATÁ
TACATÁ
TACATÁ
TACATÁ
ARF
ARF

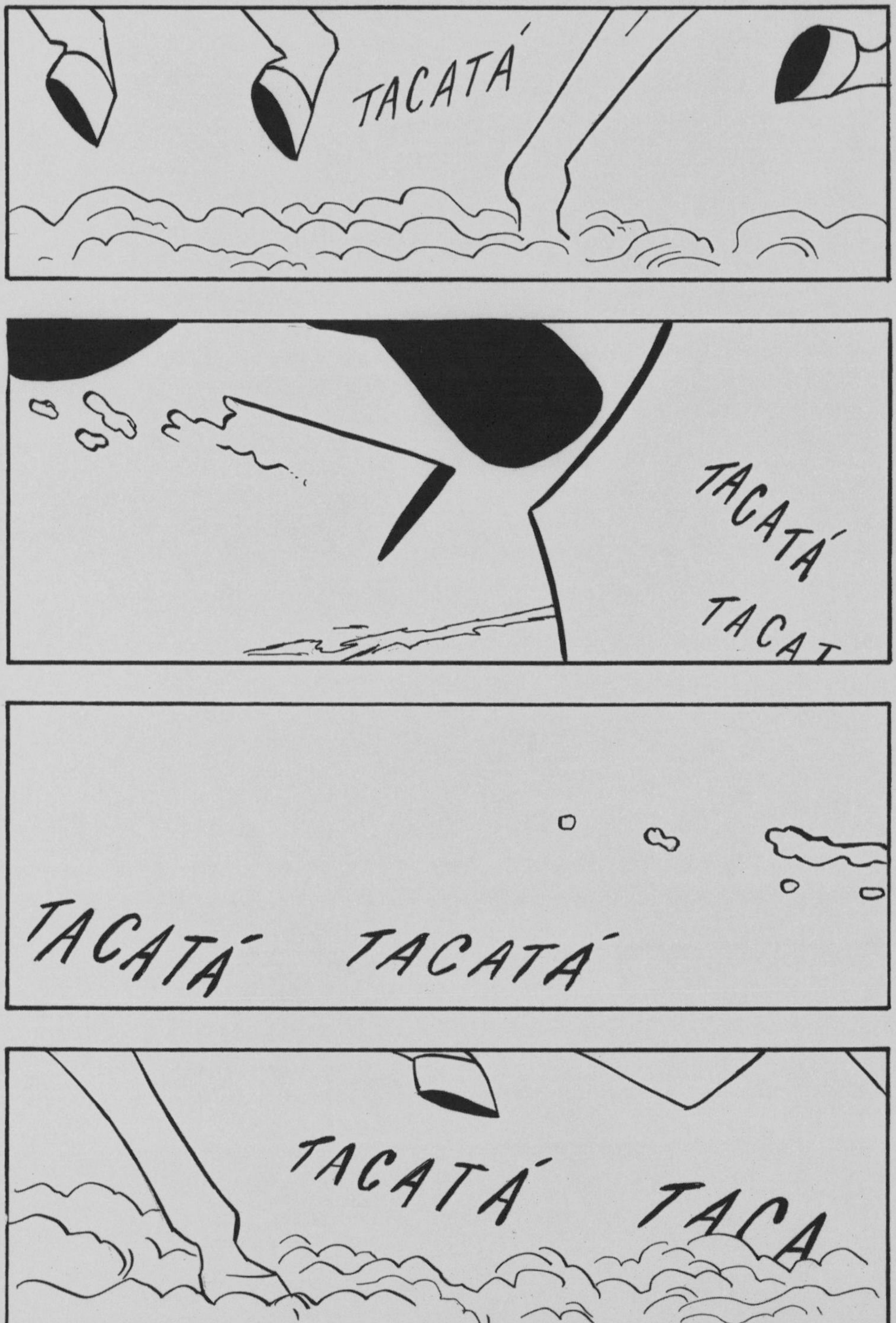
TACATÁ
TACATÁ
TACAT
TACATÁ
TACATÁ
TACATÁ
TACA

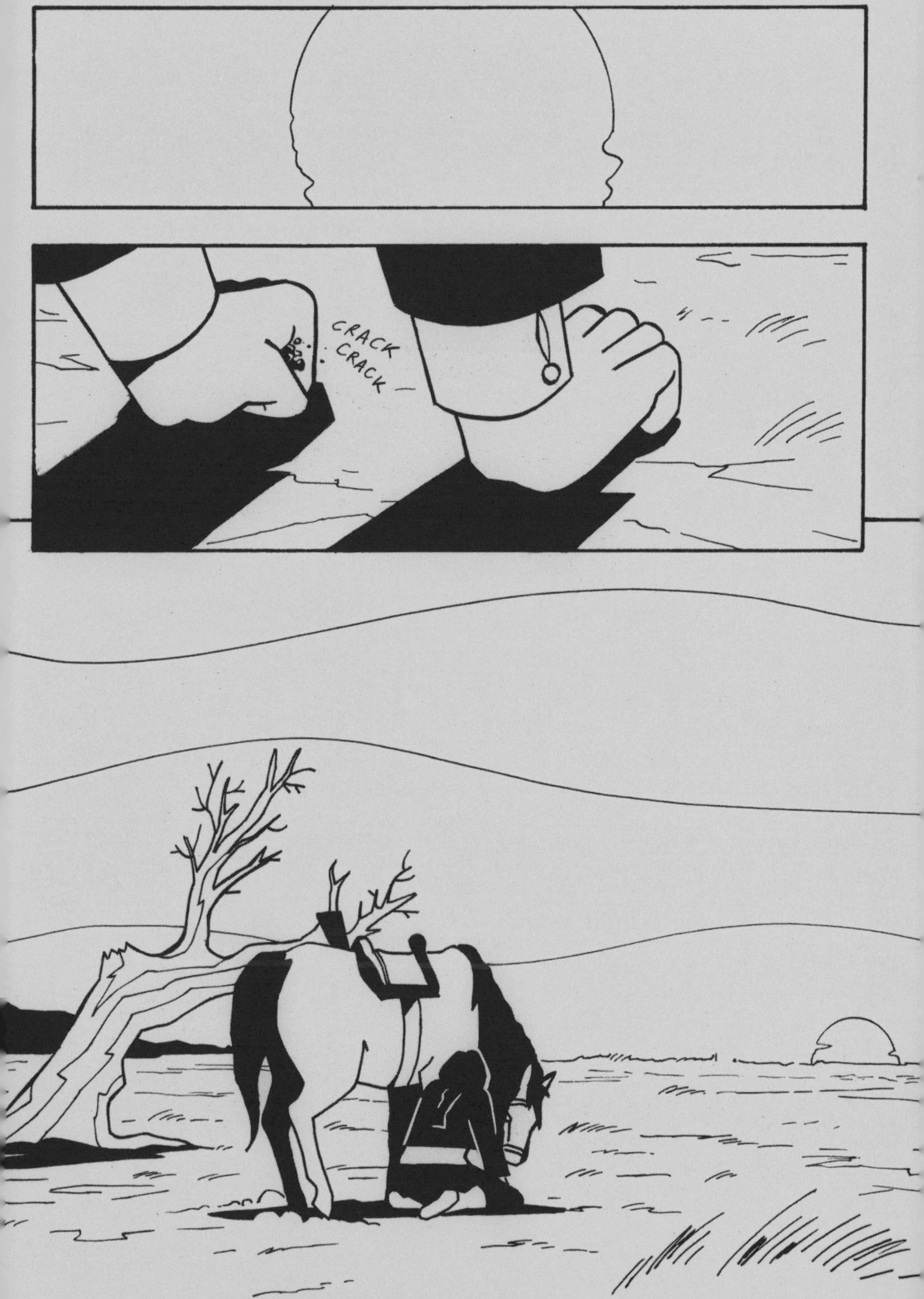
CRACK
CRACK

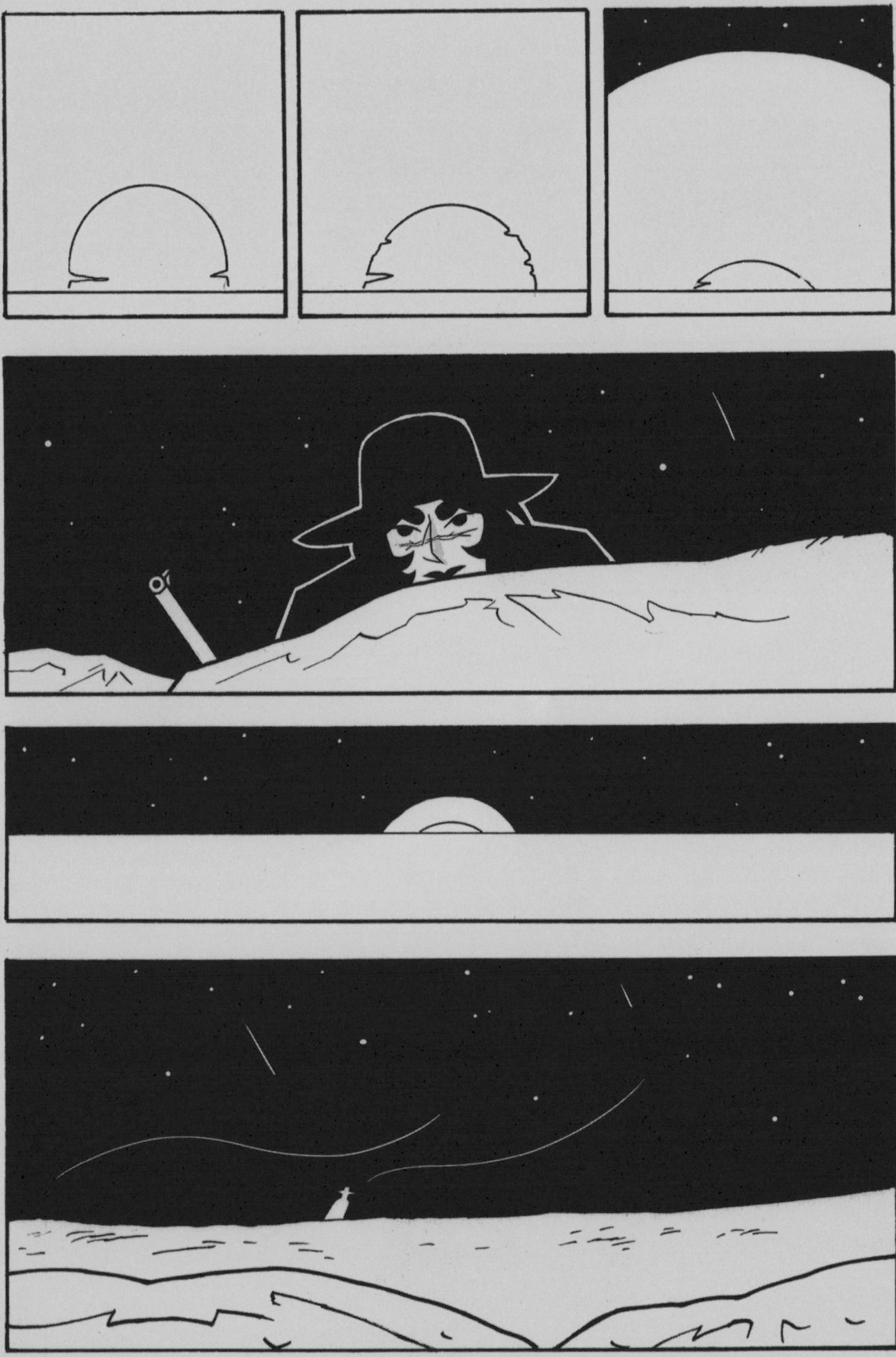

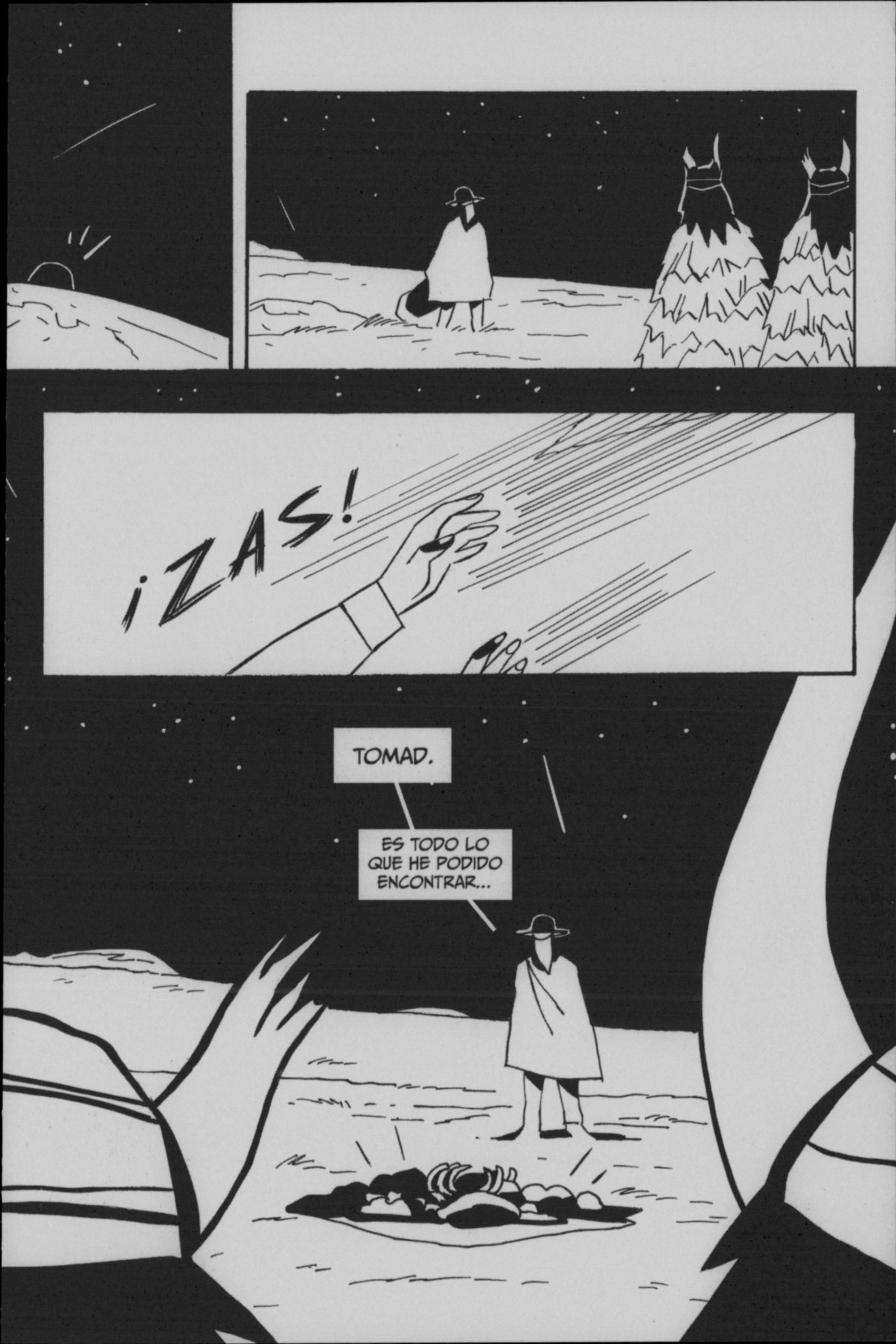

¡ZAS!
TOMAD.
ES TODO LO QUE HE PODIDO ENCONTRAR...

SNIF
SNIF
SNIF
MIGAJAS...
SE ACABARON LAS MIGAJAS...
MIGAJAS...
MIGAJAS...
NO NOS HACEN FALTA...
ATACAMOS VILLAVIEJA...
¿VILLAVIEJA?
PENSÉ QUE OS IRÍAIS...
NUNCA...
¿IRNOS? SOMOS MÁS FUERTES QUE NUNCA...
PERO...
NUNCA...
QUE NUNCA...

NO HUELES A MIEDO HOY.
MIEDO.
MIEDO.
HEMOS VENIDO A MATARTE.
YA NO NOS HACES FALTA...
DESPUÉS DE TODO...
ROMPÉIS EL PACTO...
NO DEJAREMOS NADA DE TI.
TI.
TI.
TI.
TU NOMBRE SOLO SERÁ CENIZAS...
CENIZAS.
CENIZAS.
PODÉIS MATARME...

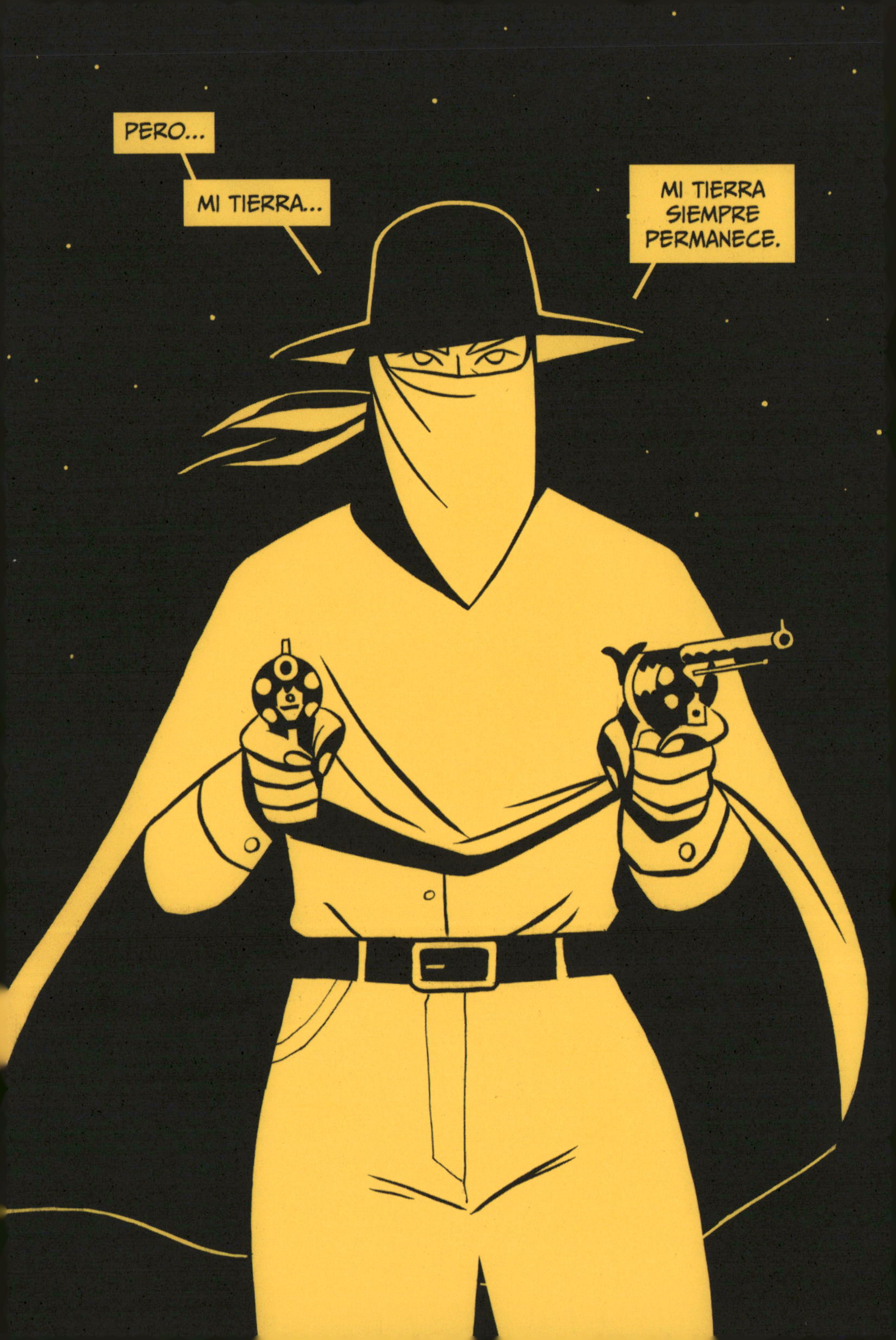
PERO...
MI TIERRA...
MI TIERRA SIEMPRE PERMANECE.

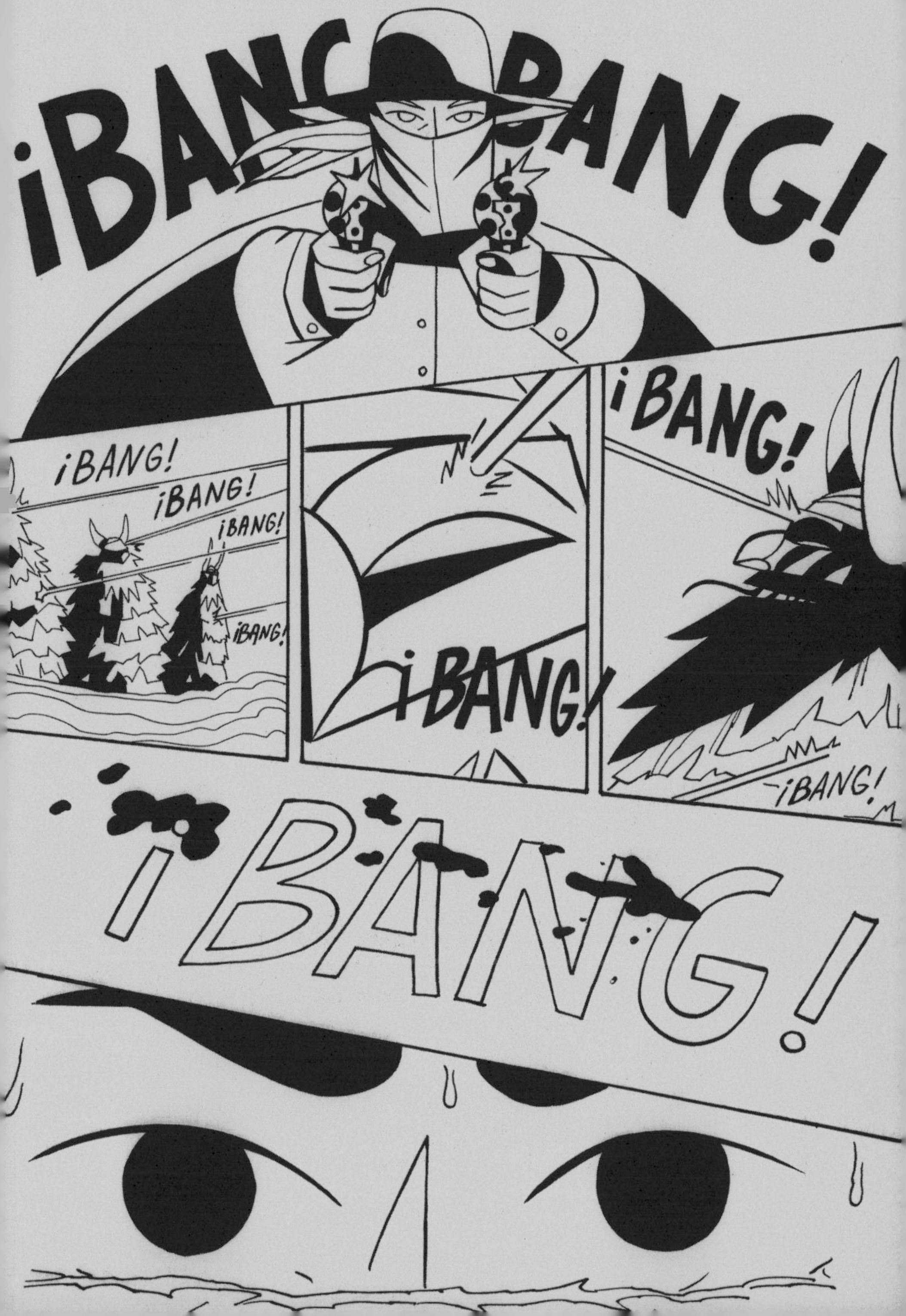
¡BANG BANG!
¡BANG!
¡BANG!
¡BANG!
¡BANG!
¡BANG!
¡BANG!
¡BANG!
¡BANG!

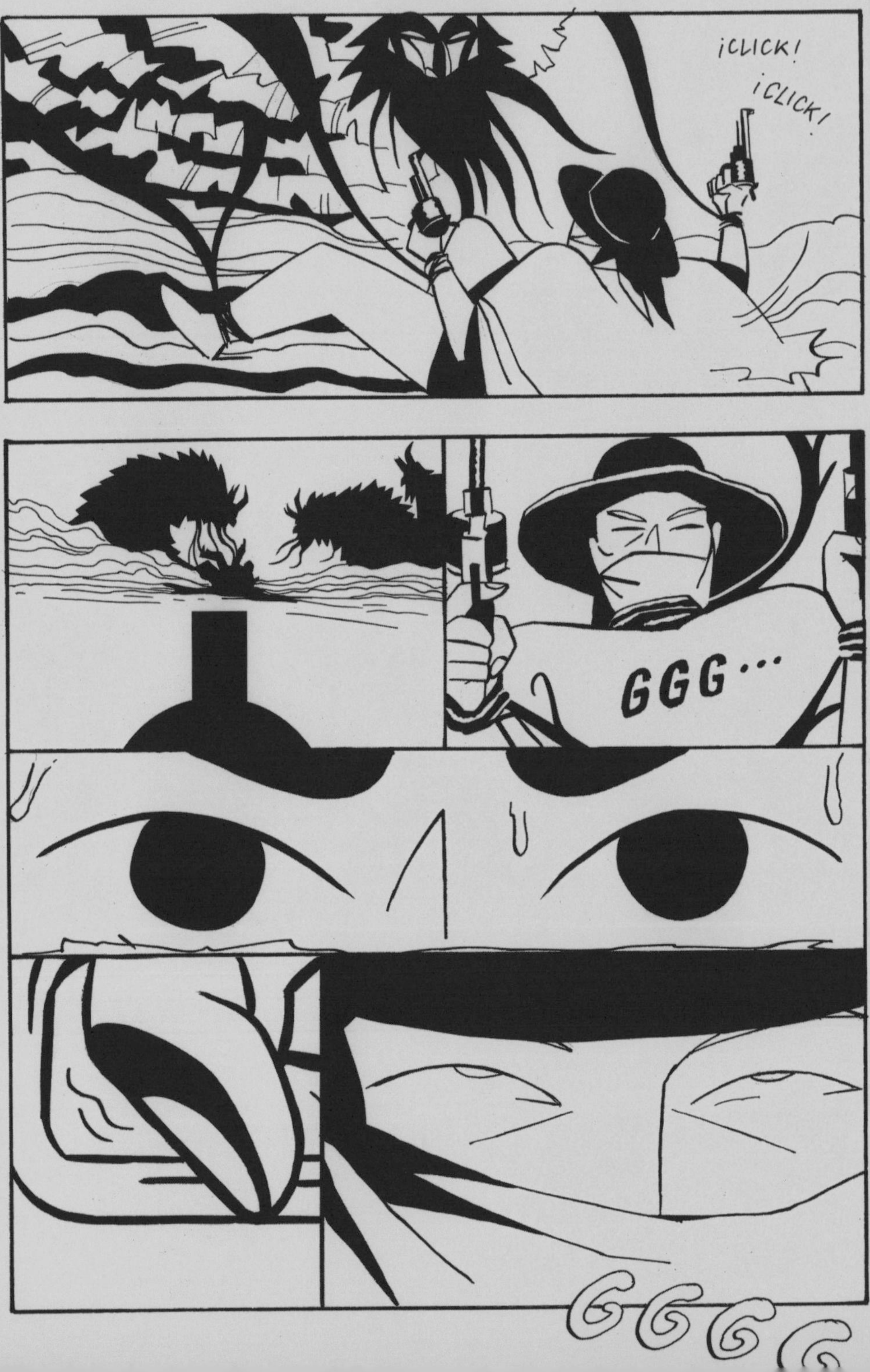
¡CLICK!
¡CLICK!
GGG...
GGGG

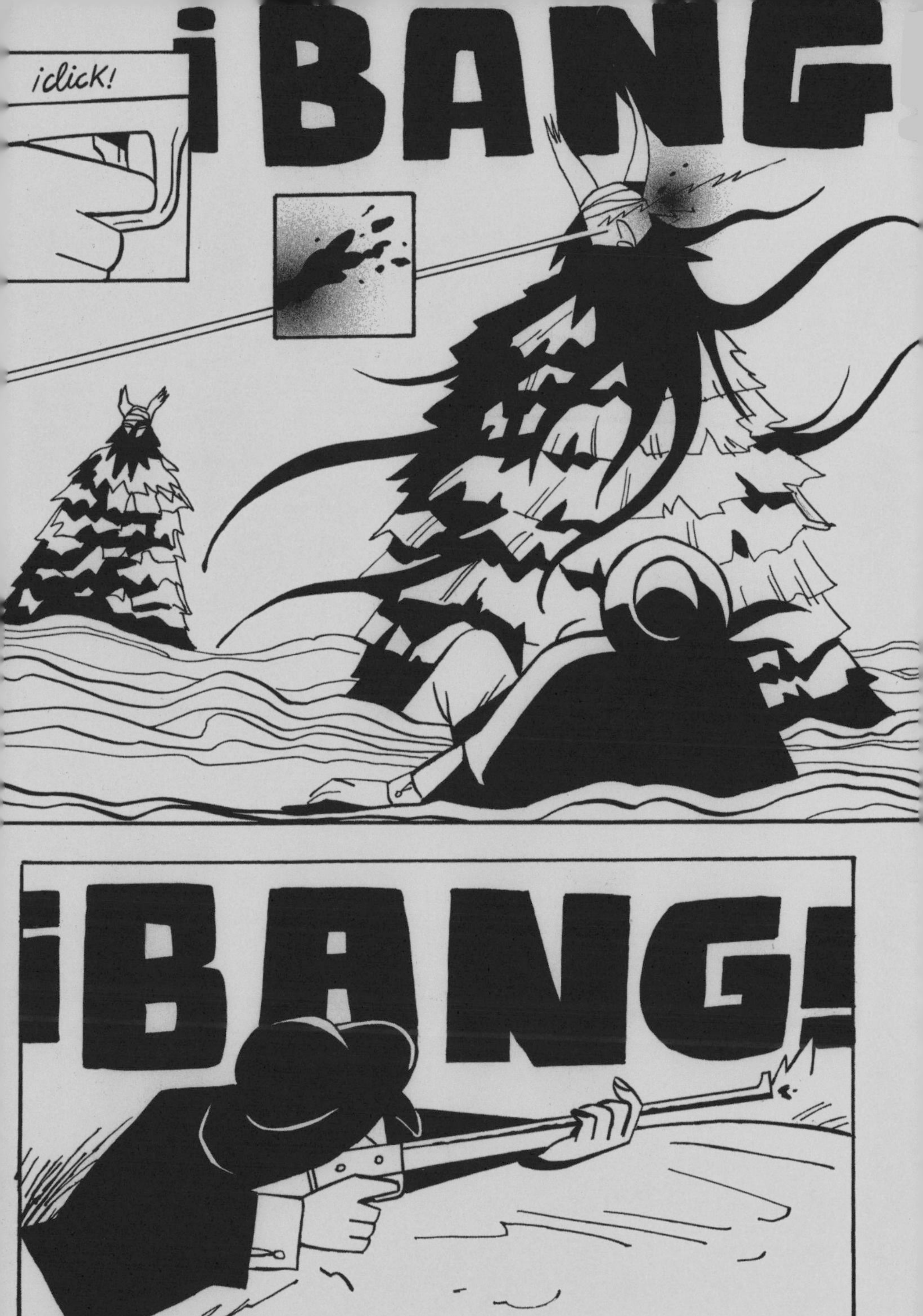
¡click!
¡BANG
¡BANG!

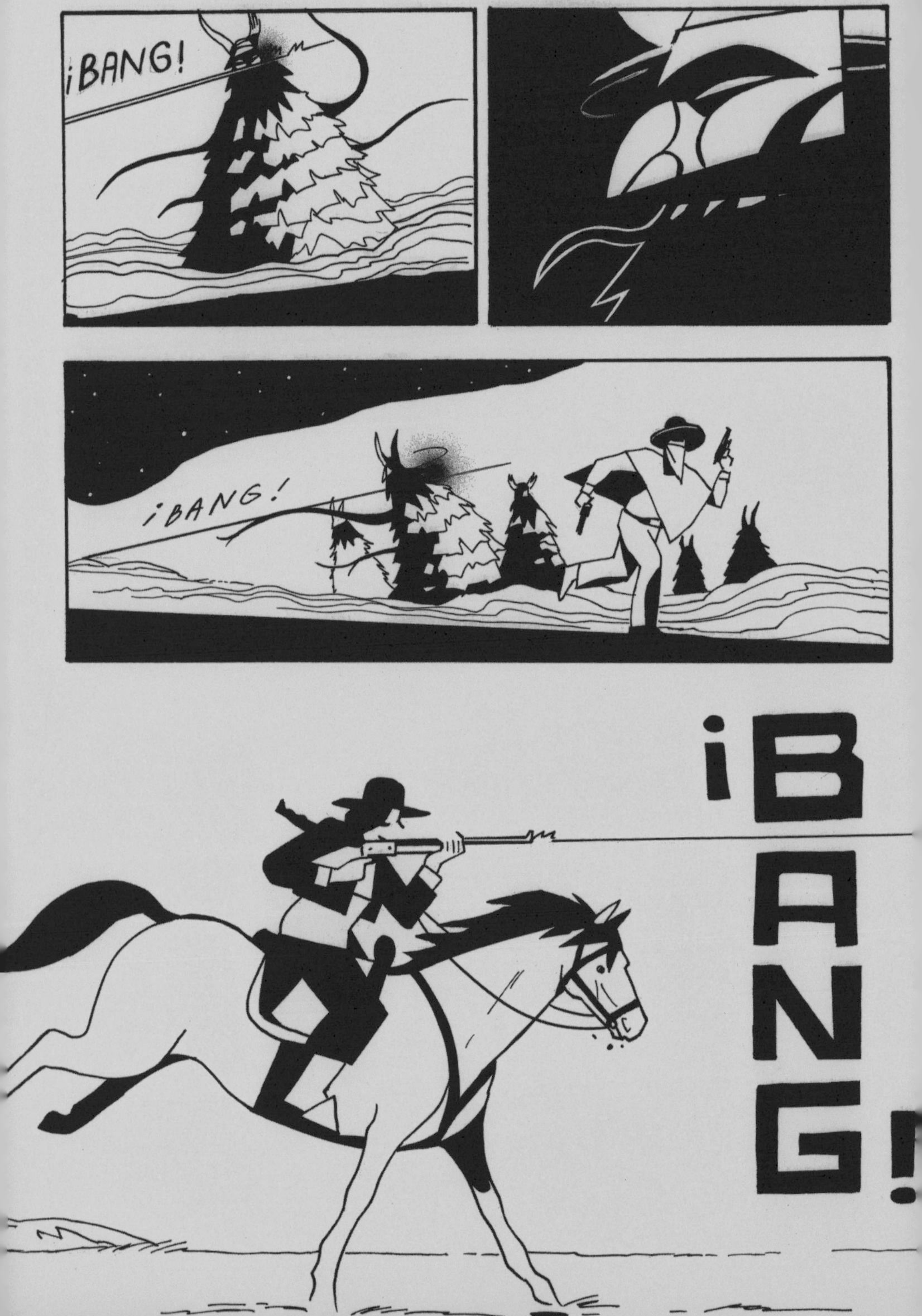
¡BANG!
¡BANG!
¡BANG!

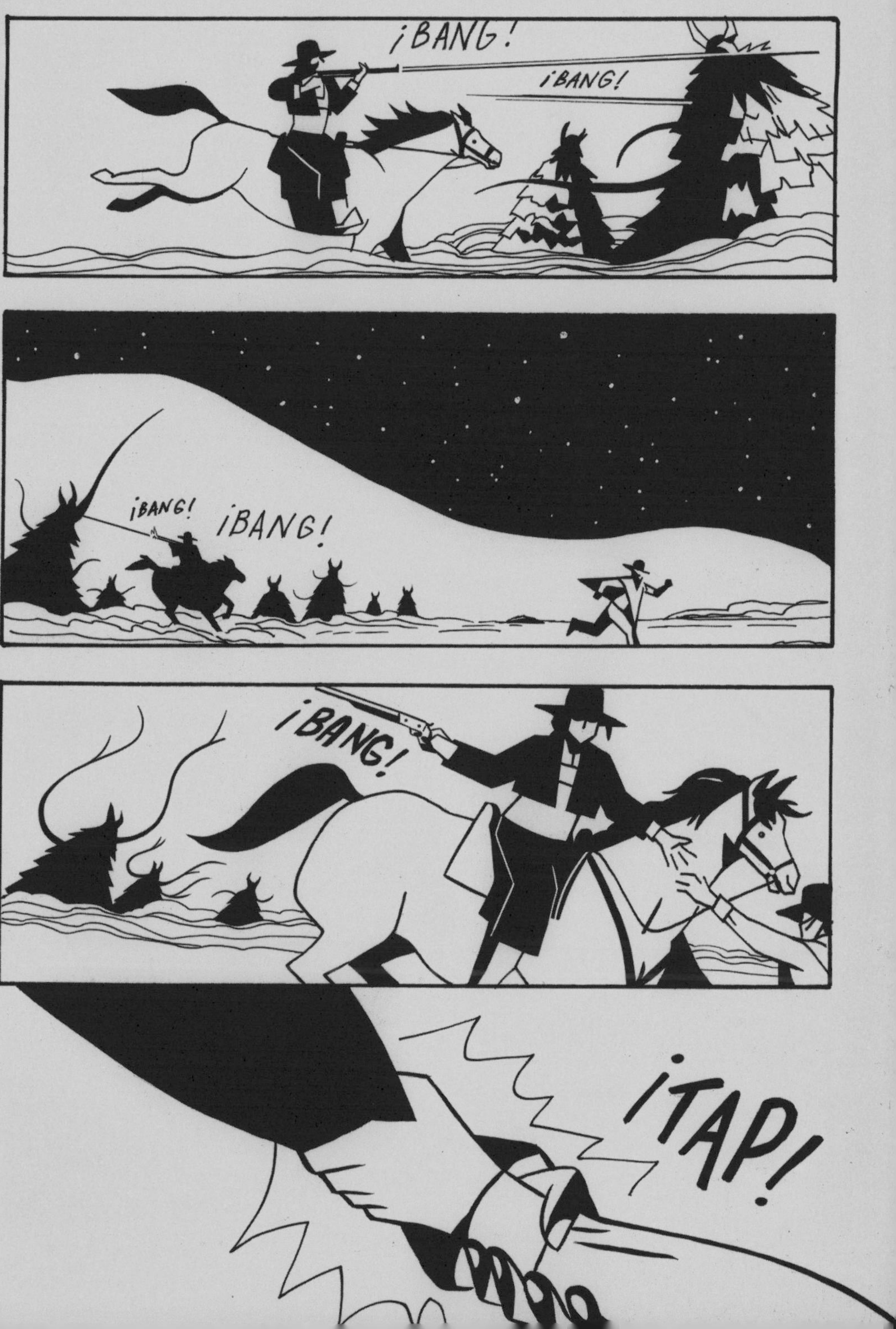
¡BANG!
¡BANG!
¡BANG!
¡BANG!
¡BANG!
¡TAP!

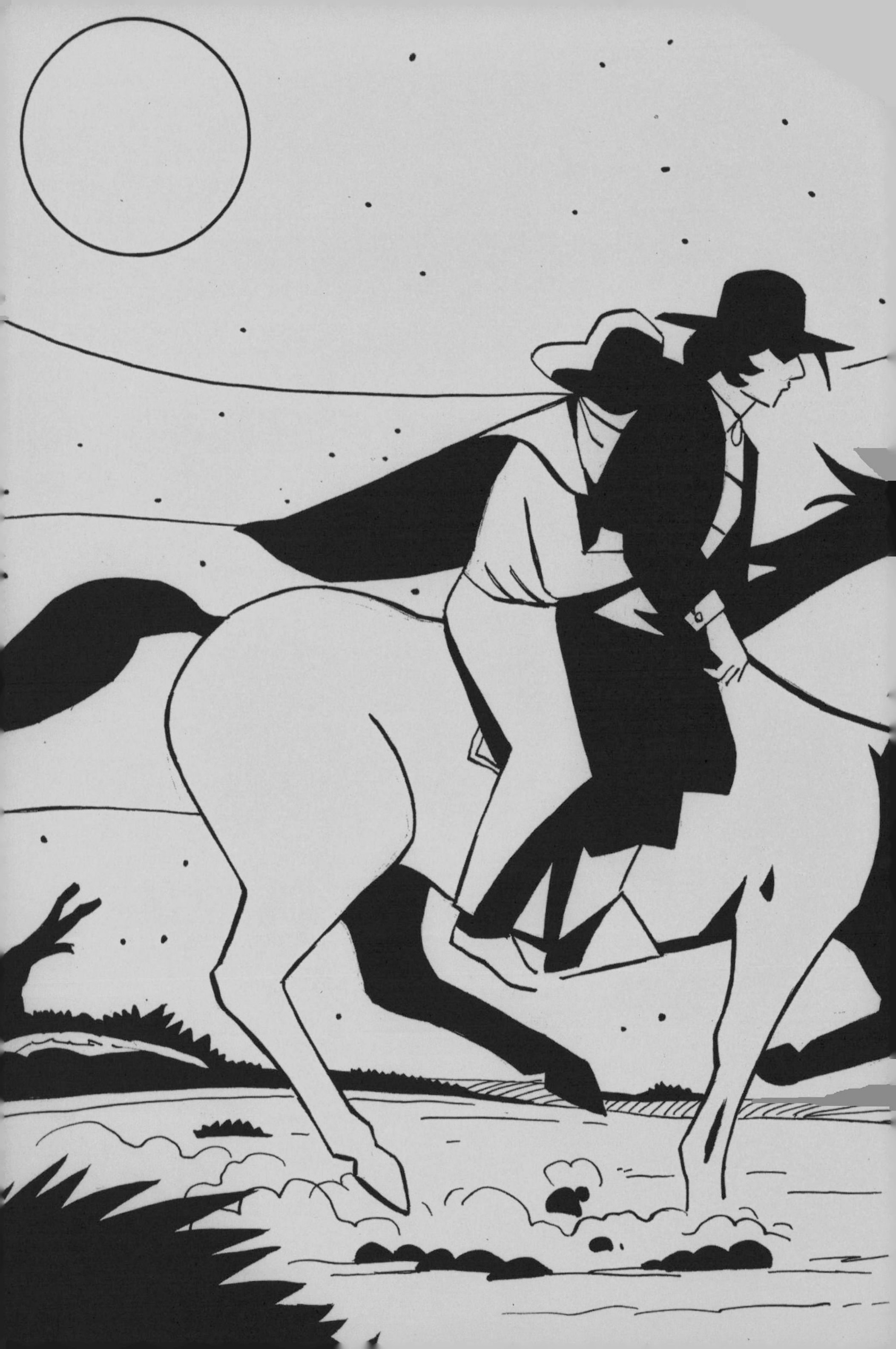

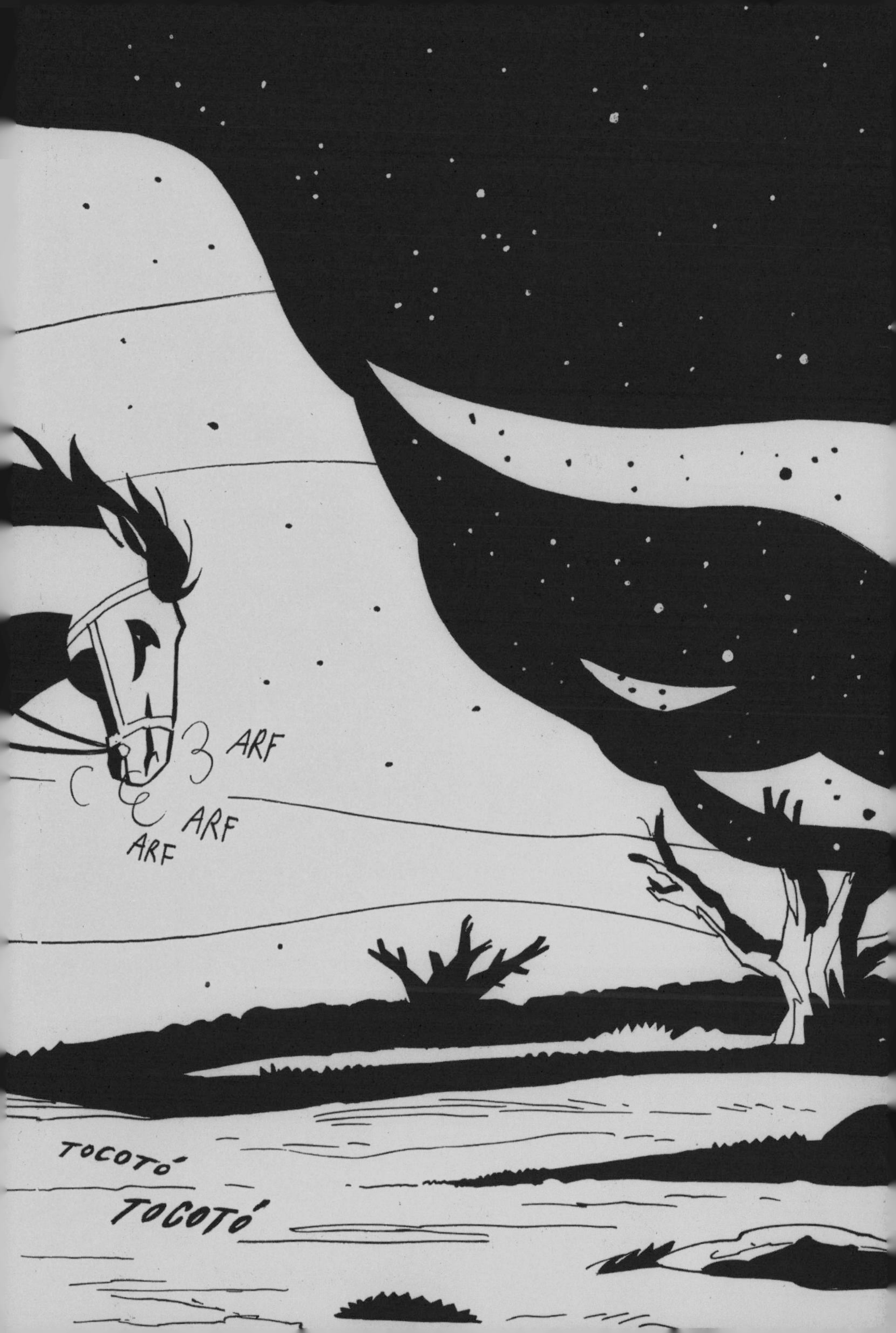
ARF
ARF
ARF
TOCOTÓ
TOCOTÓ

ISIDORA...
DEBERÍA MATARTE.
¿ISIDORA?
EN REALIDAD, ESE NO ES MI NOMBRE...
EL MÍO SE LO LLEVÓ EL TIEMPO.
TE PIDO QUE ESCUCHES MI HISTORIA...
HACE MUCHOS AÑOS, MUCHO ANTES DE QUE TÚ O ISABEL NACIÉRAIS, EMPECÉ A TRABAJAR CON ISIDORA EN SUS TIERRAS...
LAS CUIDABA CON TODO SU AMOR Y ESFUERZO, HACIENDO TODO LO QUE ESTABA A SU ALCANCE PARA QUE BROTARA ALGO DE ELLAS...
ERAN SU VIDA.

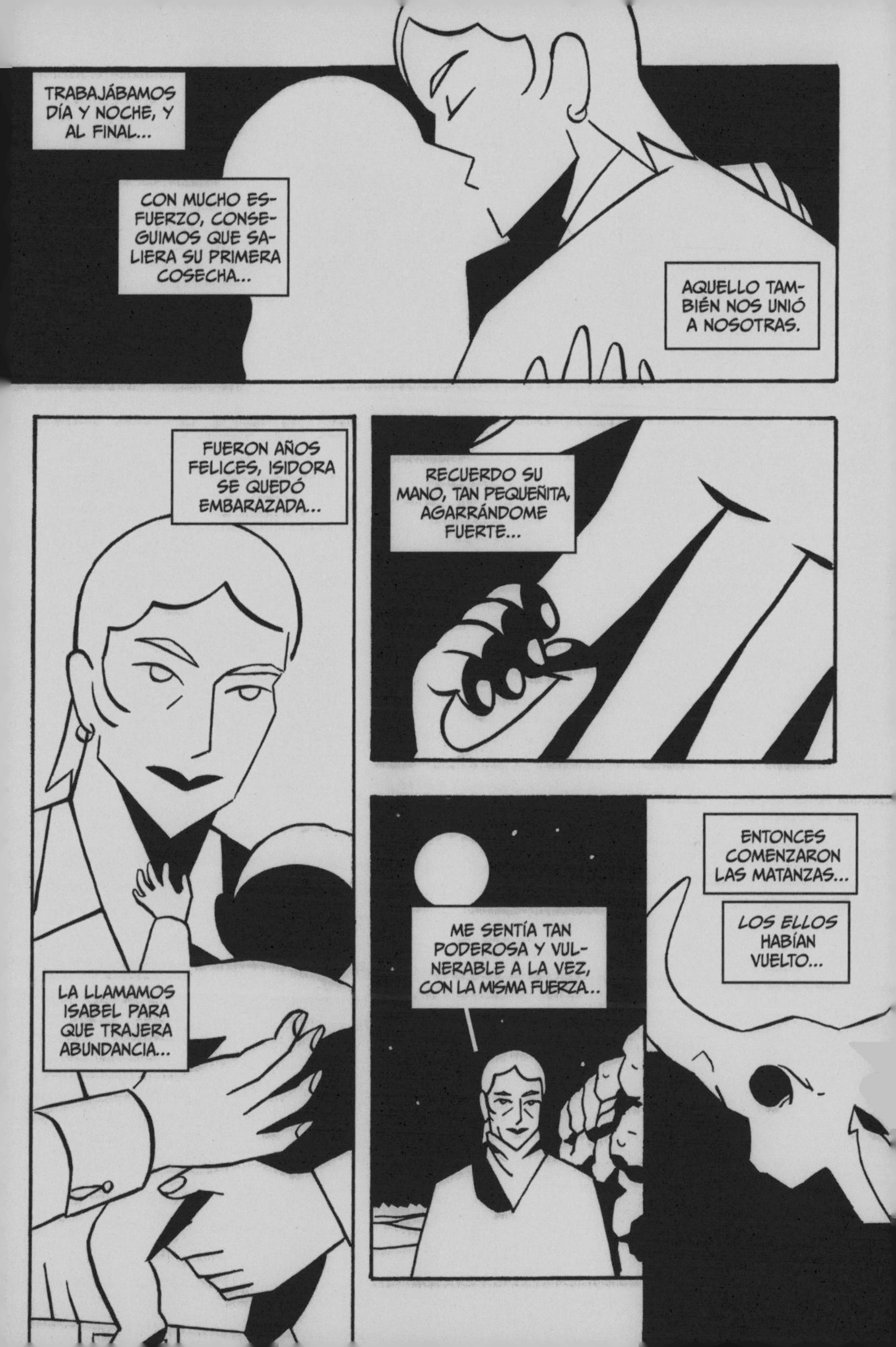

TRABAJÁBAMOS DÍA Y NOCHE, Y AL FINAL...
CON MUCHO ES-FUERZO, CONSE-GUIMOS QUE SA-LIERA SU PRIMERA COSECHA...
AQUELLO TAM-BIÉN NOS UNIÓ A NOSOTRAS.
FUERON AÑOS FELICES, ISIDORA SE QUEDÓ EMBARAZADA...
LA LLAMAMOS ISABEL PARA QUE TRAJERA ABUNDANCIA...
RECUERDO SU MANO, TAN PEQUEÑITA, AGARRÁNDOME FUERTE...
ME SENTÍA TAN PODEROSA Y VUL-NERABLE A LA VEZ, CON LA MISMA FUERZA...
ENTONCES COMENZARON LAS MATANZAS...
LOS ELLOS HABÍAN VUELTO...

TUVIMOS QUE SERVIRLES...
ISIDORA LES OBEDECÍA.
POCO A POCO, LE NUBLARON EL JUICIO...
ABANDONÓ TODAS SUS OBLIGACIONES...
CRACK
A MÍ...
BUAAAAAAAAAAAA
A SUS TIERRAS...
Y A ISABEL.
ABRAZÓ LA OSCURIDAD.

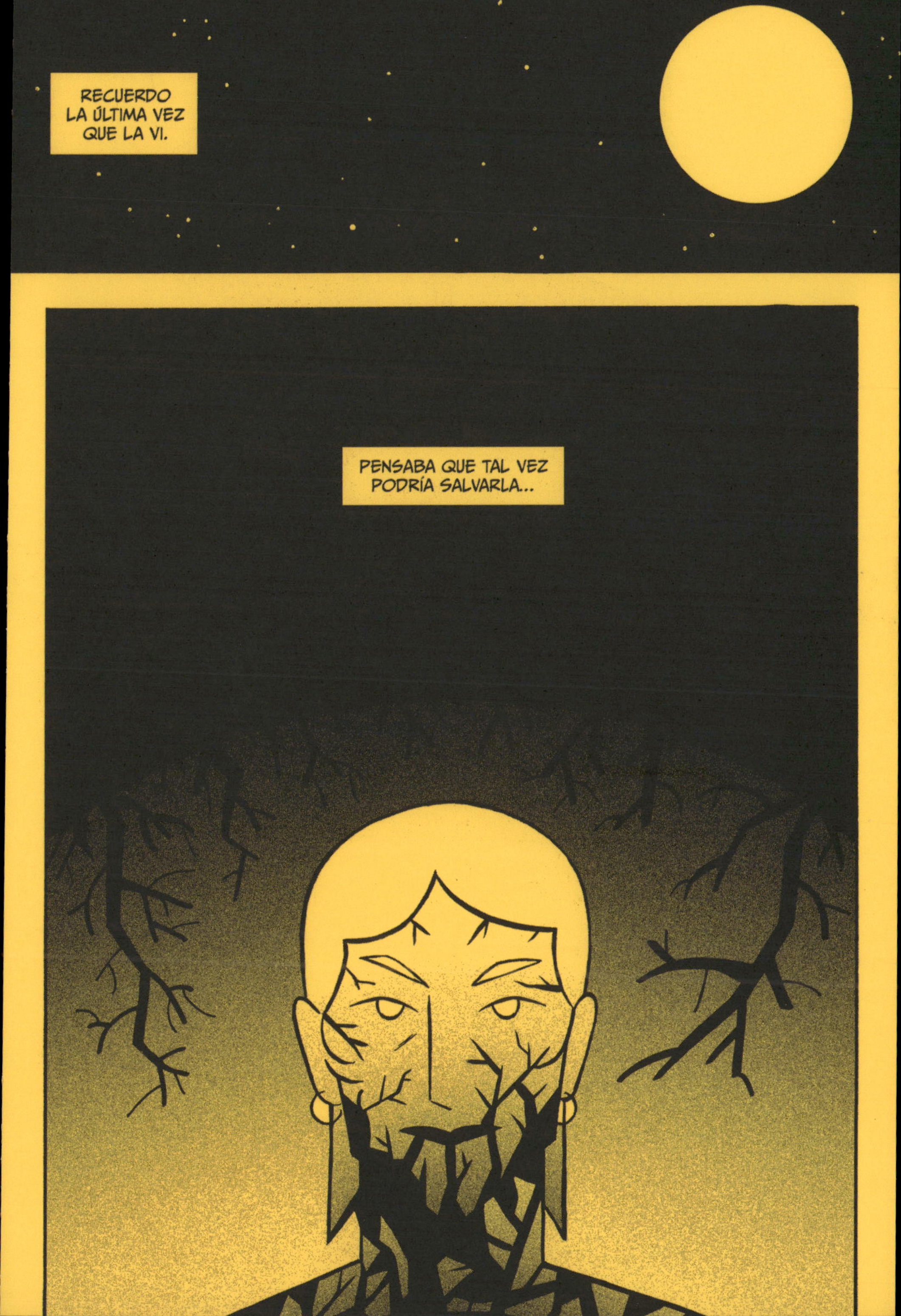
RECUERDO LA ÚLTIMA VEZ QUE LA VI.
PENSABA QUE TAL VEZ PODRÍA SALVARLA...

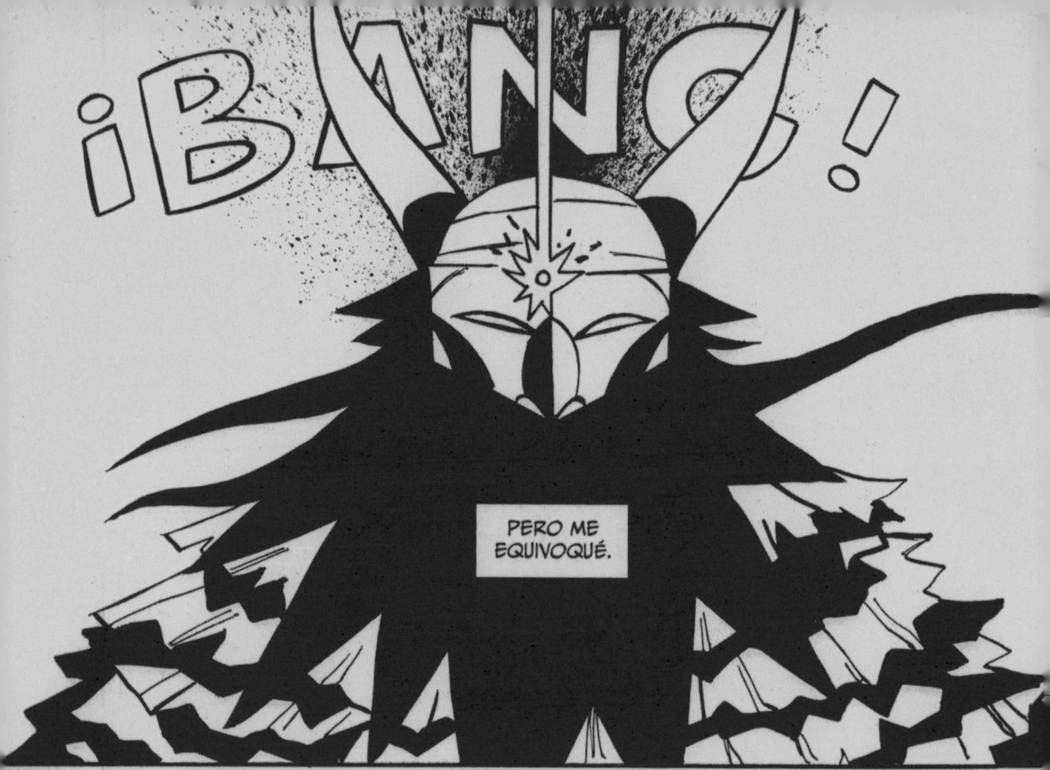
¡BANG!
PERO ME EQUIVOQUÉ.

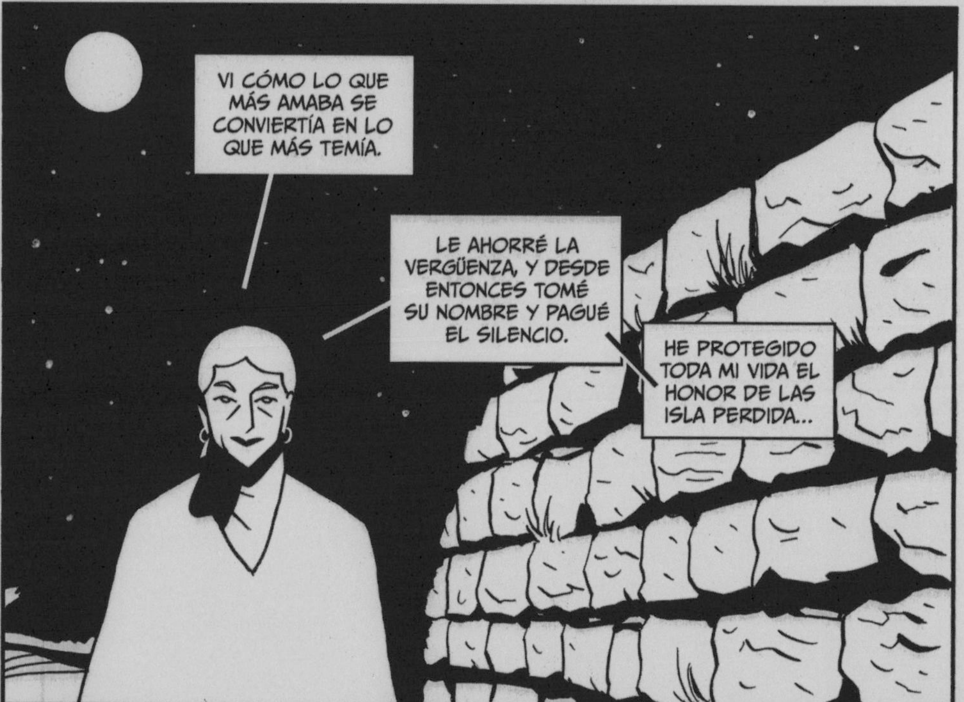
VI CÓMO LO QUE MÁS AMABA SE CONVIERTÍA EN LO QUE MÁS TEMÍA.
LE AHORRÉ LA VERGÜENZA, Y DESDE ENTONCES TOMÉ SU NOMBRE Y PAGUÉ EL SILENCIO.
HE PROTEGIDO TODA MI VIDA EL HONOR DE LAS ISLA PERDIDA...

HASTA AHORA...
QUE ESTÁ EN TUS MANOS.
LA ALARMA...
LOS ELLOS ATACAN OTRA VEZ...

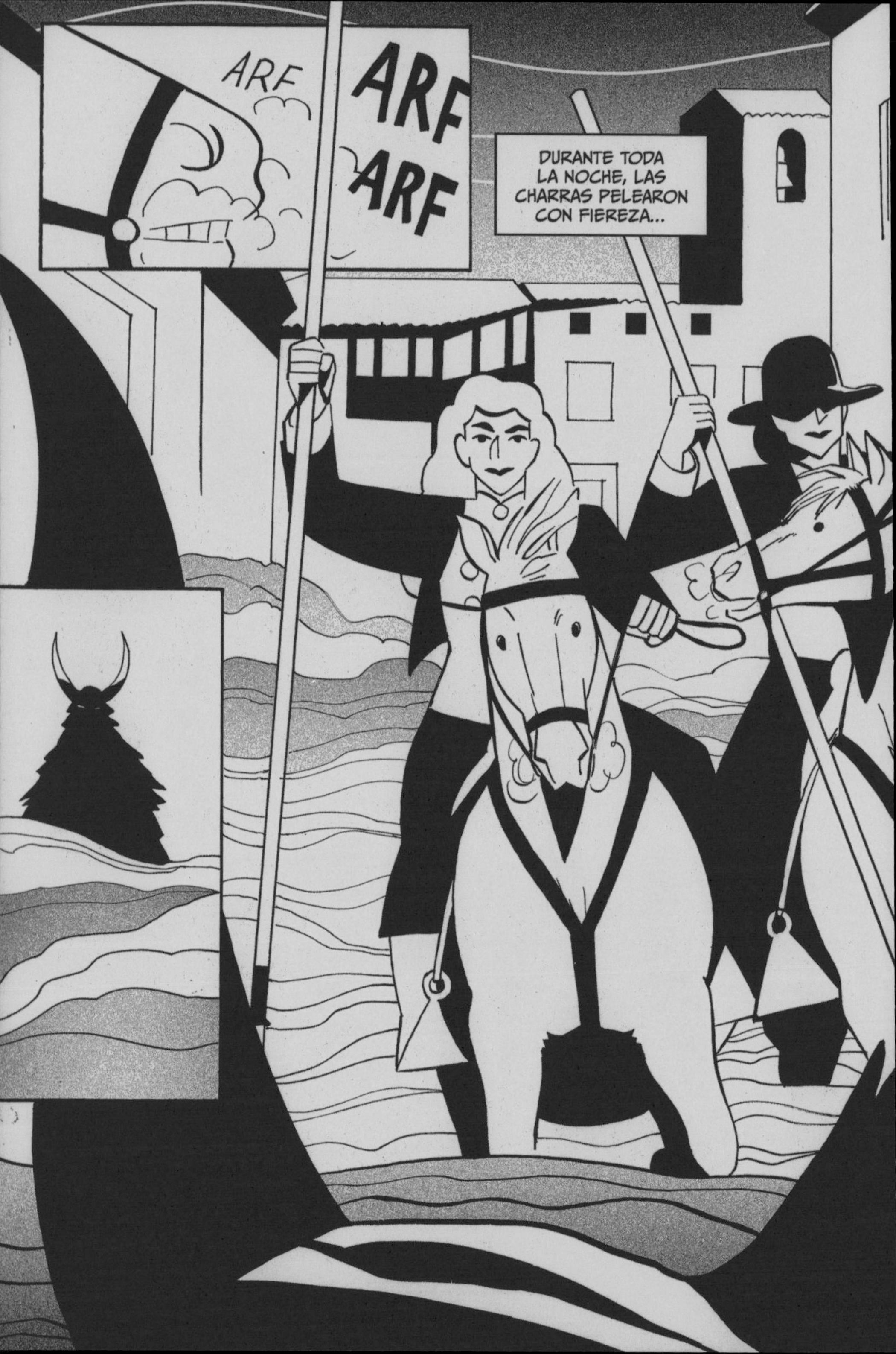
ARF
ARF
ARF
DURANTE TODA LA NOCHE, LAS CHARRAS PELEARON CON FIEREZA...

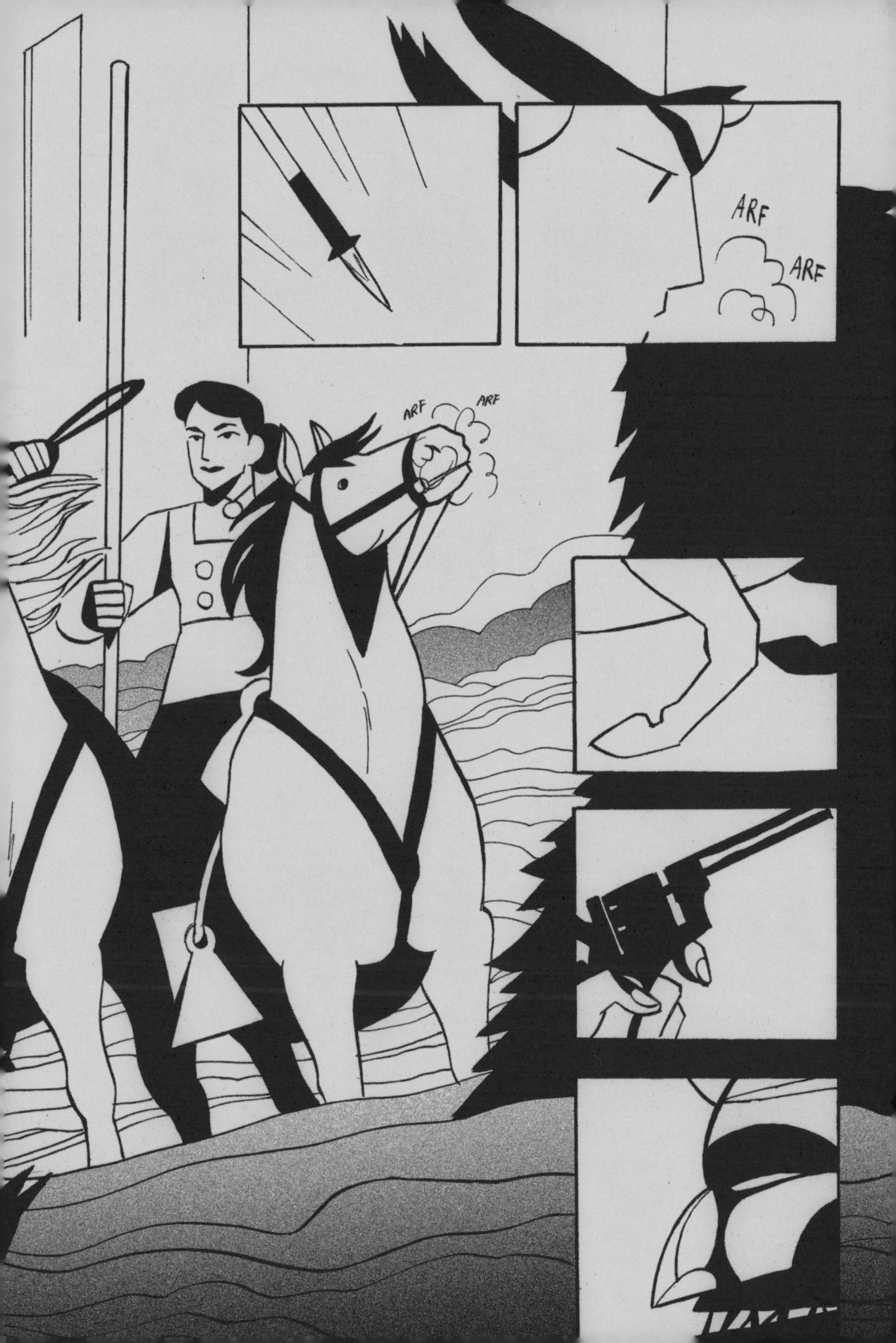
ARF
ARF
ARF
ARF

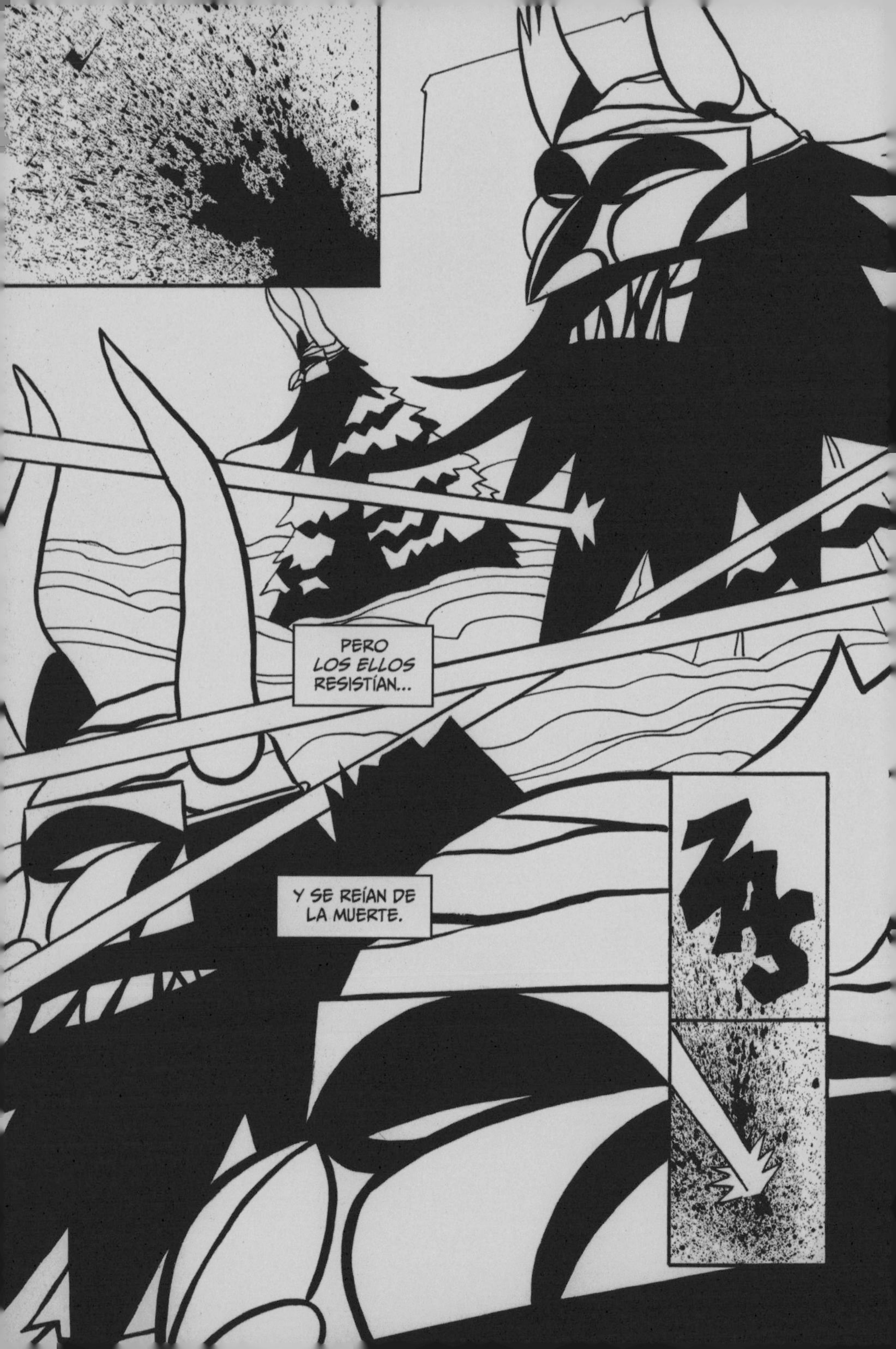
PERO LOS ELLOS RESISTÍAN...
Y SE REÍAN DE LA MUERTE.
ZAS

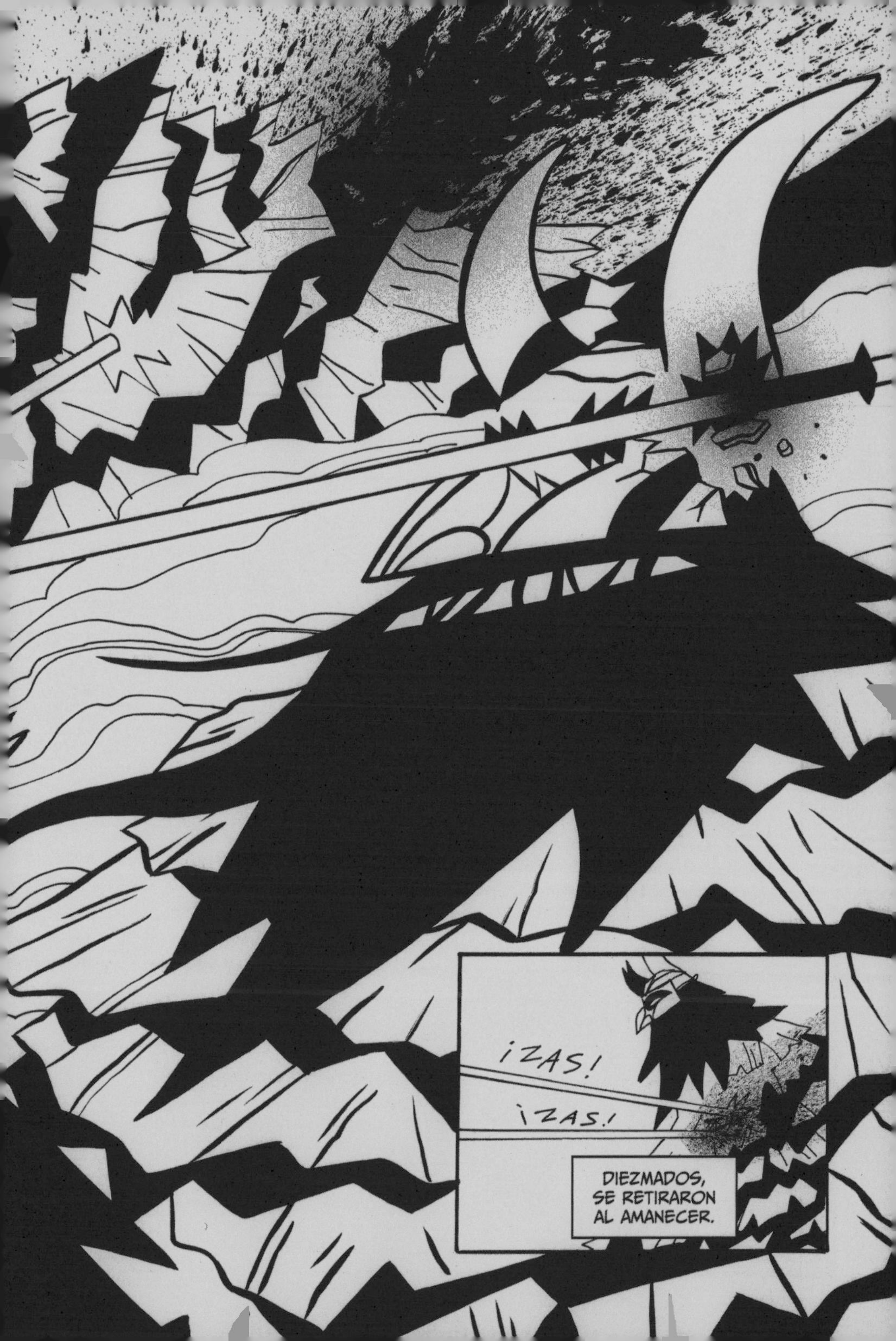
¡ZAS!
¡ZAS!
DIEZMADOS, SE RETIRARON AL AMANECER.

¡sss...

¡FLAP!
¡FLAP!

¡CHARRAS!

¡RASTREAD EL PUEBLO!

¡ID CON CUIDADO!

CHOF

¡ZASS!

¡PUEDEN APARECER EN CUALQUIER MOMENTO!

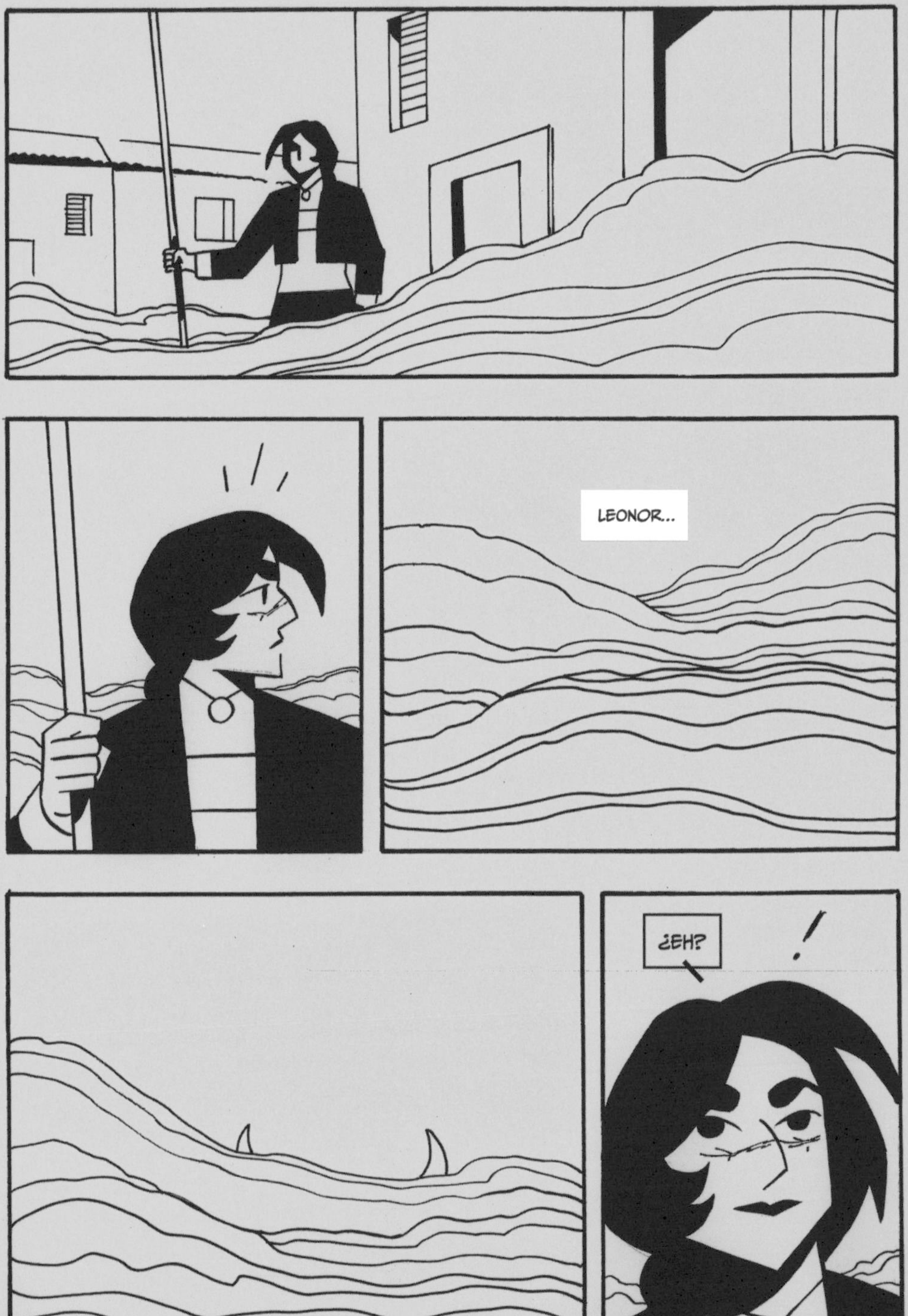
LEONOR...
¿EH?

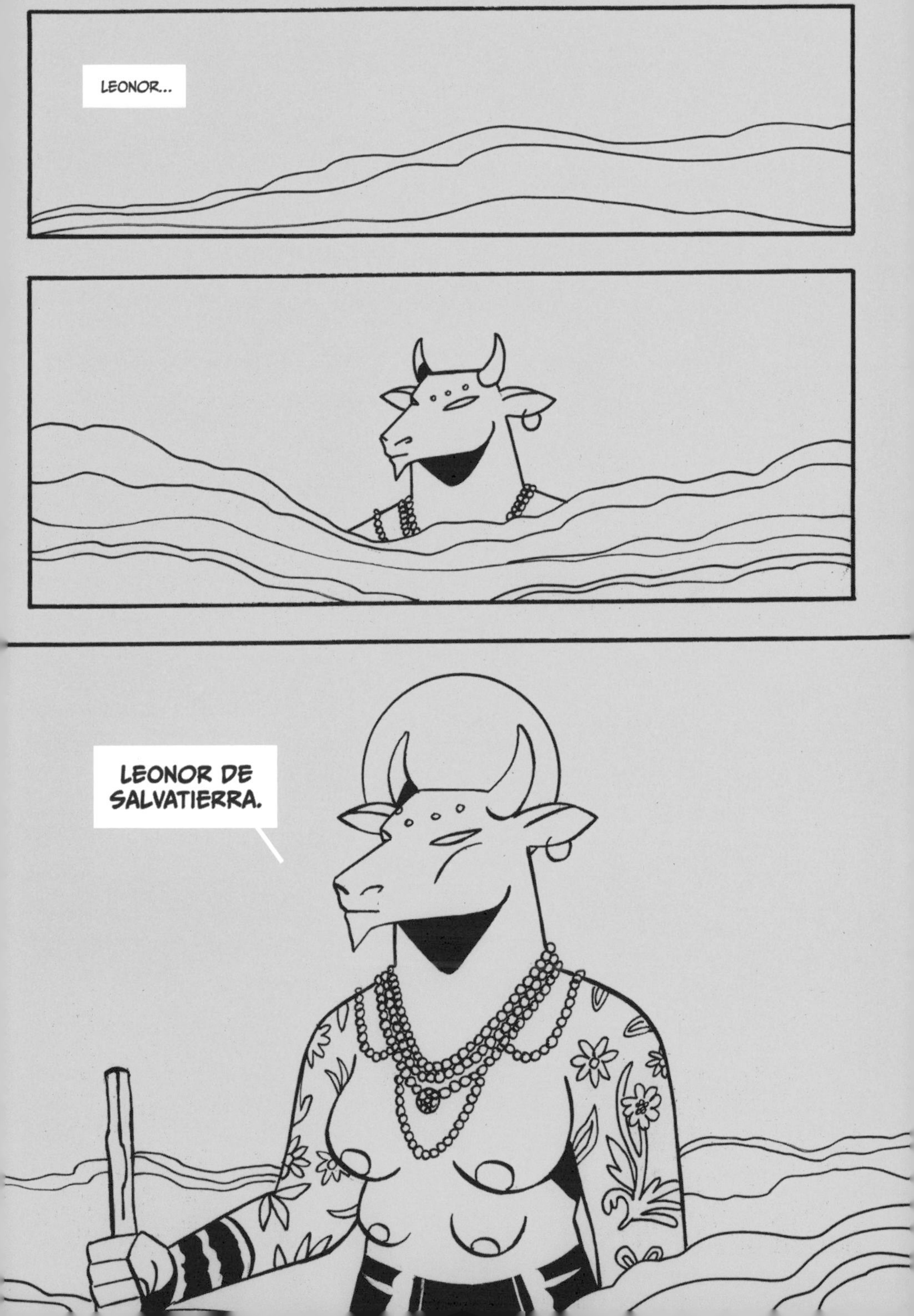
LEONOR...
LEONOR DE SALVATIERRA.

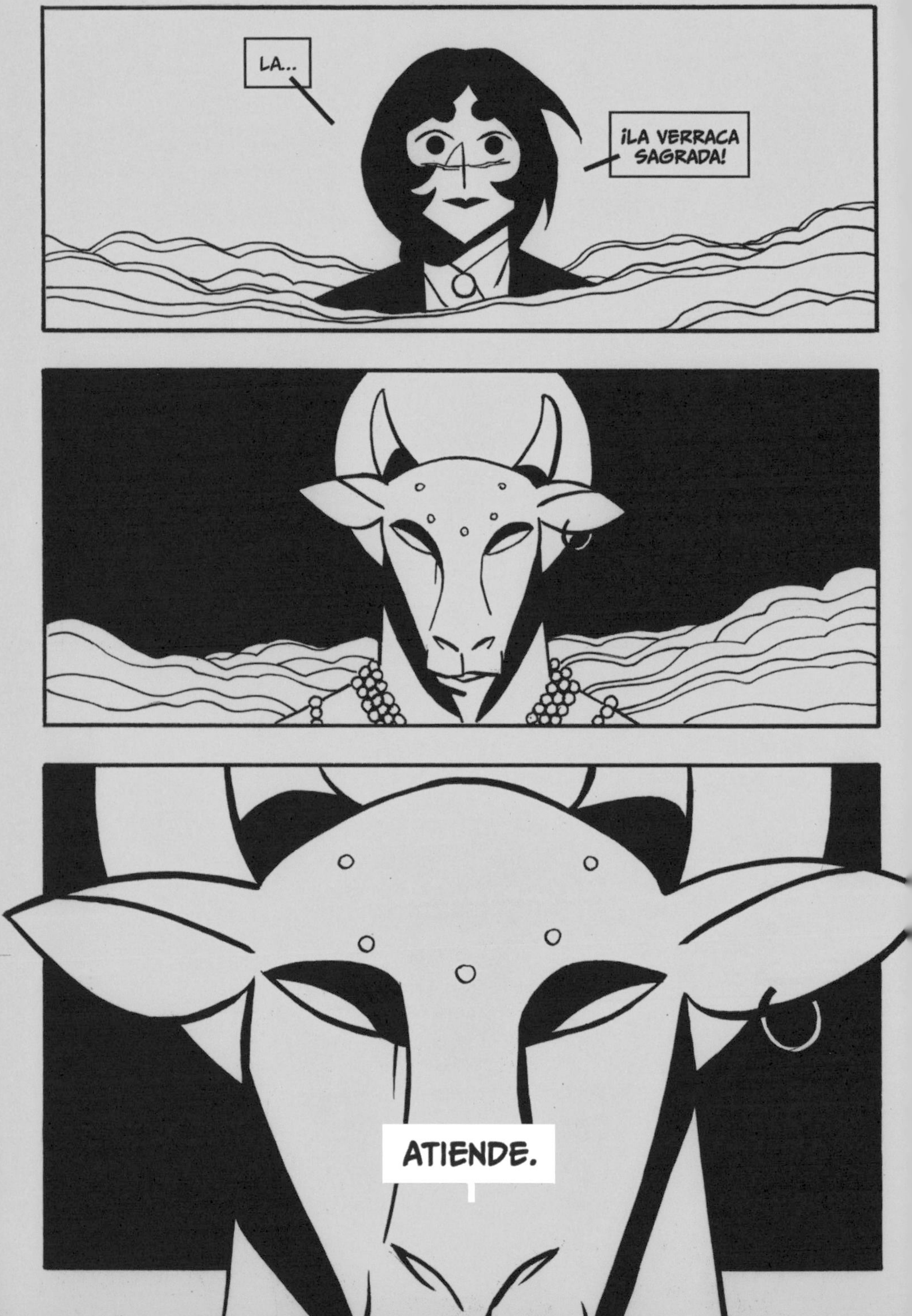
LA...
¡LA VERRACA SAGRADA!
ATIENDE.

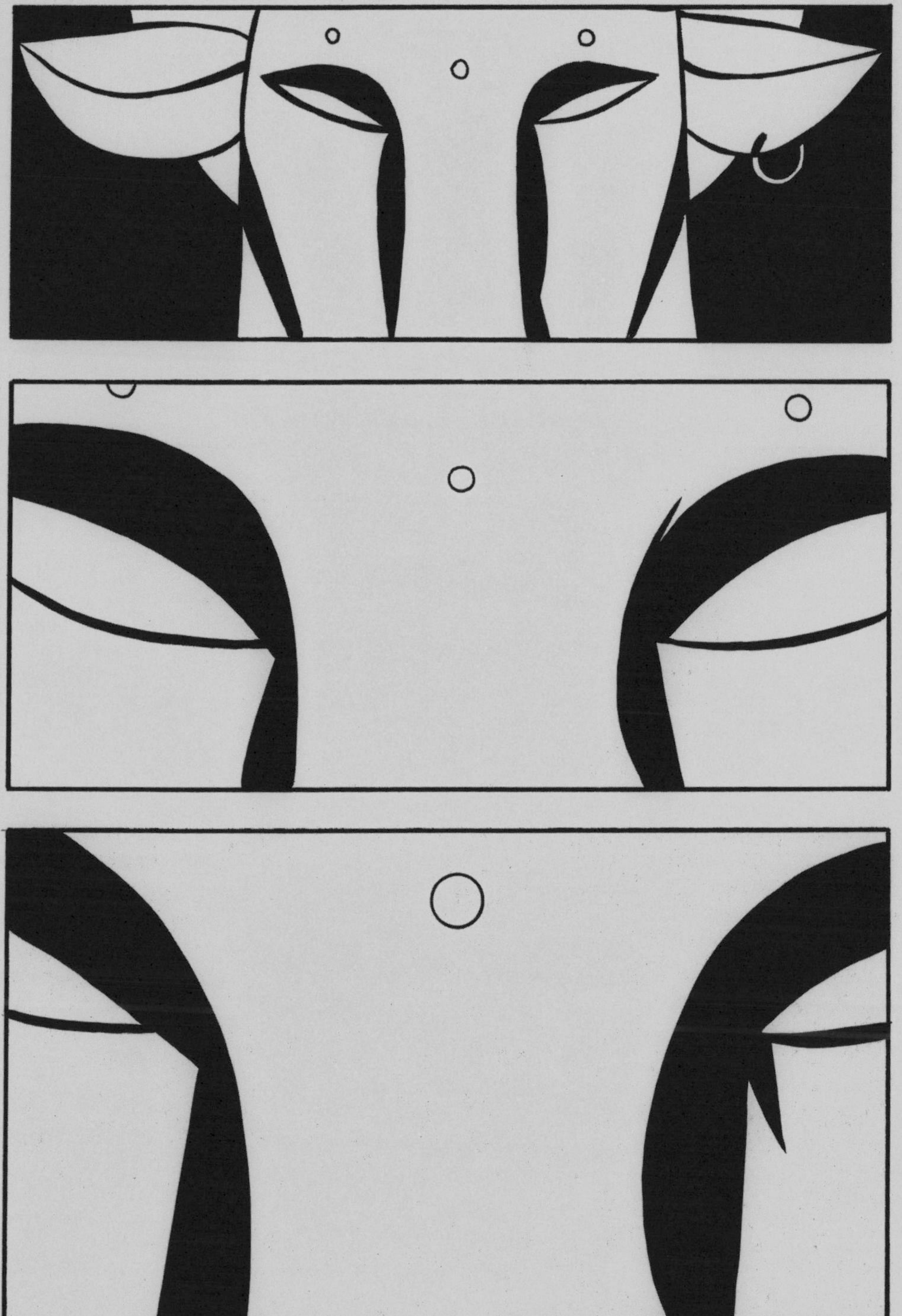

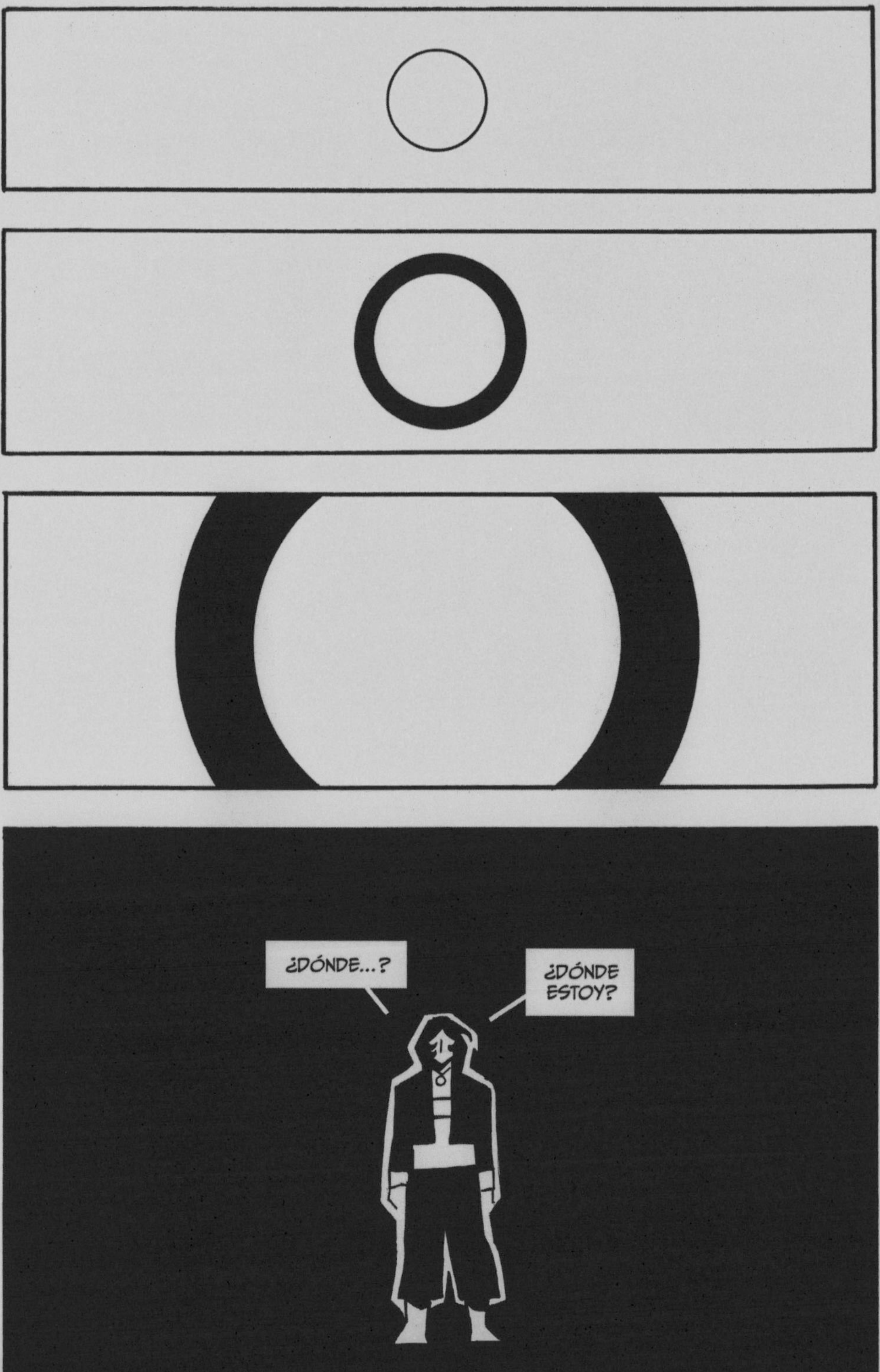
¿DÓNDE...?
¿DÓNDE ESTOY?

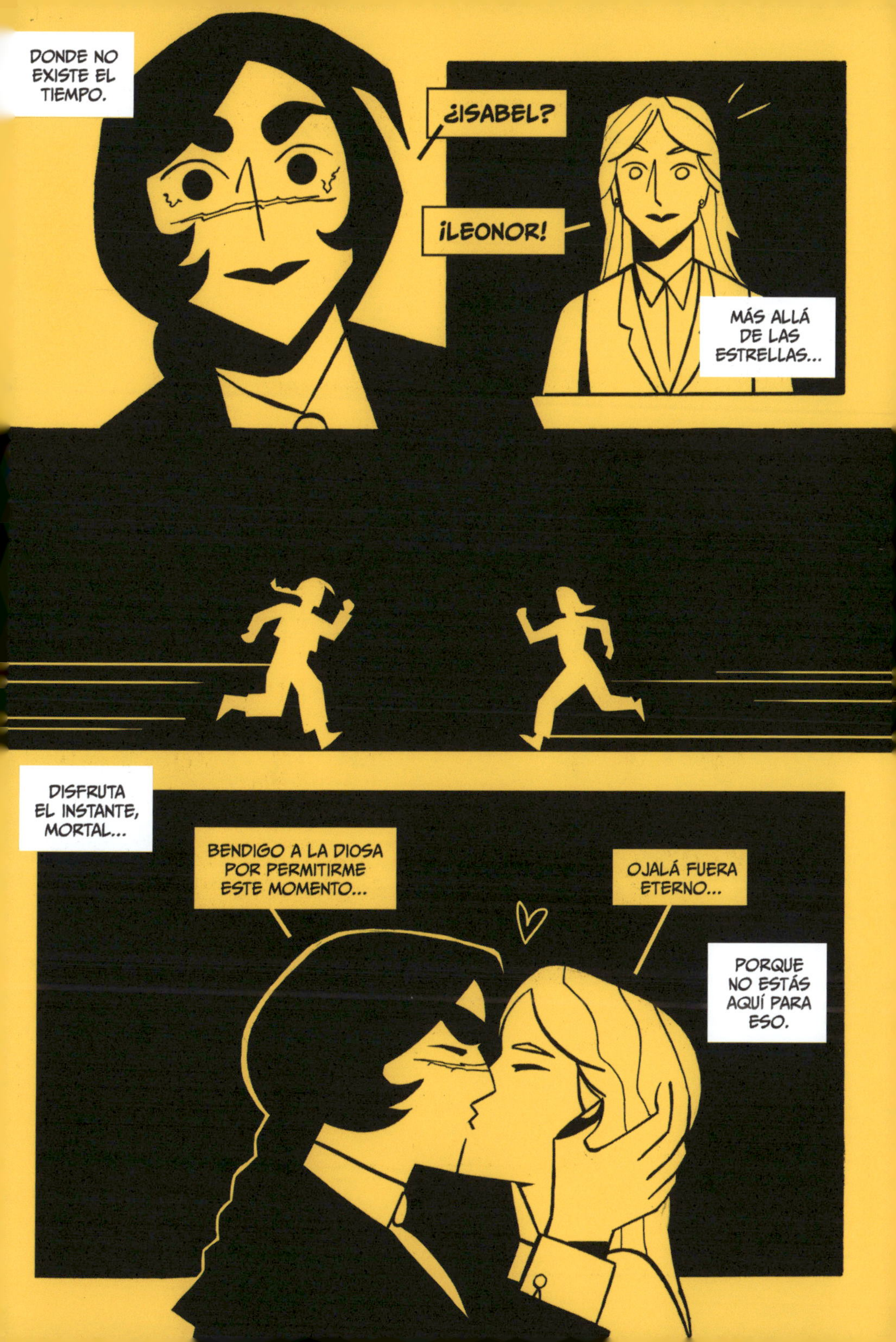
DONDE NO EXISTE EL TIEMPO.
¿ISABEL?
¡LEONOR!
MÁS ALLÁ DE LAS ESTRELLAS...
DISFRUTA EL INSTANTE, MORTAL...
BENDIGO A LA DIOSA POR PERMITIRME ESTE MOMENTO...
OJALÁ FUERA ETERNO...
PORQUE NO ESTÁS AQUÍ PARA ESO.

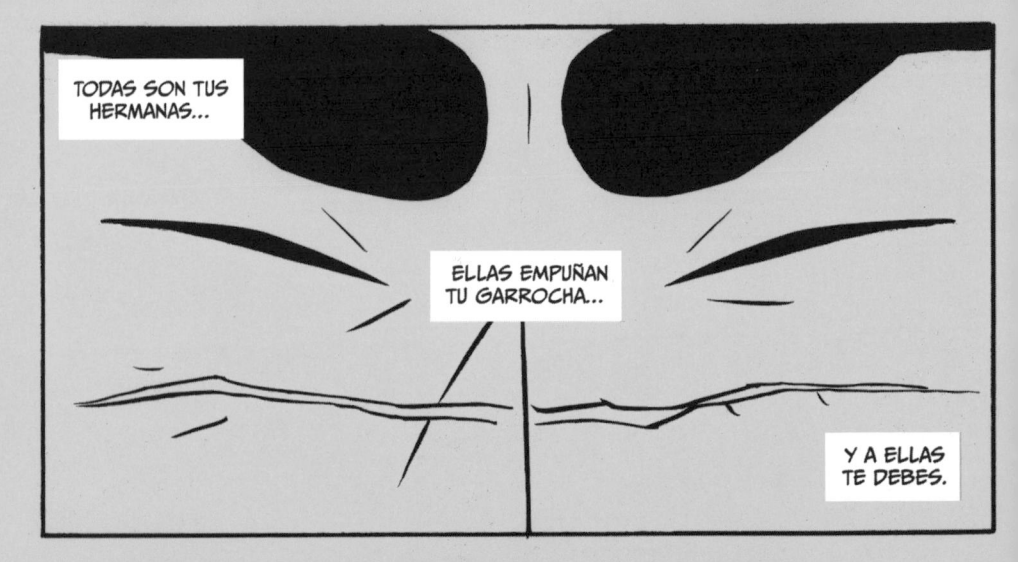

¡ATIENDE!

TU FUERZA, AQUELLA QUE HABITA EN TI PERO QUE NO ES TUYA...

RESIDE EN TODAS LAS QUE HAN SIDO, LAS QUE SON Y LAS QUE SERÁN.

POR LAS QUE DEJARON SU SANGRE DESDE LOS PRIMEROS TIEMPOS...

POR AQUELLAS CON LAS QUE HAS LUCHADO HOY...

Y POR LAS HIJAS QUE VENDRÁN.

TODAS SON TUS HERMANAS...

ELLAS EMPUÑAN TU GARROCHA...

Y A ELLAS TE DEBES.

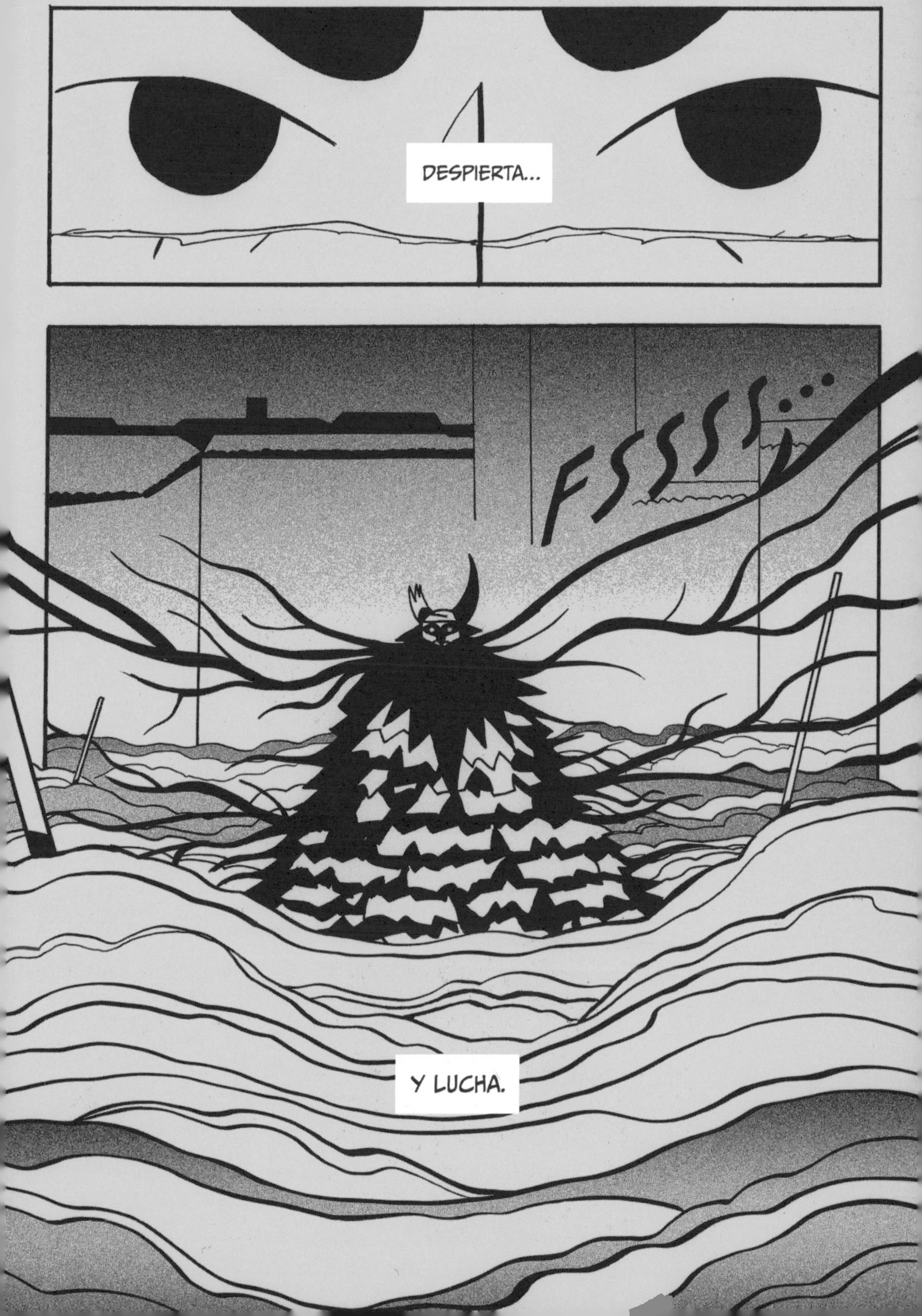
DESPIERTA...
FSSSS...
Y LUCHA.

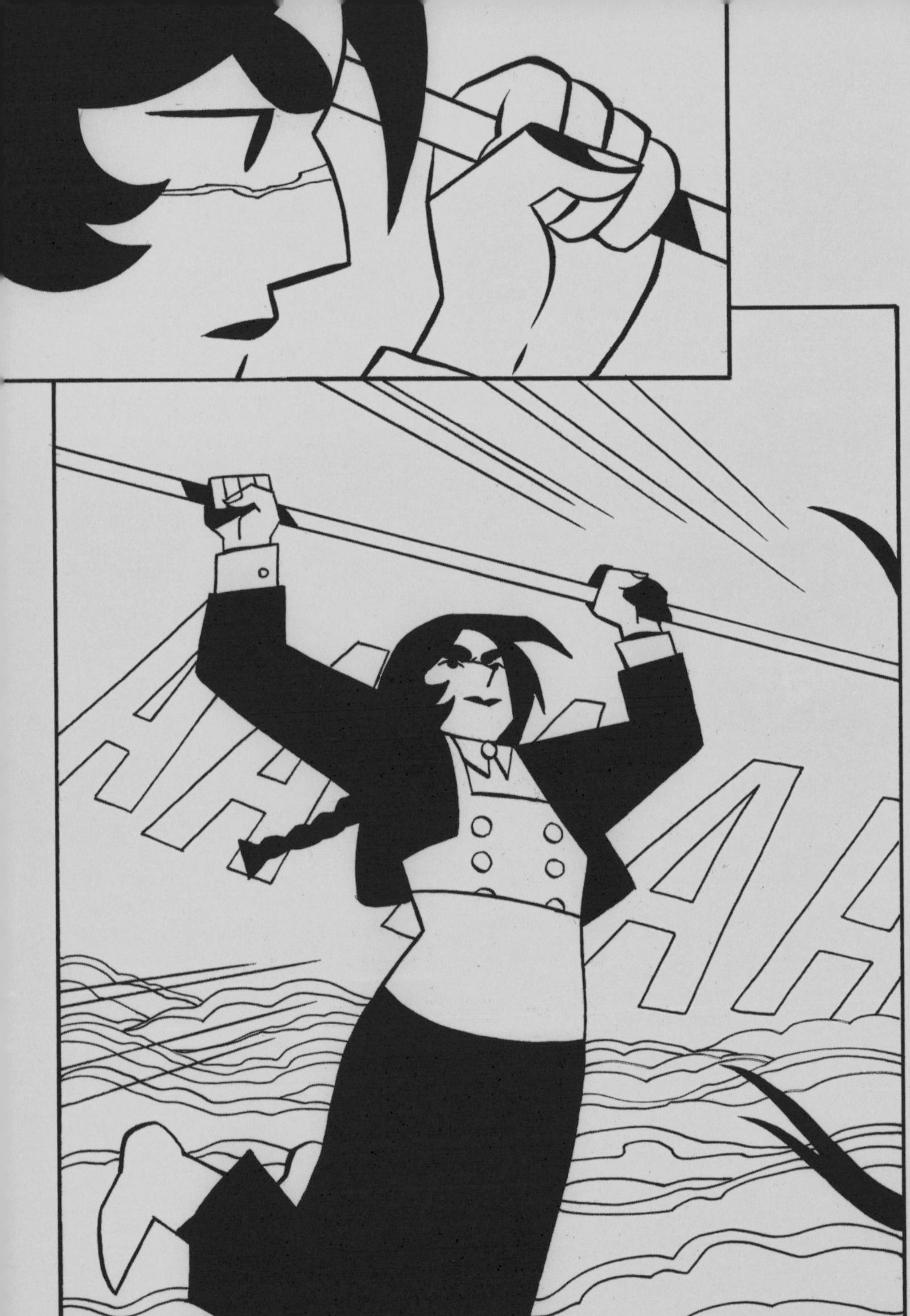

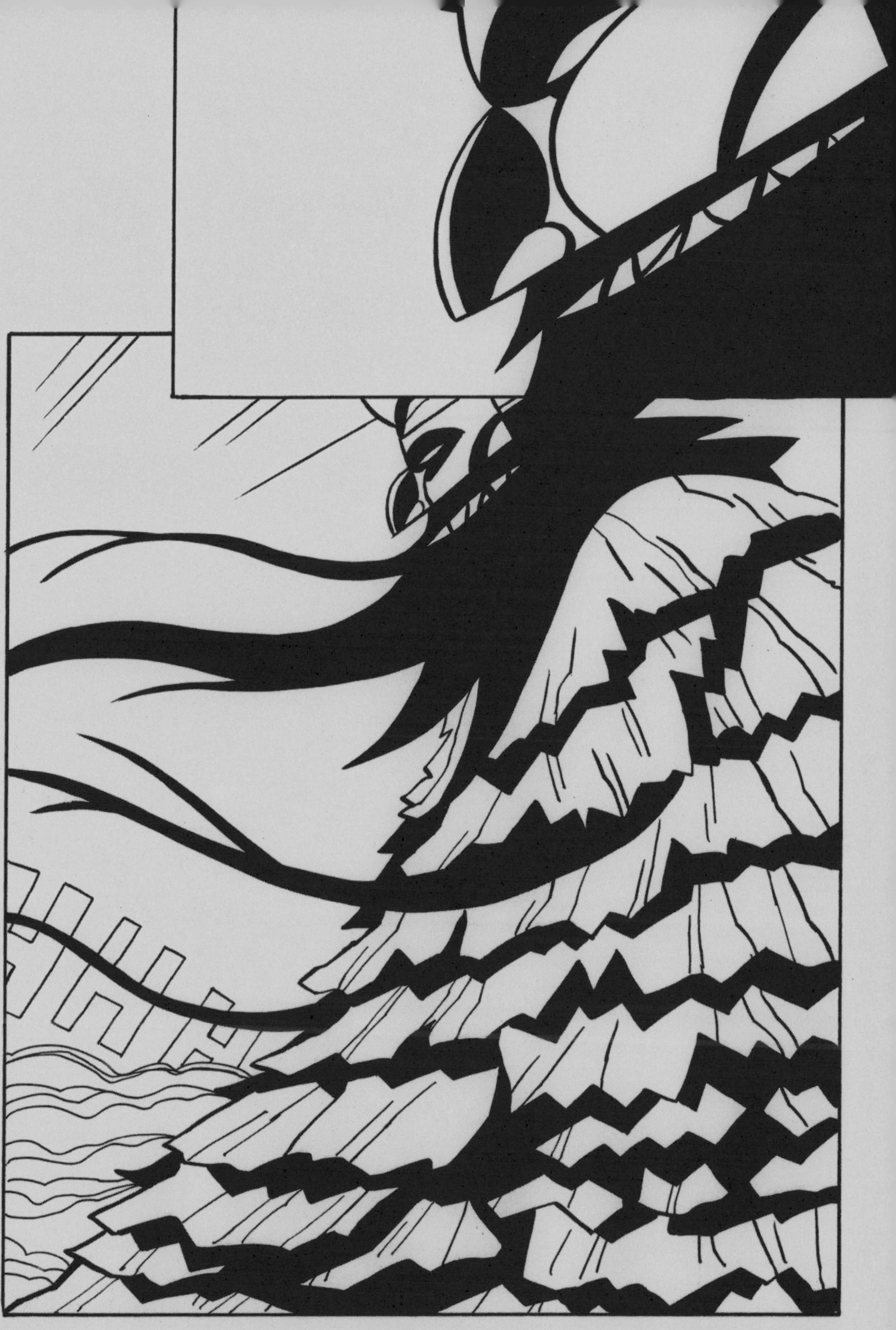

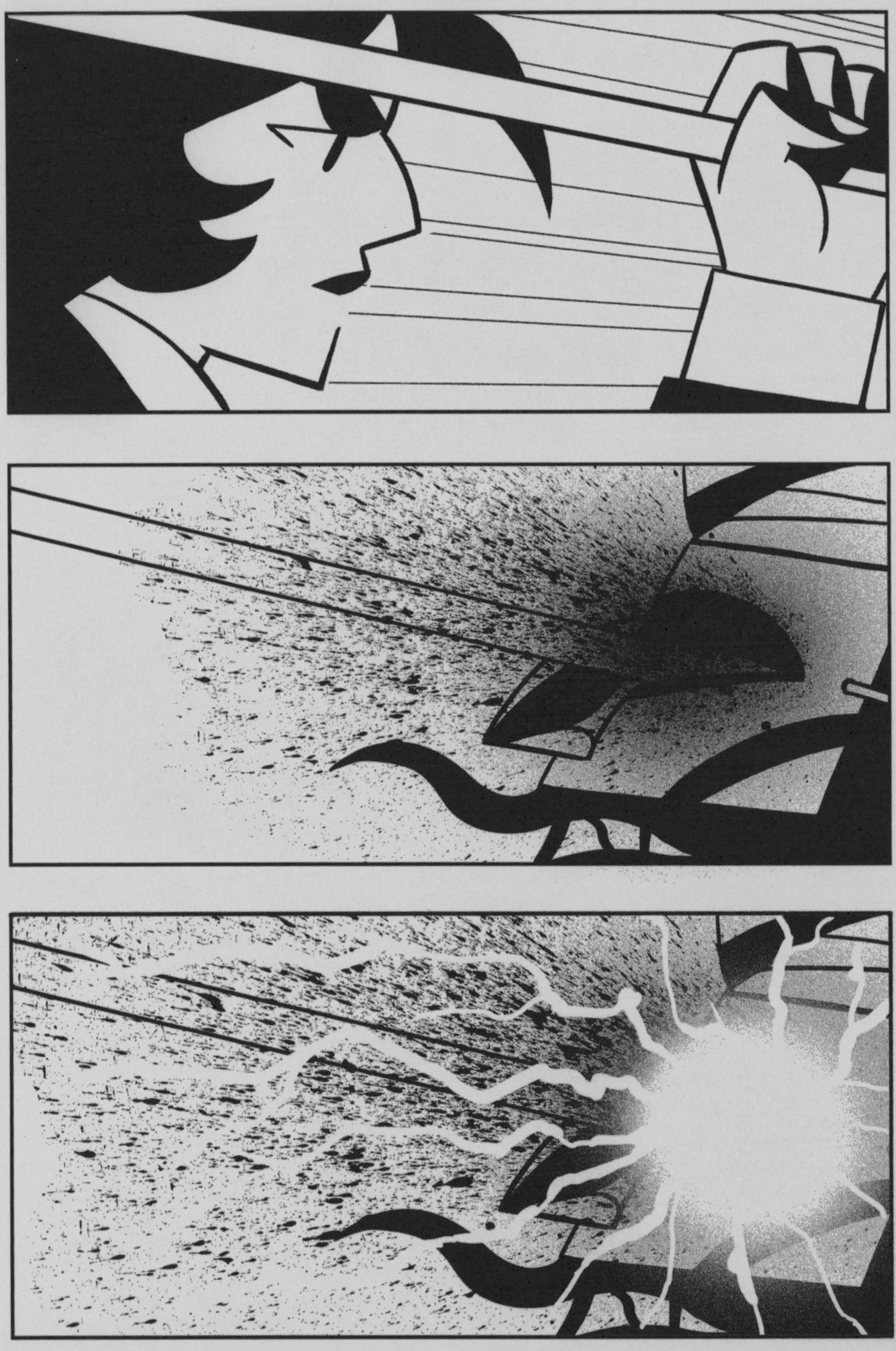

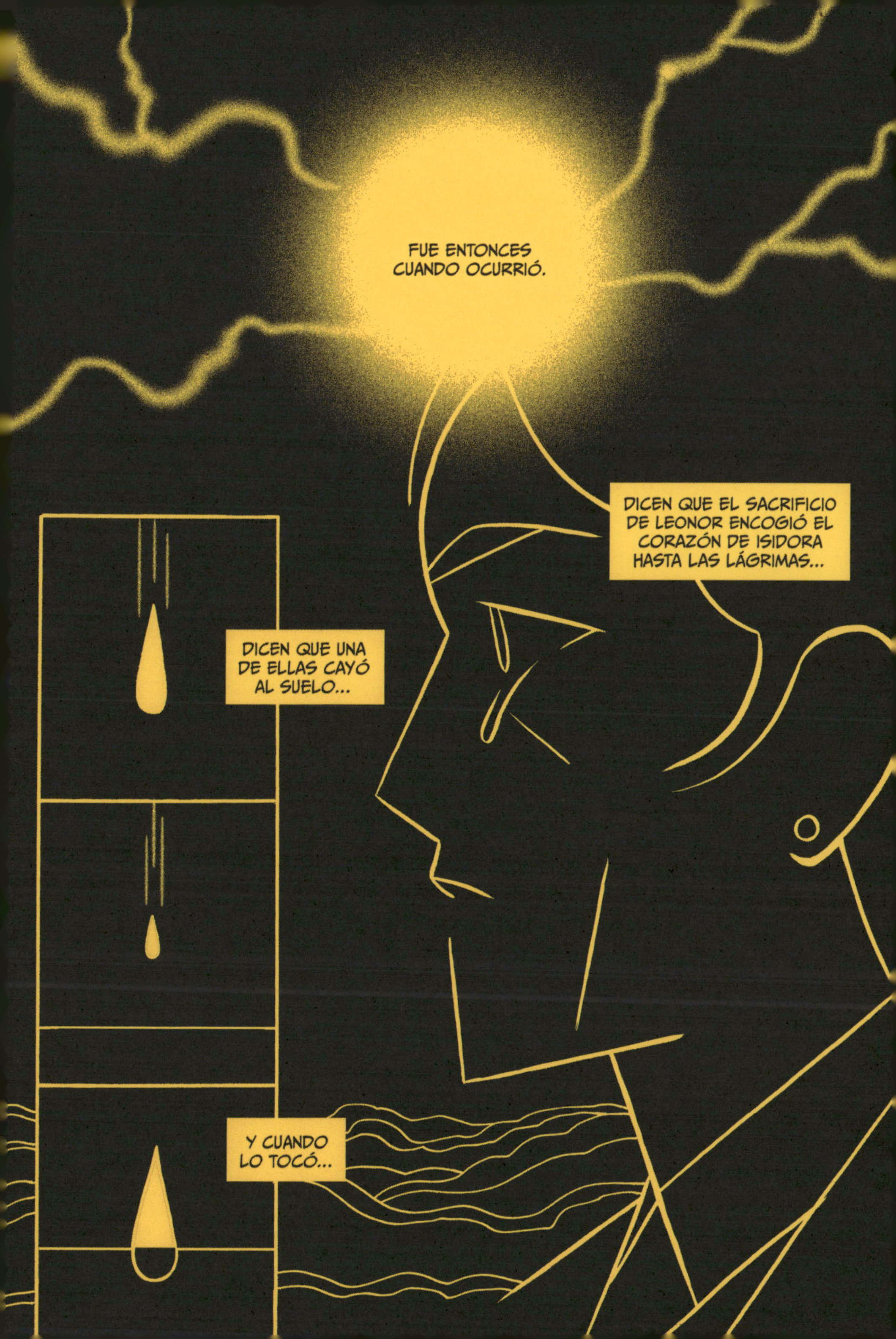
FUE ENTONCES CUANDO OCURRIÓ.
DICEN QUE EL SACRIFICIO DE LEONOR ENCOGIÓ EL CORAZÓN DE ISIDORA HASTA LAS LÁGRIMAS...
DICEN QUE UNA DE ELLAS CAYÓ AL SUELO...
Y CUANDO LO TOCÓ...

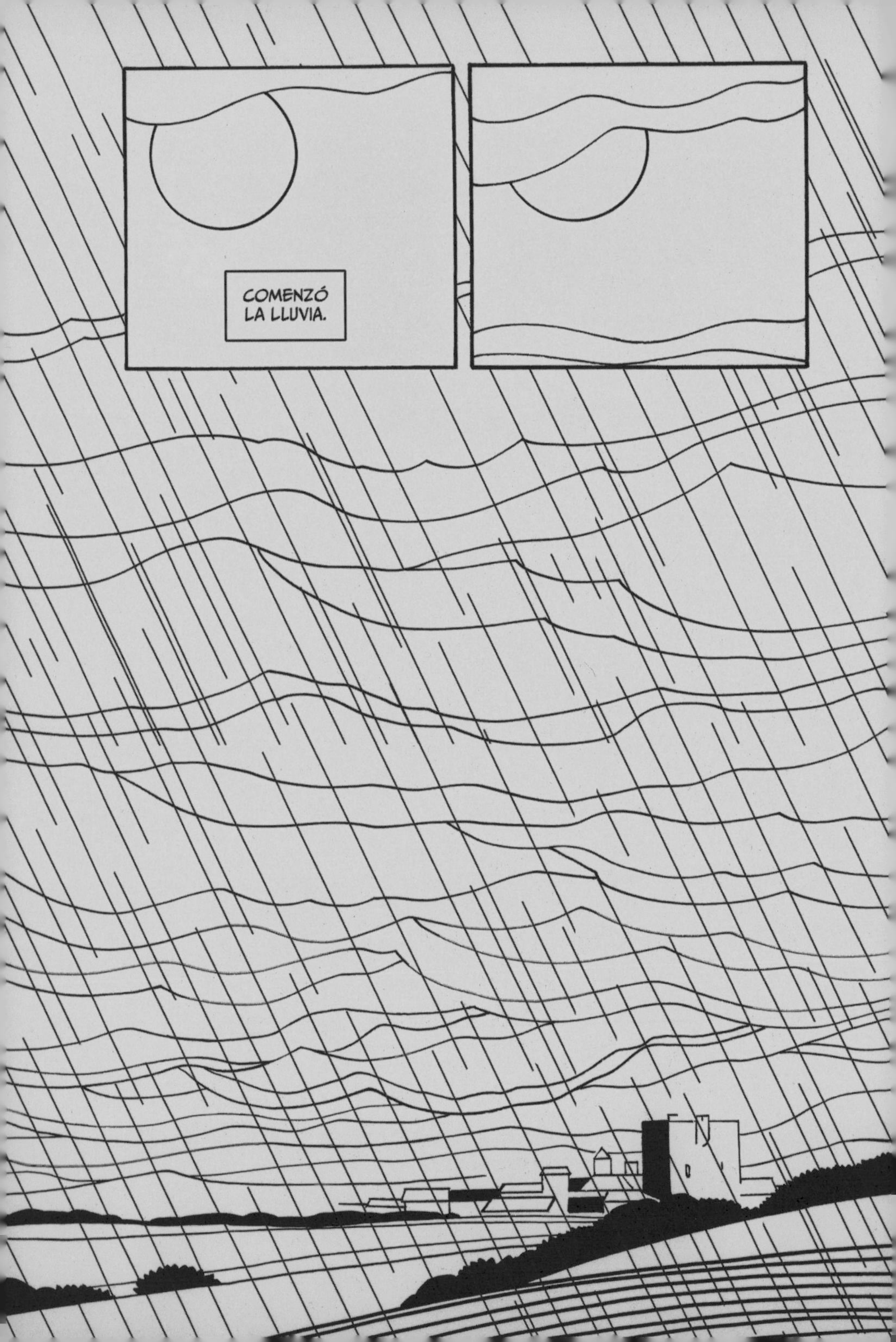
COMENZÓ LA LLUVIA.

PERO... ¿Y LA TÍA LEONOR?
¿MURIÓ?
NO.
SE TRANSFORMÓ EN LLUVIA.
¿Y QUÉ PASA CON ISABEL? ¿NUNCA MÁS VA A ESTAR CON LEONOR?
LA VERRACA SAGRADA LAS REÚNE LOS DÍAS DE LLUVIA...
CUANDO HUELAS A PETRICOR, SABRÁS QUE ESTÁN JUNTAS.
¿Y LOS ELLOS?
SIGUEN ACE-CHANDO, PERO ESTAREMOS PREPARADAS.
¡JO! ALGÚN DÍA ME GUSTARÍA SER UNA CHARRA TAN FUERTE COMO LA TÍA LEONOR...
¡Y TAN VALIENTE COMO LA TÍA TRINIDAD!

¡Y COMO LA ABUELA AUDILIA!
¡Y COMO ISABEL!
¡Y COMO TÚ, MAMÁ!
¡JA, JA, JA!
LO SERÁS...

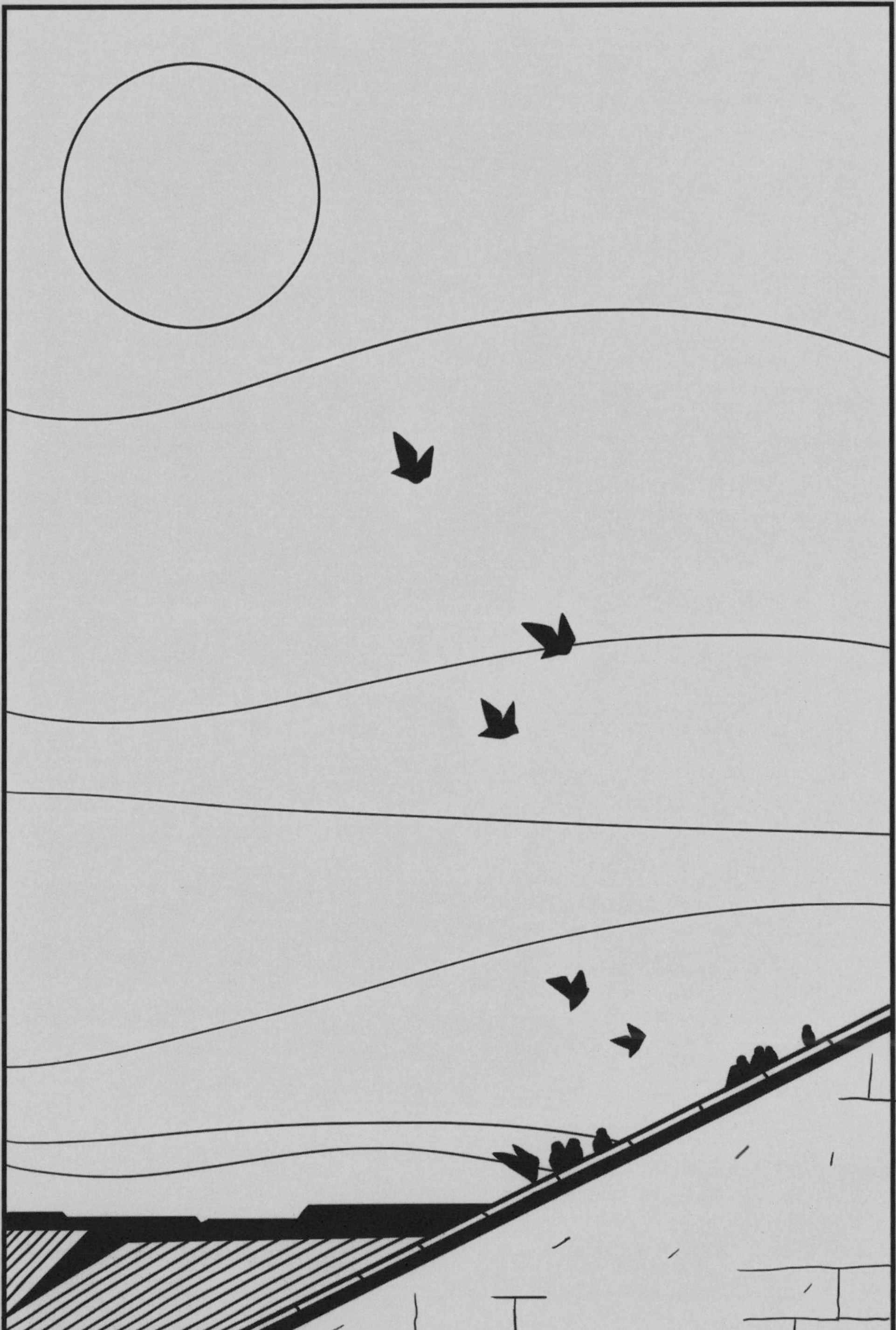

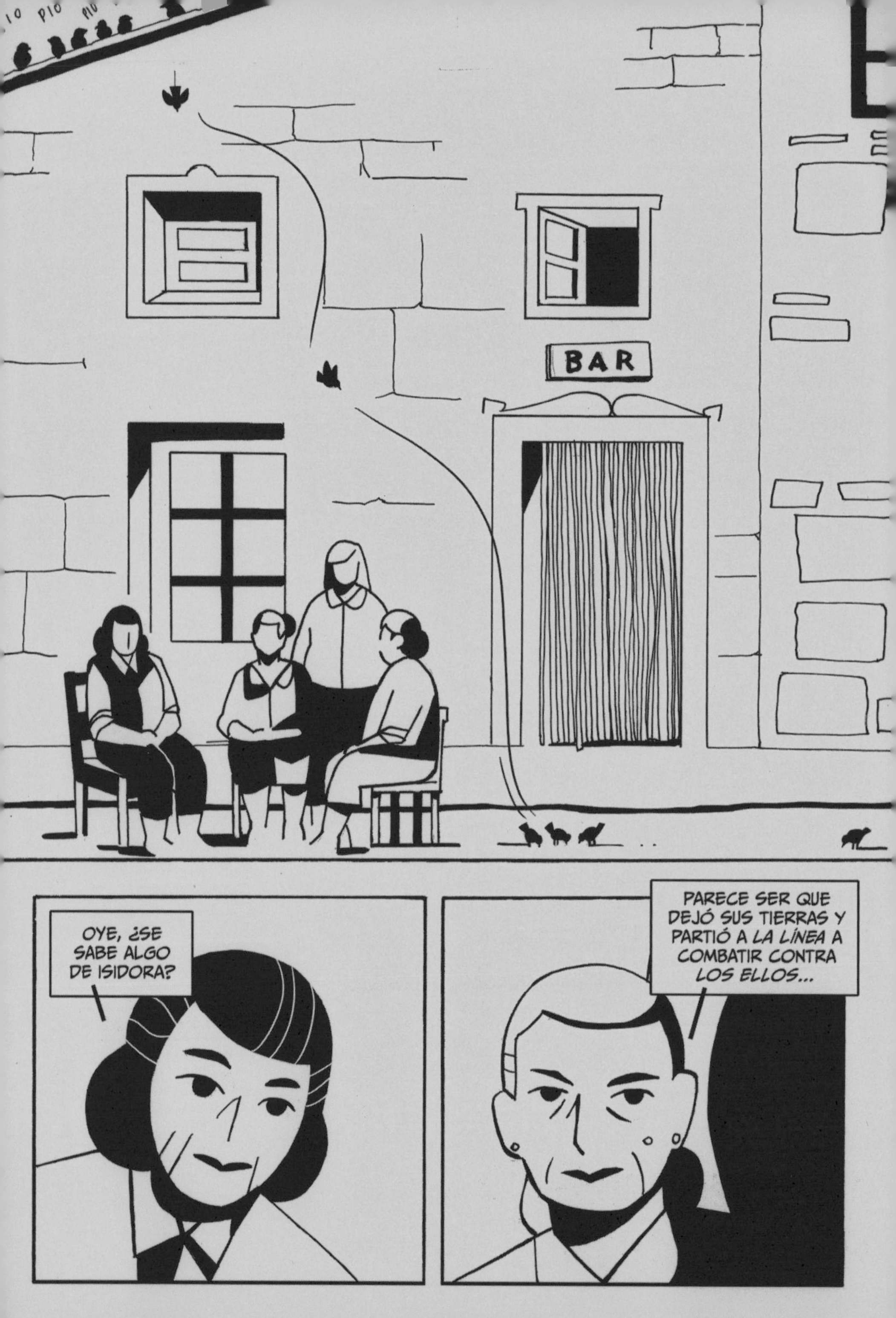
PIO
BAR
OYE, ¿SE SABE ALGO DE ISIDORA?
PARECE SER QUE DEJÓ SUS TIERRAS Y PARTIÓ A *LA LÍNEA* A COMBATIR CONTRA *LOS ELLOS*...

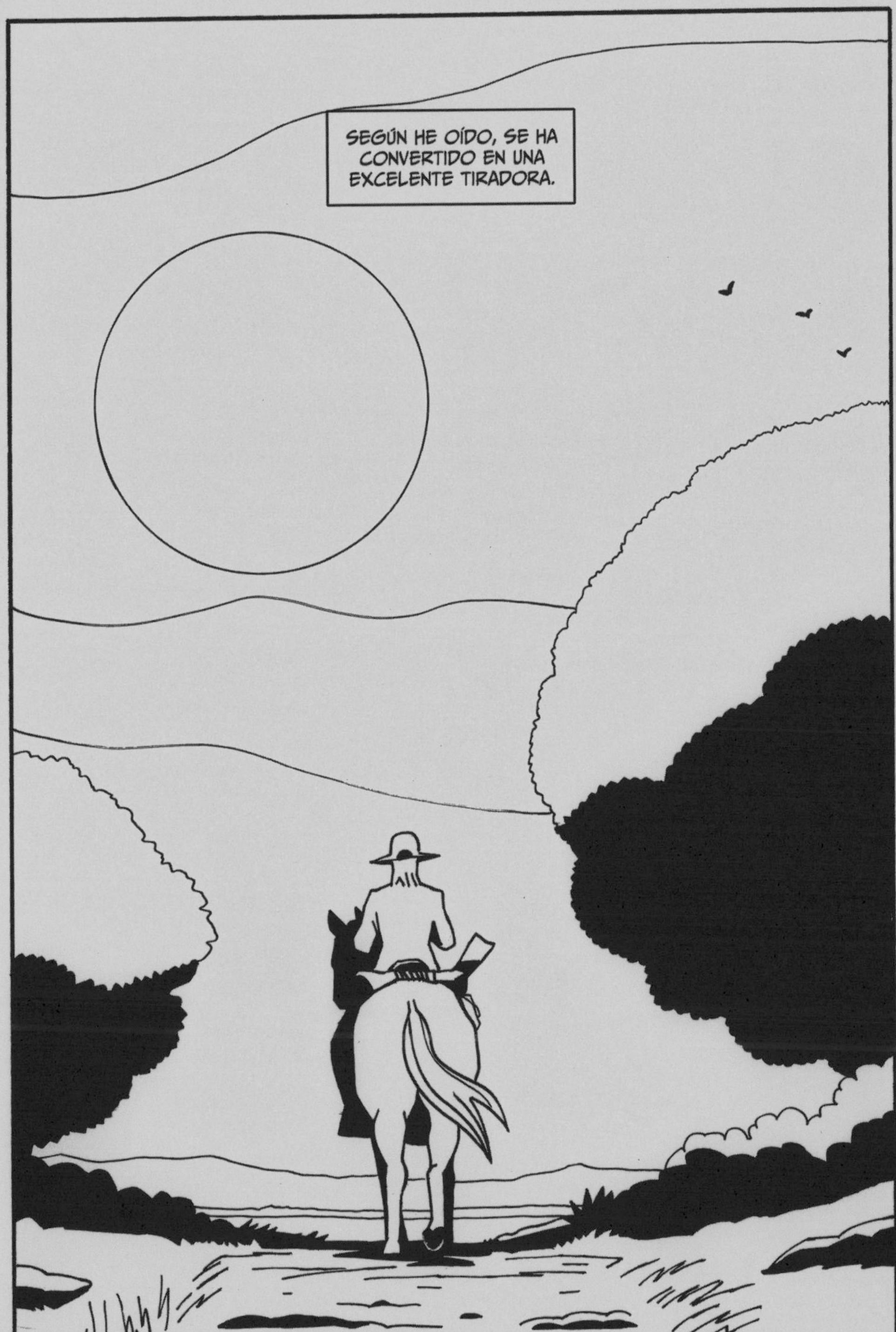
SEGÚN HE OÍDO, SE HA CONVERTIDO EN UNA EXCELENTE TIRADORA.

Este libro no hubiera sido posible sin la ayuda de Macu, Carlos, Beatriz, Víctor, Esther, Salus, Matías, Candelas, Vega y todas las personas que conocí en mi viaje al interior de Salamanca.

A toda mi familia, por soportar mis neuras y apoyarme en todo momento.

A las verdaderas Isidora e Isabel, mis sobrinas, fuentes de inspiración de los personajes de esta obra.

A Elisa y Diego, por toda su ayuda en los primeros pasos, las recomendaciones, las películas, las conversaciones y las cenas en el Vips.

A Manuel, por acercarse siempre a mi mesa, mirar mis páginas y ojearlas. Sus consejos y correcciones han sido fundamentales.

A Ana, por ser esa hermana que soporta, aconseja y abraza cuando más lo necesito.

A Sonia, por sus ánimos siempre y porque me perdona los despistes.

A Laura, por su precioso poema y aguantar mis dudas con el final.

A Cristina, por sus cafés, sus charlas y por ser la mejor lectora crítica con la que se puede contar.

A mi editor, Jaume, por su honestidad y confianza en mi trabajo.

A Hernán, Lucía, Arepita, a las compis del Taller Bonus y a las Lobbas.

Y a ti, lectorx, por llegar hasta aquí.

Papel certificado por el Forest Stewardship Council®

Penguin Random House Grupo Editorial

Primera edición: mayo de 2024

© 2024, Carla Berrocal
© 2024, Penguin Random House Grupo Editorial, S.A.U.
Travessera de Gràcia, 47-49. 08021 Barcelona

Penguin Random House Grupo Editorial apoya la protección del *copyright*.
El *copyright* estimula la creatividad, defiende la diversidad en el ámbito de las ideas y el conocimiento, promueve la libre expresión y favorece una cultura viva. Gracias por comprar una edición autorizada de este libro y por respetar las leyes del *copyright* al no reproducir, escanear ni distribuir ninguna parte de esta obra por ningún medio sin permiso. Al hacerlo está respaldando a los autores y permitiendo que PRHGE continúe publicando libros para todos los lectores.
Diríjase a CEDRO (Centro Español de Derechos Reprográficos, http://www.cedro.org) si necesita fotocopiar o escanear algún fragmento de esta obra.

Printed in Spain – Impreso en España

ISBN: 978-84-19437-86-0
Depósito legal: B-4.457-2024

Compuesto en M. I. Maquetación, S. L.
Impreso en Gómez Aparicio, S. A.
Madrid

RK37860